지중해기행

지중해 기행

니코스 카잔차키스 여행기 | 송은경 옮김

일러두기

1. 번역은 모두 영어판을 대본으로 했다. 번역 대본의 서지 사항은 각 권의 〈옮긴이의 말〉에 밝혀 두었다.

2. 그리스 여성의 성(姓)은 남성과 어미가 다르다. 엘레니가 결혼 후 취득한 성 〈카잔차키〉는 〈카잔차키스〉 집안의 여인임을 뜻한다. 〈알렉시우〉나 〈사미우〉도 마찬가지로, 〈알렉시오스〉와 〈사미오스〉 집안에 속함을 뜻하는 것이다. 외국 독자들을 배려하여 여성의 성을 남성과 일치시키는 관례는 영어판에서 흔히 찾아볼 수 있으나 여기서는 그리스식에 따랐다.

3. 그리스어의 로마자 표기와 우리말 표기는 그리스어 발음대로 적되 관용적으로 굳어진 일부 용어는 예외를 두었다. 고대 그리스, 신화상의 인명 및 지명 표기는 열린책들의 『그리스·로마 신화 사전』을 따랐다.

이 책은 실로 꿰매어 제본하는 정통적인 사철 방식으로 만들어졌습니다.
사철 방식으로 제본된 책은 오랫동안 보관해도 손상되지 않습니다.

프롤로그 7

이탈리아 13
성 프란체스코 15
무솔리니 21

이집트 35
나일 강 37
카이로 48
피라미드 55
상이집트 62
우리 시대의 삶 78
시인 카바피스 92

시나이 반도 101
시나이 103
편지 164

171 **예루살렘**
173 약속의 땅을 향하여
181 예루살렘
188 파스카
195 오마르의 모스크
203 히브리인들의 한탄
209 약속의 땅

219 **키프로스**
221 아프로디테의 섬

229 영역자의 말
233 옮긴이의 말
237 니코스 카잔차키스 연보

프롤로그
암호랑이, 나의 여행 친구

창조적인 작업을 하는 사람은 자신을 능가하는, 눈에 보이지 않으나 견고한 본질을 붙잡고 씨름한다. 가장 위대한 승자가 패배자로 등장하는 것은 우리의 가장 깊은 비밀 — 말할 가치가 있는 유일한 것 — 이 항상 말로 표현되지 못한 채 남아 있기 때문이다. 그 비밀이 예술의 물질적 경계에 굴복하는 법은 결코 없다. 우리는 자구(字句) 하나하나에 열광한다. 꽃 피운 나무, 영웅이나 여인, 새벽 별을 보고 〈아!〉 감탄하지만 우리의 마음은 그 이상의 것을 담아낼 수 없다. 이 〈아!〉를 타인들에게 전달하고 싶어, 우리 자신의 부패로부터 구하고 싶어, 분석하고 사상과 예술로 바꾸려고 애써 보지만, 텅 빈 허공과 공상으로 가득한 채색된 단어들의 놋그릇 속에서 그것은 얼마나 싸구려로 변해 버리는지!

어느 날 밤 나는 꿈을 꾸었다. 수북이 쌓인 종이들 앞에 구부리고 앉아 쓰고, 쓰고, 또 쓰고……. 나는 마치 산을 오르기라도 하듯 숨을 헐떡거리고 있었다 — 구원하려고, 구원받으려고 발버둥 치면서, 단어들을 정복하기 위해 그것들과 치열하게 싸우고 있었다. 단어들이 마치 암말처럼 저항하면서 내 주위로 거칠게 뛰어오르는 것을 느낄 수 있었다.

그렇게 몸을 굽히고 있을 때 문득 내 정수리를 관통하는 어떤 시선이 느껴졌다. 나는 소스라치게 놀라 눈을 들었다. 거기, 내 앞에, 검은 턱수염을 바닥까지 늘어뜨린 난쟁이가 한 명 서 있었다. 그는 무거운 머리를 천천히 흔들면서 경멸의 시선으로 나를 쳐다보고 있었다. 나는 겁에 질린 채, 좀 전의 그 굴레로 다시 목을 떨어뜨리고 글쓰기를 계속했다. 그러나 그 시선은 계속 정수리를 무자비하게 파고들었다. 나는 전율하면서 다시 한 번 눈을 들었고, 난쟁이는 여전히 그 자리에서 나를 향해 머리를 흔들어대며 유감과 경멸을 드러내고 있었다. 그 순간 갑자기, 내 생애 처음으로, 배 속 깊이에서 울화가 치밀어 올랐다. 내가 몰두했던 이 종이들, 책들, 잉크에 대한 분노 — 아름다운 틀 속에 나의 영혼을 가두려 하는 나 자신의 신성하지 못한 몸부림에 대한 분노였다.

오장 육부에서 올라오는 메스꺼움과 함께 잠에서 깨어났다. 내 속에서 단호한 목소리가 솟아올랐다. 마치 그 난쟁이가 아직도 내 앞에 서서 말하고 있는 것 같았다.

「네 인생은 실험들 속에서 낭비되어 왔다. 모든 길의 끝에는 〈승리의 여신〉이 기다리고 서 있어. 그런데 너는 항상 조급하게 굴다 끝내 용기를 잃고 돌아서 버리지. 대중은 〈세이렌〉을 보지 못해. 공중에 울려 퍼지는 노랫소리를 듣지 못하지. 눈멀고 귀먹은 채, 지상에 매인 자신들의 노를 젓느라 웅크리고 있을 뿐이야. 그러나 보다 정선된 인간인 선장은 자기 내면 — 자신의 영혼 — 에서 들려오는 세이렌의 노래에 귀 기울이고 그녀와 더불어 장엄하게 삶을 탕진하지. 너는 인생에 다른 무슨 가치가 있다고 생각하는가? 가엾은 인간들은 세이렌의 소리를 듣고도 믿지 않아. 조심스럽고 겁 많은 그들은 평생 금화 다는 저울로 〈예-아니요〉를 저울질하다가 죽는 거야. 그들을 어디로 보내야 할지 ── 그들은 〈저승〉을 장식하지도, 〈천국〉을 더럽히지도 못하기 때문에 ── 난감해진 신(神)은 부패와 청렴 사이의 허공에 거꾸로 매달려 있으라고 명하지. 너는 형편없이 부족한 인간이므로 내가 너를 끌고 함께 간다는 것이 부끄럽구나!」

「나도 끝에 도달해 보았어. 하지만 모든 길의 끝에는 심연만 있었다고.」 내가 거칠게 반박했다.

「너 자신이 전진할 자격이 없다는 사실을 발견한 것뿐이다! 우리는 다리를 놓을 수 없으면 무조건 심연이라고 하지. 하지만 심연 따위는 없어. 끝이란 것도 없고. 단지, 인간의 영혼이 있을 뿐이지. 그리고 이 영혼이 용감한가 비겁한가를 기준으로 모든 것에 이름을 붙인다. 예수, 붓다, 무함마드도 심연을 발견했어. 하지만 그들은 다리를 만들어 건너갔어. 그리고 인간의 무리들도 그들과 함께 다리를 건너지. 그들은 목자들이야. 그들은 영웅들이라고.」

「인간이 영웅이 되는 데는 신을 통한 방법이 있고 자기 스스로 분투하는 방법이 있지. 나는 지금 분투하고 있어!」

「영웅? 영웅이란 것은 개체보다 우월한 질서를 향해 가는 단련을 의미할 뿐이야. 그런데 너는 아직도 불안과 나태에 포위당해 있어. 내면의 혼돈을 가라앉히고 핵심적인 말을 창조해 낼 수가 없는 거야. 그러고는 투덜투덜 스스로를 정당화하지. 〈낡은 형식들은 나를 담아내지 못해〉 하면서. 네가 예술에 정진했다면, 네 영혼과 비슷한 영혼 열이 편안하게 작업할 공간이 있는 영웅들의 변경에 도착할 수 있었을 거야! 네가 진리 ── 비록 불완전하고 인간적인 진리일지언정 ── 를 추구했다면 자연의 힘을 정복하여, 지상에서 우리의 자유의 영역을 넓혀 줄 법칙들을 발견하고 공식화시킬 수 있었을 거야. 심지어 죽어 버린 종교의 상징들에서도, 네 나름의 신성한 시도를 위한 추진력을 이끌어 낼 수 있어. 그리하여 신과 인간의 영원한 수난에 네 시대의 형식을 제공할 수 있지.」

「너는 불공평해. 네 가슴은 한 줌의 자비조차 알지 못해. 네 목소리를 수도 없이 들었어. 오, 이젠 지긋지긋해, 선택을 위해 교차로에 서 있을 때마다 들려오는 그 무자비한 목소리.」

「넌 후퇴할 때마다 항상 내 목소리를 듣지.」

「난 한 번도 후퇴하지 않았어. 좋아하는 모든 것을 포기하고 내 심장을 스스로 찢으며 언제나 앞으로만 나아가지.」

「언제까지?」

「모르겠어. 내 나름의 정상에 도달할 때까지겠지. 난 그 정상에서 쉴 거야.」

「정상은 없어. 고도(高度)만 있을 뿐이지. 그리고 휴식 따위는 존재하지 않아. 나는 네 육체와 영혼과 두뇌를 경멸해. 더 이상 참을 수가 없어. 이제는 너와 함께 여행하고 싶지 않아.」

이 무자비한 목소리 — 비록 나를 싫어하지만 〈나의 여행 친구인 암호랑이〉 — 가 여행길 처음부터 끝까지 동반자가 되어 주었다. 우리는 모든 것을 함께 보았다. 우리 둘은 이국땅의 식탁에서 함께 먹고 마셨다. 고생도 함께했다. 산과 여인들, 사색도 함께 즐겼다.

이제 상처투성이 몸으로 전리품들을 내려놓고, 시원하고 고요한 우리의 작은 방으로 마침내 되돌아오자 암호랑이가 말없이 내 머리 꼭대기로 가 자리 잡는다. 여기가 바로 그녀의 숙소이다. 그녀가 사지를 뻗어 내 두개골을 팽팽하게 감싸자 발톱이 머리

속으로 파고든다. 이제 우리는 그동안 보았던 모든 것과 앞으로 보아야 할 모든 것들에 대해 생각해 본다. 이 세상 유형, 무형의 모든 것이 쪼개지지 않는 하나의 깊은 비밀이란 것, 정신을 초월하고 욕망과 확실성을 초월하는, 상상도 할 수 없는 비밀이라는 것이 우리 둘을 즐겁게 만든다. 우리 — 내 여행 친구 암호랑이와 나 — 는 얘기를 나누면서, 우리가 지극히 단단하고 지극히 무르고 만족할 줄 모른다는 사실에 깔깔댄다. 그리고 한 줌의 흙 위에서 식사를 하면서도 언젠가는 만족을 느끼는 밤이 올 것이라 믿는다. 기분이 한껏 들뜰 때 혹은 참기 힘든 비애에 젖을 때 우리는 떨고 있는 신에게 가난하고 비참한 인간을 향해 연민의 찬송을 부르게 하고 논다.

오오, 그 얼마나 큰 기쁨인가, 아무 두려움 없이 저 거대한 암호랑이와 더불어 살고 지켜보고 논다는 것은!

그리하여 어느 날 아침, 일어나 이렇게 말한다.

「단어들아! 단어들아! 달리 구원이 없다! 내게는 납으로 만들어진 스물네 개의 꼬마 병정[1] 외에 아무것도 없다. 이들을 동원하리라. 군사를 일으키리라. 죽음을 정복하리라!」

죽음을 정복할 수 없다는 건 누구나 안다. 그러나 인간의 가치는 〈승리〉에 있는 것이 아니라 〈승리〉를 향한 몸부림에 있다. 좀 더 분투하다 보면 〈승리〉를 향한 몸부림도 아니란 것을 알게 된다. 보상을 비웃으며 용감하게 살다 죽는 것 — 인간의 가치는 오직 이것뿐이다. 그리고 세 번째로, 훨씬 더 힘든 것이 있으니, 당신을 기쁨과 긍지와 무용(武勇)으로 채워 줄 보상 따위는 존재하지 않는다는 확신이 바로 그것이다.

---

[1] 그리스어의 알파벳은 총 스물네 자이다.

이탈리아

성 프란체스코

파시스트 국가 이탈리아에서 나를 기다리고 있던 첫 얼굴에는 겸손과 사랑이 가득했다. 아시시의 성자 프란체스코. 나는 이 성인의 축성 7백 주년을 기리는 성대한 축제에 참석하기 위해 스페인에서 급히 떠나왔다. 무솔리니는 이날을 국경일로 선포했다. 그리하여 청빈과 순종과 순결에 헌신했던 성인이 검은 셔츠단[1] 명단에 올랐고, 언론인들과 철학자들은 새로 창설한 파시스트 대대들에서 프란체스코의 덕목을 찾아내는 과업을 수행하고 있었다.

역에서 그 매력적인 소읍에 이르는 오르막길로 수천 명의 남녀가 걸어가고 있었다. 자동차나 마차를 타고 가는 이들도 있었다. 먼지가 자욱하게 일고 공중에는 가솔린 냄새가 맴돌았다. 자동차에 탄 하얀 얼굴의 젊은 여인 하나가 핸드백을 꺼내더니 아시시로 들어가 성인을 참배하기 전에 새빨간 립스틱을 입술에 덧발랐다.

나는 친근하고 사랑스러운 그 길을 오르며 깊은 감동에 젖었다. 저 높이 언덕 꼭대기에서 아시시가 햇빛 속에 어슴푸레 빛났다. 왼편으로 보이는 것이 성 프란체스코 대수도원이고 오른편이

---

[1] 베니토 무솔리니가 이끈 파시스트 군단 혹은 조직원들을 일컫는 말. 제복으로 검은 셔츠를 입고 다닌 데서 이름이 유래했다.

성 클라라 성당이었다. 자동차들이 요란한 소음을 토해 내고 있었지만 성 루피노 대성당의 종들에서 흘러나오는 그윽하고 감미로운 소리를 구분해 낼 수 있었다.

2년 전 나는 이곳 아시시에서 프란체스코가 보여 준 겸손의 신비로운 단맛을 여러 달 즐긴 적이 있었다. 이따금 영국인이나 미국인이 찾아와 적막을 깨뜨리곤 했다. 하지만 그들은 곧 떠나 버리고, 〈가난의 남편〉이라는 이 소박한 땅은 움브리아의 고요한 올리브 숲 위로 평온한 꿈을 계속 이어 갔다.

매력적이던 아시시가 오늘날에는 알아보기 힘들 정도로 변해 버렸다. 지난 석 달 사이 이곳을 다녀간 참배객이 2백만 명에 달했다.

가정집들은 모두 여관으로 탈바꿈했고, 정숙하던 주민들이 탐욕스러운 장사꾼으로 변해 버렸으며, 처녀들은 무릎이 훤히 드러나는 치마를 입고 다닌다.

나는 군중들을 밀쳐 가며 어렵사리 지나간다. 검은 셔츠 차림에 짧은 곤봉을 팔에 걸친 청년들이 지나간다. 그들의 검은 모자는 위로 젖혀져 있고 장식 술이 이마 위에서 위협적으로 흔들거린다. 벽마다 엄청난 턱을 가진 일 두체[2]의 험악하고 고집이 뚝뚝 흐르는 얼굴로 뒤덮여 있다.

잘 차려입은 수도승들, 산뜻하게 화장한 여인들, 냉담한 표정과 납작 가슴을 가진 영국 여자들, 원숭이 같은 미국인들, 연자주색 실크 예복의 추기경들, 수탉 날개가 새겨진 제복 차림의 이탈리아 경관들, 이 성인의 축일을 노리고 장사를 시작한 탓에 아직 서툰 티가 역력한 시골뜨기 젊은 여인들. 「주여, 〈매춘부〉 자매에

---

2 리더, 총통의 의미로, 당시 베니토 무솔리니의 칭호였다.

게 축복을 내리소서!」

나는 겉만 번지르르한 군중을 뚫고 나아가면서 생각한다. 파시스트 이탈리아에서 성 프란체스코의 자리는 어디인가? 우리 시대의 삶에서 그는 어떤 자리를 차지하고 있는가? 수치심조차 모르는 이 축제를 맑은 눈으로 바라보는 사람은 마음 깊은 곳에서 일어나는 분노를 느낀다. 우리의 시대가 프란체스코의 이상들과 너무나 역행하고 있어서라기보다는, 그 점을 인정할 정직성조차 가지지 못했다는 사실 때문이다. 우리의 기만, 우리의 위선, 우리의 비겁이 쓰디쓴 담즙으로 마음을 가득 채운다.

나는 아시시의 자그만 광장, 성인의 부친의 집이 있었던 귀퉁이 맞은편에 앉아, 돈키호테와도 같았던 그의 정신적 여정을 되씹어 본다. 그가 이 광장에서 처음 설교를 시작했을 때 — 1207년 4월 — 거리의 개구쟁이들이 따라다니며 돌과 흙을 집어던졌고, 읍내 귀족의 아들이었던 그는 광장 한가운데서 춤을 추며 노한 부친 앞에서 이렇게 외쳐 댔다. 「나는 교회를 짓고 싶다. 나에게 돌을 하나 보태 주는 사람에겐 하느님이 한 가지 선물로 보답하실 것이고, 돌을 두 개 주는 사람에겐 두 가지 선물로 보답하실 것이고, 돌을 세 개 주는 사람에겐 하느님이 세 가지 선물로 보답하실 것이다!」

모든 사람들이 그를 비웃었고, 그는 그들을 비웃었다. 「우리는 무엇인가.」 그는 기쁨에 찬 목소리로 외쳐 대곤 했다. 「사람들의 마음을 기쁘게 해주기 위해 태어난, 하느님의 어릿광대들에 불과한 것을.」

최초의 동지들이 〈하느님의 익살꾼〉 주위로 차츰차츰 모여들었다. 그들은 하루 종일 맨발로 돌아다니며 기쁨과 웃음 속에 하느님의 왕국을 설파했다. 밤이 되면 산골짜기나 폐허가 된 교회

같은 곳에 옹기종기 모여 추위를 달랬다. 세찬 비를 막아 줄 지붕조차 없었다. 그러나 아침이 되면 모두들 즐겁게 깨어나 전도하고 구걸하는 유랑을 다시 시작했다.

정오가 되면 그들은 햇살 쏟아지는 옹달샘 근처 바위에 앉아 사람들에게서 얻어 온 마른 빵 부스러기와 음식물 찌꺼기를 먹었다. 그럴 때 프란체스코는 껄껄대며 이렇게 말하곤 했다. 「형제들이여, 우리에게 살아 있음의 기쁨을 주시고, 이렇게 햇볕 속에 앉아 〈청빈 부인〉의 식탁에서 빵을 먹는 큰 기쁨을 주신 하느님을 찬미하세!」

그는 〈가난이야말로 최고의 덕목이다〉고 설파한다. 이 그리스도의 미망인은 가는 집마다 문전에서 박대당하고 멸시받으며 거리를 떠돌았고, 그녀를 원하는 자 아무도 없었다. 그러나 프란체스코는 그녀를 사랑하여 아내로 받아들였다. 그리하여 청빈, 순종, 순결 이 세 가지가 프란체스코 수도회의 위대한 덕목이 되었다.

만약 이 세 덕목이 널리 퍼졌다면, 모든 사람이 프란체스코 수도사들이 되었다면 이 세상은 사라져 버렸을 것이다. 프란체스코의 설법에는 인간의 영혼을 들어 올려 구해 줄 수 있는 아주 독특한 광기가 담겨 있다. 만약 그가 보다 실용적인 생각들을 설파했다면 그러한 광기를 담아내지 못했을 것이다. 지상의 면모를 일신하고자 하는 이상(理想)은 인간의 능력보다 훨씬 높은 곳에 서 있어야 한다. 바로 그 속에 이상의 비밀스러운 능력, 끌어당기는 힘이 있고, 이상에 도달하려는 영혼의 고통스러운 분투, 인간의 정신적 성장을 촉발시키며 솟구치는 저 엄청난 고양이 있는 것이다.

프란체스코는 이탈리아 각지를 유랑하면서 기쁨 속에 내팽하는 지극히 금욕적인 삶을 설파하며 수도원들을 설립했다. 그러나 성 클라라가 최초로 자매회를 결성하자 성인은 우려를 감추지 못했다. 「악마가 우리에게 이 자매들을 보내는 것이 아닌가 걱정된다.」 그는 이렇게 말하곤 했다. 그리고 형제들에게 자매들과 이야기하거나 찾아가지 말도록 지시했다. 그런데 어느 날 성인 자신이 손을 들고 말았다. 성 클라라는 자신의 수도원 산다미아노에서 성 프란체스코가 성찬례를 주관하는 날이 오기를 간절히 바라고 있었다. 프란체스코는 단호하게 거절해 왔지만 어느 한순간, 마음이 약해져 그녀를 딱하게 여기게 되었고 그리하여 그녀의 수도원으로 갔다.

자매들은 빵과 물과 올리브로 소박한 상을 차려 냈다. 프란체스코가 설교를 시작했다. 그때 갑자기, 놀란 수도승 무리가 문을 박차고 들이닥쳤다 ─ 수도원에 있다가 불길이 치솟아 산다미아노를 집어삼키는 것을 보고 불이 난 줄 알고 달려왔다는 것이었다. 그러나 성 클라라가 미소를 지으며 이렇게 말했다.

「불이 난 게 아닙니다, 수사님들. 프란체스코 수사님께서 말씀하고 계시던 중이었어요.」

그리고 얼마 후, 무거운 슬픔이 프란체스코의 가슴을 짓눌렀다. 동지들이 그가 정해 놓은 규칙들을 어기기 시작한 것이다. 돈을 걷고, 부잣집을 자주 드나들고, 서적을 대량으로 수집하고. 어느 날 한 젊은 수도사가 자신의 찬송가 책을 자랑스레 들고 다니는 것을 본 프란체스코가 그에게 말했다. 「여보게, 자네가 오늘 찬송가 책을 가지고 있다면 내일은 기도서를 가지고 싶을 것이며, 결국 높은 걸상으로 올라가 자네의 형제에게 〈내 기도서를 갖다 달라〉고 소리치게 될 걸세.」

소유욕, 배움에 대한 갈망, 자만과 불복, 여자 ─ 이런 모든 악의 늑대들이 성인의 수도처로 기어들었다. 그리하여 그는 역경으로 몸이 만신창이가 된 채 고통 속에 죽음을 향해 가고 있었다.

그러나 유쾌하고 고고한 성품은 변함이 없었다. 죽음을 앞두고 눈까지 멀어 버린 몸으로 수도원 정원 한 귀퉁이에 쓰러져 누운 그는 통증과 몸 위로 지나다니는 수많은 생쥐들 때문에 잠 한숨 자지 못한 채 저 유명한 찬송가를 지었다. 이튿날 아침, 수도승들은 손뼉 치며 노래 부르고 있는 그를 발견했다. 「주여, 태양 형제에게 축복을 내리소서. 달 자매와 바람 형제에게, 우리의 불 자매에게 축복을 내리소서.」 그리고 잠시 마지막 숨을 헐떡거린 후 몸을 일으키더니, 자신의 찬송가에 이 구절도 넣어 달라고 부탁했다. 「주여, 죽음 형제에게도 축복을 내리소서.」

이 놀라운 일화가 오늘 밤 나에게는 그 얼마나 요원하고 거짓말 같은 이야기로 다가오는지! 지금 성 프란체스코는 서로 증오하는 육식성 인류의 갑옷에 싸여 파시스트 이탈리아를 순회하면서 꽃으로 꾸민 화관을 머리에 얹은 채 축일을 축하받고 있다 ─ 마치 도축을 눈앞에 둔 한 마리 짐승처럼.

우리는 화려한 늑대 떼 속에서 우리 자신들을 발견한다. 성 프란체스코는 한 마리 작은 어린 양이고 우리는 그를 좋아한다 ─ 왜냐하면 우리가 바로 늑대들이기 때문에.

무솔리니

아시시에서 암늑대의 딸[1] 로마로. 성 프란체스코를 만나고 나니 무솔리니가 무척 보고 싶었다.

로마를 보는 데는 지금까지 크게 두 가지 길이 존재해 왔다.

첫째, 괴테의 길. 조각품들에 찬탄을 보내고, 세인의 머릿속에 저 고전 문명을 해박하게 되살려 내고, 가옥과 산 사람들 속에 뒤섞여 있는 고대의 폐허를 즐거이 바라보기.

둘째, 루터의 길. 모든 덕목과 금욕을 갖춘 새로운 로마를 꿈꾸며, 성직자들을 증오하고 분노하는 시각.

그런데 오늘날 무솔리니가 로마를 보는 세 번째 길을 만들어 놓았다. 고대의 제국이나 중세 교황의 삼중관(三重冠) 따위에는 신경 쓰지 말고 작금의 떠들썩하고 광포하고 호전적인 파시즘의 심장부나 구경하기. 현대 로마의 공기를 들이마시면서 제일 처음 받게 되는 인상은 이러하다. 여기 한 사내가 있다. 선한지 악한지, 진심인지 위선인지, 구세주인지 악당인지는 잘 모르겠지만, 그는 모든 사람들 — 선하든 악하든, 이론가이든 현실주의자이

---

[1] 로마 건국 신화에 의하면, 암늑대의 젖을 먹고 자란 레무스와 로물루스라는 쌍둥이 형제가 있었는데 그중 로물루스가 팔라티노 언덕에 로마를 세웠다고 한다.

든, 본인이 원하든 원치 않든 — 을 강제로 전투에 참가시켜 자신의 적인지 친구인지를 밝히게끔 만드는 힘을 가진 사람이다. 그는 중립을 허용하지 않는다. 이탈리아의 운명이 걸려 있는 마당에, 싸움에 참가하기를 거부하면서 〈나는 싸우고 싶지 않다〉고 말하는 것을 결코 용납하지 않는다. 좋든 싫든 누구나 싸워야 한다. 이 사내의 존재가 불러일으킨 소용돌이에 모든 사람이 휩쓸려 들어간다. 이 점에서 오늘날 이탈리아에는 자유란 것이 존재하지 않는다.

작금의 로마에서 금방 눈에 들어오는 두 번째 특징은, 기율이 존재한다는 점이다. 이것은 지극히 사소한 일상사에서부터 파시즘의 대변자들이 자기 민족의 문제들을 이야기할 때 동원하는 뚜렷한 위계적 분류에 이르기까지, 모든 것들에서 느낄 수 있다.

이곳에는 스페인에서 발견되는 안보와 질서 말고도 좀 더 깊은 뭔가가 있다 — 기율이 바로 그것이다. 구체적으로 말하자면, 외압의 한 결과물일 수 있는 단순한 질서와 안보를 뛰어넘는, 보다 정신적이고 보다 강렬한 어떤 리듬이 존재한다. 이곳에서는 내부에서 동력이 나온다. 이탈리아의 힘은 권력자의 중심 사상, 개체성을 초월한 사상에서 튀어나온다.

이 〈지도자〉의 리듬에 발맞추는 사람들은 이러한 외압을 〈더 우월한 질서에 대한 복종〉이라고 이름 붙인다. 그리고 이것이 곧 자유라고 말하면서 반문한다. 개체성을 초월한 리듬에 복종하는 것 외에 달리 무엇이 자유인가? 성 아우구스티누스는 이렇게 말했다. 「나의 하느님, 저는 오직 당신의 뜻에 복종할 때만 자유롭습니다!」 〈하느님〉이란 단어를 좀 더 현대적이라고 생각되는 다른 개념으로 바꾸어 놓고 보면, 얼마나 심오한 의미가 담겨 있는 말인지 이해될 것이다.

그러나 지도자의 리듬에 동조하지 않는 사람들은 이 외압을 〈노예제〉라고 말한다. 지극히 옳은 얘기다. 강요에 의해 자신의 뜻과는 다른 방향을 따를 때 사람은 노예가 되어 버리니까.

이제 의문이 고개를 든다. 첫째, 과연 어떤 방향이 옳은 것에 가장 근접하는가? 둘째, 자신의 방향이 더 옳다고 믿는 사람들에겐 자신의 뜻을 타인에게 무력으로 강요할 권리가 있는가?

이 두 질문에 대해 무솔리니는 조금도 주저함 없이 명쾌하게 답한 바 있다.

「나의 방향이 더 옳다는 것을 확인하고 싶다면, 내가 등장하기 이전의 자유로웠던 이탈리아와, 내가 등장한 이후 파시스트 치하의 이탈리아를 비교해 보라. 나무는 열매를 보고 판단하는 법, 다른 어떤 기준도 존재하지 않는다.」

그리고 동조하지 않는 사람들에게 뜻을 강요할 권리가 있는가 하는 두 번째 질문에 대해서도 그는 단호하게 대답한다.

「물론이다. 권리뿐 아니라 의무도 지고 있다. 내가 열어 놓은 길을 따를 때 조국이 구원받는다는 것을 알고 있는 — 나는 굳게 믿고 있다 — 이상, 이러한 신념을 강요하는 것은 나의 의무이기도 하다. 우리는 지금 중대한 시기를 맞고 있다. 더듬거리고 토론하고 예의 차리고 할 시간이 없다!」

따라서 현대 로마의 기본적인 인상은 네 가지로 요약된다. 첫째, 강한 사내가 존재한다. 둘째, 기율이 존재한다. 셋째, 강압이 존재한다. 넷째, 강압 정치를 펴는 그 사내는 자신이 나라를 구하고자 새로 연 길로 모든 사람 — 당사자가 좋아하든 싫어하든 — 을 몰고 가는 것을 자신의 의무라 믿고 있다.

나는 이 강한 사내를 보려고 치치 궁에서 초조하게 기다렸다. 그가 나를 잠시 만나 주기로 되어 있었다. 대기실에는 핏기 없는 남자들이 기다리고 있었고, 여자들은 이 막강한 남정네가 등장하기 전에 화장을 덧칠하고 있었다. 문간에는 검정 셔츠를 입은 키 크고 야윈 사내 둘이 무심하고 험악한 표정으로 말없이 서 있었다. 나는 군용 외투에 너무나 자주 등장하는 상징물을 발견했다. 곧추서서 경계 중인 사자 두 마리.

뚱한 표정의 파시스트 하나가 다가오더니 나에게 손짓을 했다. 무솔리니가 나를 기다리고 있다는 뜻이었다. 거대한 문이 소리 없이 열리고 닫힌 후, 나는 불빛 희미한 아주 넓은 거실에 들어서 있었다. 실내에 사람이 있는지 없는지 알 수 없어 잠시 가만히 서 있었다. 한쪽 귀퉁이에 홀로 번득이고 있는, 마치 거인의 두개골처럼 거대한 지구본이 그때 내 눈에 뚜렷하게 들어온 유일한 물건이었다.

문득, 오른편 어둠 속 나지막한 책상 뒤에서 한 사내가 나를 보고 있음을 깨달았다. 나는 앞으로 걸어갔다.

이제 그를 분명하게 볼 수 있었다. 긴 상체, 짧은 팔, 지나치게 발달한 두상, 이마와 턱만 눈에 들어오는 이목구비, 야문 목재를 쪼개어 만든 듯 각진 얼굴, 원시인처럼 거대한 턱, 자부심과 차가움이 묻어나는 눈매, 경직되고 호전적인 얼굴 표정. 나는 대뜸 두 가지 사실을 확신할 수 있었다. 이 사내는 온몸을 던졌다, 이 사내는 두려움이 없다!

그러고 나서 빠르게 이어진 대화를 여기에 최대한 충실히 기록해 보겠다. 내가 좀 더 다가서려 하자, 그가 먼저 입을 열었다. 사람을 얕잡아 보는 퉁명스럽고 피곤한 목소리였다.

「뭘 원하시오?」

나는 제대로 알아듣지 못했다.

「뭐라고 하셨죠?」

그의 목소리에 짜증과 적대감이 좀 더 실렸다.

「뭘 원하느냐고.」

나는 마음이 어지러워 잠시 입을 열지 않았다. 아무 말도 하지 않고 그냥 나가 버릴까 하는 생각이 휙 스쳤다. 그러나 금세 마음이 가라앉았다. 동시에 이 사내에겐 이런 식으로 행동할 권리가 있다는 생각이 들었다. 이처럼 무자비한 육식성 영혼의 소유자들에게 예의란 것은 덕목도 아닐뿐더러 어울리지도 않는다. 이 사내는 길을 열었고 한 나라를 손아귀에 쥐고 있다. 제 맘대로 행동할 권리가 있다. 이윽고 내가 조용히 대답했다.

「당신을 만나고 싶습니다, 그뿐입니다!」

그의 얼굴이 밝아졌다. 표정이 다소 풀리면서 부드러워졌다. 그가 약간 온화해진 어조로 말했다.

「아! 그거 좋지! 하지만 대화는 할 수 없소. 내가 지독하게 바쁘거든. 단 1초도 허비할 수가 없소. 묻고 싶은 것들을 적어 보시오. 괜찮은 질문이다 싶으면 대답을 줄 것이고, 아니다 싶으면 — 끝이오!」

「뭘 묻고 싶지는 않습니다. 다만 이렇게 저를 만나 준 데 대해 감사를 드립니다. 원하신다면 그냥 나가 드리죠.」

무솔리니가 잠시 침묵을 지켰다. 어떻게 할까 궁리하는 것 같았다. 그가 불쑥 물었다.

「이탈리아 말은 어디에서 배웠소?」

「이탈리아에서요. 전 이탈리아에서 여러 해 살았습니다. 처음에는 로마 대학교를 다니며 법학을 공부했고, 제가 예술을 좋아해서 나중에는 이런저런 여행을 했지요.」

「전쟁 전에?」

「전과 후 모두. 하지만 벌써 오래된 얘기여서 이번에 로마에 와

보니 마치 처음 오는 것 같은 기분입니다. 저는 지금 흥미롭지만 전혀 예상치 못했다고는 할 수 없는 감정을 맛보고 있어요. 여기 로마에서 마시는 공기는 예전에 제가 모스크바에서 탐욕스럽게 들이켰던 바로 그 공기입니다.」

모스크바란 말이 나오기가 무섭게 그가 벌떡 일어섰다. 얼굴이 상기되어 있었다. 전혀 예상치 못한 열성과 다정함이었다. 마치 내가 나가지 못하게 어깨라도 움켜잡을 듯 손을 뻗더니 전과 달라진 목소리로 소리쳤다. 피로감과 적대감이 깨끗이 사라진 목소리였다.

「러시아에서 왔다고?」

「그렇습니다. 볼셰비즘을 연구하려고 넉 달 동안 거기 있었죠.」

「오호, 그렇다면 인터뷰를 해야 할 사람은 바로 나로군. 내가 질문할 테니 당신이 대답하시오.」

「그러지요.」

「그래, 저 러시아인들은 어떻소?」

그가 〈저 러시아인들 Questi Russi〉을 얼마나 힘주어 발음했던지 아마 내 평생 잊지 못할 것이다! 그것은 호기심과 다정함, 걱정이 잔뜩 밴 말이었다. 마치 자기 가족과 다투고 난 뒤 가족들의 근황을 캐묻는 사람 같았다.

「열심히 일하고들 있죠……. 새 세상을 창조하려는 초인적인 노력과 더불어. 여기 로마에서 저는 볼셰비즘과 파시즘이 상당히 유사점이 많다는 것을 알았습니다.」

그가 갑자기 몸을 돌리더니, 그 견고하고 열정적인 시선으로 나를 찌를 듯이 쳐다보았다.

「무슨 얘기를 하고 싶은 거요?」

「개인을 전체에 가차 없이 복종하게 만드는 엄격한 분위기를 이곳과 모스크바에서 똑같이 발견했다는 뜻입니다.」

「좋소!」

「기강도 똑같고, 사소한 자유를 무시하는 것이나, 위대한 자유에 도달하고자 애쓰는 것도 똑같습니다. 젊은 열정이 타오른다는 점도 똑같다고 생각했어요. 진정한 젊음이 있는 곳은 모스크바와 로마뿐입니다.」

「〈진정한 젊음〉이란 게 무슨 뜻이오?」

「이상을 위해 몸을 던질 준비가 되어 있는 것. 세계를 통틀어 이 두 나라의 수도에만 공통적으로 존재하는 한 가지 원칙이 있습니다. 무어라 규정할 수 없고 측량할 수도 없지만 당신이 공기 중에서 들이마시고 있는 것 — 바로 신념과 각오지요.」

나는 잠시 망설이다가 얼른 스스로에게 말했다. 나중에 무슨 일이 닥치든 내가 믿는 그대로 말하겠어! 그러고는 이렇게 덧붙였다.

「위험한 각오죠!」

무솔리니가 조용해졌다. 표정이 사라지고 앞만 빤히 바라보았다. 잠시 후 그가 불쑥 물었다.

「그럼 경제 쪽은? 잘해 나가고 있소?」

「아주 어려워요. 러시아인들은 경제 이론보다 깊은 신념을 아직 찾아내지 못했습니다. 유물론만 지나치게 선전하고 있어요. 장차 농민들이 인간보다 우월한 것은 없다 — 인간 위의 권력은 없다 — 고 믿게 되면 아마 자신을 희생하려 들지 않을 겁니다.」

「맞아!」

그는 이 단어를 확신과 만족을 담아 발음했다. 잠시 후 그가 말했다.

「러시아에서 제일 인상 깊었던 것은 뭐요?」

「두 가지입니다. 아동 양육과, 정교하고 계몽적인 대중 선전.」
「그럼 모스크바는?」
「사람들의 웃음이 없는 도시예요. 모두들 일만 하죠.」
「지도자들은?」
「훌륭합니다. 트로츠키는······.」

그때 전화벨이 울렸다. 무솔리니가 몸을 굽히고 오랫동안 듣고 있더니 갑자기 퉁명스럽게 말했다. 「좋아, 좋아. 하지만 무리하게는 하지 마!」 그리고 전화를 끊어 버렸다. 그가 내 쪽으로 돌아서며 말했다.

「묻고 싶은 게 있으면 적어서 내시오. 대답해 줄 테니.」
「묻고 싶은 건 없습니다.」
「잘됐군!」

그가 나에게 손을 내밀었다. 밖으로 나오면서 나는 나도 모르게 베니젤로스[2]와 무솔리니를 비교하고 있는 스스로를 발견했다. 전자는 여성적인 매력, 자석처럼 끌어당기는 매력의 소유자다. 마치 영악하고 심술궂은 노처녀처럼 몹시 예민하고 열정적이고 탐욕스럽고 좀스러운 스타일. 후자는 남성적이고 거친 매력의 소유자다. 끌어당기는 것이 아니라 움켜잡아 버리는, 불쾌하면서도 도저히 뿌리칠 수 없는 힘. 무솔리니는 남성형 베니젤로스이다.

「어떤 힘이 내가 알지 못하는 목표로 나를 밀어붙인다. 그 목표에 도달하는 순간까지 나는 천하무적일 것이다. 그러나 나에게 그 목표가 더 이상 필요하지 않을 때 한 마리의 날벌레도 나를 쓰

---

2 Eleuthérios Venizélos(1864~1936). 1910년부터 1916년, 1928년부터 1932년까지 두 차례에 걸쳐 그리스 총리를 역임했다. 쿠데타를 일으켰다 실패한 후 1935년에 망명 길에 올랐다 — 원주.

러뜨릴 수 있을 것이다.」 나폴레옹 대제가 한 이 말이야말로 무솔리니가 자신의 사명이라고 보는 신비주의적 믿음에 딱 들어맞는 이야기다.

무솔리니는 〈독재자〉의 주요 특징을 모두 갖추었다.

1. 그의 중추를 이루고 있는 것은 관념이 아니라 신념이다. 사고와 행위가 융합되어 있다. 다시 말해, 그 두 가지는 지성이 아닌 믿음에서 나오기 때문에 각기 다른 두 개의 기능이 아니라 서로 떼어 놓을 수 없는 하나이다. 지금 아니면 기회는 영원히 없다! 행동하는 인간을 — 항상, 어쩔 수 없이 — 사로잡는 저 〈역사〉의 함성을 보라.

이것이 바로 무솔리니의 외침이다. 그의 힘의 핵심은 변증법적 논리가 아니라 의지에 있다. 최신 무기로 무장한 의지. 이 의지는 자신의 신비주의적 목표에 도달하기 위해 가장 확실한 현대적 수단들을 이용한다. 지성은 그 신비주의적 목표를 알지 못하거나, 혹은 의지가 현실을 변질시키고 있음을 매일 발견할 뿐이다.

2. 그는 매 순간 죽을 각오가 되어 있다. 무솔리니는 비극적 분위기에서 산다. 신념이 없는, 좀스러운 합리주의자인 우리에게는 그의 이 모든 포즈가 연극으로 보인다. 그러나 무솔리니는 그것들을 진짜라고 생각하며, 낭만과 타오르는 열광이 곁들여진 비극으로 느낀다. 냉담한 사상가는 경멸을 느낀다. 비극적인 사건들은, 우리가 직접 그것으로 인해 고통 받지 않을 때는, 항상 비판적인 측면을 지니게 마련인데, 비판적 정신에게는 이러한 측면만 보이기 때문이다. 그러나 무솔리니는 극적인 순간을 연기를 하고 있는 것이 아니다. 그는 살고, 고통을 겪고, 자신의 의지를 지탱하고, 비전을 그린다. 이탈리아를 구해야 한다는 자신의 임무를

진지하게 받아들이는 그는 고지식하고 비극적이다.

3. 그는 자신을 끊임없이 밀어붙이는 힘을 느낀다. 그는 멈출 수가 없다. 멈추면 패배한다는 것을 잘 알기 때문이다. 〈독재자들〉의 가장 큰 특징이자 가장 비극적인 고뇌가 바로 이것이다. 그들은 쉬지 않고 싸워 이겨야만 한다. 멈춰 서거나, 결단을 못 내리거나, 토론을 시작하는 순간 그들은 패하고 만다. 모든 독재자를 채찍질하는 이 비극적인 운명에 대해 마키아벨리가 아주 훌륭하게 설명한 바 있다. 〈군주는 망설이다 그르치느니 주체할 수 없는 힘 때문에 그르치는 편이 낫다. 운명의 신은 여성이다. 따라서 그것을 정복하려면 과감하고 거칠게 대해야 한다.〉

운명의 여신은 젊은이들을 연모한다. 그 이유는 젊은이들이 그녀를 숭배의 태도로 대하지 않기 때문이다.

무솔리니는 배짱이 두둑하다. 자신의 활시위 — 이탈리아 — 를 위험스럽게 잡아당긴다. 무슨 일이 벌어질까? 활이 툭 끊어진다면 그의 적들은 의기양양하게 말할 것이다. 「우리가 이렇게 될 거라고 했지?」 그들 진영의 진부한 인간들도 만족의 환성을 울릴 것이다. 만약 그가 성공한다면 그의 친구들이 의기양양하게 말할 것이다. 「우리가 이렇게 될 거라고 했지?」 그들 진영의 진부한 인간들도 만족의 환성을 올릴 것이다. 그러나 무솔리니는 마치 자신을 능가하는 어떤 힘의 도구인 양 움직인다. 마음 깊은 곳에서는 자신의 성공이나 실패를 걱정하지 않는다. 그는 이성적인 힘이 아니라 자연의 힘으로 작용한다. 따라서 그가 성공하든 실패하든, 동시대인들이 자신들의 의무를 어떻게 수행했는지 그만은 — 그리고 아마도, 그를 사로잡고 있는 그 암흑의 힘, 우리가 흔히 〈역사적 필연〉 혹은 〈운명〉이라 부르는 그것도 — 알 것이다.

어떤 의무냐고? 역사를 있는 힘껏 밀어붙이는 것. 모든 전사는 자신이 어떤 방향을 향해 싸우고 있는가와 무관하게, 역사를 전진시킨다. 설령 역사를 후퇴시킬지라도 마찬가지다. 왜냐하면 이렇게 뒤로 밀어내는 과정에서 그는 더 강해지려는 자신에 반정립(反定立)하는 생명력을 촉발시키기 때문이다. 지고의 의무 — 무솔리니는 이것을 구현하고 있다 — 는 무력, 생명력, 투사적 신념이다. 현재의 삶의 방식이 훌륭하고 올바르고 명예롭다고 생각하는 삶의 쓰레기들만이 만족 속에 침묵할 뿐이다.

이렇게 볼 때 파시즘과 볼셰비즘의 가장 큰 유사점은 여기에 있다. 둘 다 지고의 의무를 수행한다. 둘은 본의 아니게, 자신들도 모르게, 진정한 동업자들이다. 오늘날 인류를 자신의 형상을 본떠 빚어낼 권리가 있는 뛰어난 인물을 들라면 나는 다음의 세 사람을 꼽고 싶다. 레닌, 간디, 무솔리니.

간디는 아시아의 중심부, 3억에 달하는 몽매한 대중 속에서 작업하면서 잠자고 있는 동양의 양심을 일깨운다. 타고르가 유럽과 아시아를 하나로 만들기 위해 관념적 형태의 카밀레[3]를 통해 추구하는 것을, 간디는 맨발로 인도 각지를 돌아다니면서, 가난과 문맹과 영국의 굴레에서 인도인들을 해방시키기 위해 싸우면서 준비한다.

우리에게 좀 더 가까운 사람은 레닌과 무솔리니다. 레닌은 유럽에 있고 무솔리니는 아시아와 접경지대에 있다. 두 사람은 각기 다른 길을 트고, 그 길을 따라오도록 현실을 쑤셔 대고 있다. 오늘날 모든 국가는 좋든 싫든 이 두 개의 길로 찢어져 있다. 국가만 그런 것이 아니라 모든 개개인도 마찬가지다. 당신은 이렇

---

[3] 유럽산 국화과의 일종으로서 잎과 꽃이 방향제나 흥분제로 이용된다.

게 말할 것이다. 「하지만 우리는 볼셰비키도 파시스트도 되고 싶지 않다. 그 중간 길은 어디로 갔는가?」

중도(中道)는 사라지고 없다. 역사적으로 결정적인 시기에는 중도가 실종된다. 그 시대가 결정적인 이유도 바로 거기에 있다. 정상적인 리듬이 사라진다. 개인이든 민족이든, 도약해야만 한다. 구세계와 신세계 사이를 심연이 가로막고 있다. 구세계는 무너져 가는 와중에도 버티고 있다. 전후의 경제적, 정신적 요구들이 우리를 신세계 쪽으로 몰아붙이고 있다. 우리는 뛰어올라야 한다. 도약하지 못하는 자는 모두 심연으로 빠질 것이다.

볼셰비즘과 파시즘의 유사점은 아주 많다. 둘 다 개인들을 전체의 노예로 종속시키고자 무력을 사용한다는 것, 개인의 자유를 엄격하게 제한하는 것, 경제 생산과 소비에서, 정치적·사회적 표현에서 냉혹한 기율이 존재한다는 것, 의회주의와 자유민주주의 이데올로기를 증오하는 것, 질서와 안보의 중시, 반대자들에 대한 즉각적인 탄압. 동정심이 배제된 무자비한 질서.

그러나 이러한 유사점들은 방법의 측면일 뿐 목표에 있어서는 둘이 완전히 다르다. 파시즘은 구시대의 우상들을 지지하고 이용한다 — 그것들을 훨씬 더 압축시켜 숨 막히는 이탈리아의 경계 속으로 집어넣는다. 파시즘은 애국적 정서를 위험스러울 정도로 과장하고 가톨릭을 떠받든다. 자산의 소유를 존중하고, 계급투쟁을 통제하기 위해 싸우지만 애매한 수단들을 동원한다. 파시즘은 때로 혁명적이고, 때로 보수적이며, 때로는 역사의 흐름을 거스른다. 파시즘은 서로 어울리지 못하는 모든 사회적 이익들을 국가라는 철권 아래 묶고 조화시키고 싶어 한다.

인류는 고뇌로 가득 찬 전후(戰後)의 이 비극적인 분투에 순응하며 지금도 그것을 따르고 있다. 파시즘이 작동하는 현실적 틀이 파시즘의 노력을 비정상적으로 진지하게 만든다. 이 틀이란 무엇인가? 질서, 안보, 농업 및 산업 생산의 강화, 군인 정신을 몽땅 들어내고 근면과 인내만 강조하는 것.

무솔리니가 사라지면 어떻게 될까? 이것은 친구나 적이나 한결같이 우려와 불안 속에 제기하는 질문이다. 나는 철갑에 싸인 이 파시스트 조직이 본질적으로 극우에서 극좌로 느닷없이 방향을 선회할 여지가 많다고 본다. 우리는 다음과 같은 점들을 명심해야 한다. 첫째, 무솔리니가 사망하거나, 불행하게도 전쟁이 일어나거나, 과도하게 부풀린 오늘날의 희망들이 좌절되거나 하여 파시즘이 크게 흔들렸을 때 초래될 혼란. 둘째, 오늘날 이탈리아의 모든 자유주의, 사회주의, 공산주의 세력들이 겪고 있으며 장차 억누를 수 없는 증오로 폭발할 압박. 셋째, 엉뚱하고 상상력이 지나치고 불같고 변덕스러운 이탈리아 민족의 특성. 우리가 이런 점들을 명심한다면 무솔리니는 이탈리아에서 레닌이라는 냉혹한 선두 주자보다 하찮은 존재가 될 가능성도 없지 않다.[4]

---

[4] 이 면담과 관련해 훗날 엘레니 카잔차키는 다음과 같이 말했다. 「내 남편은 무솔리니가 이탈리아에서 시도하고 있는 것들에 대해 처음에는 감명을 받았으나 나중에는 그러한 시각을 상당 부분 수정했다.」 — 원주.

이집트

나일 강

 이윽고 나일 강의 널따란 입구가 가까워지고 바다 — 상형 문자에서는 〈거대한 녹색〉이라 부른다 — 가 녹색으로 변하기 시작하자, 파라오 시대의 절규처럼 우리를 위해 보존되어 온 오래된 노래 하나가 내 마음을 사로잡았다.

 우리는 좋든 싫든 우리 시대의 끔찍한 걱정에 잠겨 있으니, 오늘날에는 생기 넘치는 사람도 태평스러운 관광객이 되어 여행하기가 어렵다. 그렇다면 저 피라미드들과 황금 미라, 카르나크의 거대한 사원, 왕들의 화강암 상(像)들은 우리에게 직접적으로 어떤 가치를 지니는가? 그리고 어떻게 해야, 저 경이로운 두 장식물 — 야자수와 낙타 — 을 그냥 단순하게, 다시 말해 심란한 마음을 털어 내고 즐겨도 될 날이 올까?

 사막에 어둠이 내리자 나는 불 근처에 쭉 뻗고 누워, 먼 옛날의 신비를 간직한 황야의 규칙적인 숨소리에 귀 기울여 보려 했다. 그러나 이 모든 낭만적인 소리들은, 출발하기 전 인간들의 고통에 찬 도시가 내 마음 한복판에 못 박아 놓은 절규 옆에서 사라져 버리곤 했다.

 우리가 사는 시대는 저 나름의 외침으로 미와 지혜의 매혹적인 목소리들 — 오늘날의 필요에서 보면 전혀 생산적이지 못한 목소리들 — 을 모두 침묵시켜 버린다. 우리가 세계 대전 이전에 보았던 것은 다른 이집트다. 세계 대전은 이 시대와 우리의 마음을 둘로 갈라놓는 거대한 유혈의 경계선이다. 따라서 오늘날을 사는 사람이 바라보는 이집트는 또 다른 이집트다. 전쟁은 이집트를 바꿔 놓았다. 그러나 보다 더 중요한 것은 〈새로운 눈이 만들어졌다〉는 사실이다.

그리하여 오늘, 나일 강 저지대의 기름진 평야를 바라보고 있자니 저 금은보화와 색상들, 젊은 이집트의 무희들, 승리를 뽐내는 파라오들, 기괴한 신들이 내 머릿속에서 느닷없이, 부지불식간에 한쪽으로 밀려났다. 그리고 모래땅에서 솟아오르는 높고 단조로운 목소리가 귀에 들어왔다. 〈펠라〉[1]의 목소리 같았다. 그것은 멤피스의 이름 모를 프롤레타리아 시인이 부르는 원초적이고 소름 끼치는 시대의 절규였다.

나는 보았네! 보았네! 보았네! 불 앞에 선 대장장이들을 보았네. 그들의 손가락은 악어가죽처럼 거칠었고 물고기 알 같은 냄새를 풍겼지.

농부들은 들에서 고통 속에 노동하고, 밤이 이슥해 쉬어야 할 시간에도 계속 일하네.

이발사는 고객을 찾아 이 집 저 집 옮겨 다니며 하루 종일 머리를 자르고, 배를 채우기 위해 손이 닳도록 일하네.

---

[1] 이집트나 시리아 등 아랍권에서 농민 혹은 노동자를 일컫는 말.

서까래와 지붕을 오르내리며 하루 종일 땡볕 아래 일하다 밤에 집으로 돌아와 자식들을 두들겨 패는 벽돌공을 기다리고 있는 것은 병뿐이네.

작업장에서 무릎을 배에 박고 혼탁한 공기를 들이마시며 쇠약해져 가는 직조공은 햇빛 한번 보기 위해 경비원에게 뇌물을 먹여야 하네.

야생 짐승과 인간들에게 언제 잡아먹힐지 몰라 출발하기 전에 유언장을 작성하는 우체부는 집으로 돌아오기 바쁘게 다시 길 떠날 준비를 하네.

지친 눈과 썩은 생선처럼 악취 나는 손을 가진 무두장이는 천을 자르며 평생을 보내네.

한평생 구걸해 온 구두 수선공은 굶어 죽지 않으려고 작업 재료로 쓰는 가죽까지 먹으려 하네!

이 고통에 찬 가락이 이집트 전역에서 솟아오르고 있었다. 우리가 도착한 아침에는 태양이 이집트 땅을 비추고 있었다. 만약 내가 성 프란체스코 시대에 이집트를 여행하고 있는 거라면 아마도 인간의 영혼이 우상 숭배의 죄악에 빠지는 소리를 듣고, 그 영혼을 구해 달라고 그리스도에게 외쳤을 것이다. 만약 내가 괴테 시대에 여행하고 있었다면, 크고 시원한 교회들에서 솟아오르는 새로운 화음을 즐기고, 황홀경에 빠진 젊은 그리스를 삶과 죽음의 신비로 입문시키는 사제들의 슬기로운 목소리에 귀 기울이며,

희열로 전율했을 것이다.

그러나 나는 지금, 기계와 굶주림에 예속된 인간의 영혼이 빵과 자유를 위해 몸부림치는 시대에 여행을 하고 있다. 오늘날 이 노동자의 절규 — 술과 담배와 증오로 상해 버린 목소리 — 는 지상 전체의 절규이다. 이 가슴 저미는 외침이 내가 이집트 이쪽 끝에서 저쪽 끝까지 여행하는 내내 나를 따라다니며 안내했다.

길들고 노예화된, 농부 같은 자연. 이집트의 넓은 진흙땅에는 면화와 콩과 옥수수가 뿌려져 있다. 대추야자, 아카시아, 가시투성이 부채선인장. 무거운 하늘, 짙은 색상들, 습기 실린 공기. 경작지에는 살찐 갈까마귀들이 앉았다 날았다 하고 있다. 강둑에는 졸린 황새들이 그림 문자처럼 한 다리로 서 있다.

그리고 그 풍경의 일부처럼, 땅과 같은 진흙으로 만들어진 농부가 강을 향해 몸을 굽히고 있다. 그는 원시적인 물통을 들어 올렸다 내렸다 하면서 물을 끌어 모아 밭고랑을 채운다. 충직하게, 노예처럼, 수천 년 전에 사라진 조상들이 하던 동작을 지금도 계속한다. 아무것도 변하지 않았다. 좁은 이마, 아몬드 모양의 검은 눈, 밑으로 처진 넓은 입술, 햇볕에 구워진 뾰족한 두개골 — 모두 똑같다. 노예 상태라는 것도 똑같다.

눈을 먹으로 칠한 지저분하고 가냘픈 여인들이 강으로 내려와 검은 토기 단지에 물을 채우고, 천으로 가린 야무진 머리에 단지를 비스듬히 올려놓더니 — 저 고대의 부조들에 묘사된 장면 그대로 — 차례차례 한 줄로 늘어서서 천천히 강둑을 오른다. 진흙이 덕지덕지 붙어 있고 햇볕에 바랜 그들의 가느다란 발목에선 은고리들이 반짝인다.

나일 강 삼각주의 녹지가 바다를 향해 활짝 펼쳐져 있다. 그리고 그 중심부는 카이로라는 붉은 루비이다.

   카이로에서 북쪽 편으로는 야자수처럼 가늘고 울퉁불퉁한 이집트의 몸통이 등장한다. 좁고 기다란 녹색의 두 땅덩어리 사이로 나일 강의 짙푸른 동맥이 이어지고, 그 좌우로 회색의 모래사막이 끝없이 펼쳐진다. 수면 위로 붉은 새들이 퍼덕이고, 사탕수수가 무성하게 자라고, 평원에 파문이 일기 시작한다.

   이 강이 수천 년에 걸쳐 암석들을 침식시켜 온 덕분에 중앙아프리카에서 지중해에 이르는 6천5백 킬로미터의 길이 열릴 수 있었다. 황량하고 누런 산들이 모습을 드러내고 그 사이로 푸른 물이 고요히 흐르며 저주받은 불모의 모래땅을 비옥하게 만든다. 공기가 건조해지고, 사막은 이글거리고, 사람들의 피부색이 점점 더 짙어진다. 밀 색에서 초콜릿 색으로 차츰 변하다가 마침내 검은 금속성 광채를 띤 완전 흑색의 종족들이 등장하는 것이다.

   새들의 색도 좀 더 다채로워진다. 키 큰 백로와, 황갈색 가슴을 가진 푸른 제비의 화려한 수컷들이 떼 지어 있다. 사람들도 점점 마른 체형으로 바뀌는데, 여자들은 코를 뚫어 고리를 걸고 있고 아이들은 사탕수수를 먹으며 진흙 속에서 빈둥거린다.

   석양이 지면 길 건너편 산들은 장밋빛 색조를 띤다. 낙타들이 목을 천천히 흔들며 지나간다. 농부들은 물통을 끌고 와 노래를 흥얼대며 대지에 물을 먹인다. 모든 것이 평화롭고 만족스러운 듯 보인다. 이 모든 평온에 현혹될 낭만적인 가슴이 없을 뿐, 부족한 것은 없다.

   하지만 나는 이 평온한 가면 뒤로 고통 속에 몸부림치고 있는 이집트의 얼굴을 볼 수 있었다. 지긋지긋한 모래땅 한가운데서 녹음을 꽃피우는 이 길고 좁다란 땅덩이는 물과 인간 사이에 벌어지는 끝없는 무시무시한 투쟁이다. 만약 단 한순간이라도 전투가 멎는다면 이 덧없는 대지의 장신구들 — 나무, 새, 사람 — 은 모래 속에 잠겨 버릴 것이다. 헤로도토스는 이집트를 〈나일 강의 선물〉이라고 했지만 그게 전부는 아니다. 이 위대한 이집트의 신은 인간에게 마지못해 인색한 일당(日當)을 지급한다. 농부는 수천 년에 걸쳐 밤낮없이 일하면서 이 신의 거칠고 무모한 힘을 길들이고자 애쓴다. 신은 범람과 배수를 주기적으로 반복하며 농부와 더불어, 그의 이마에 돋은 땀과 더불어, 이집트를 창조한다.

고대의 위대하고 성스러운 강 세 곳 — 나일 강, 유프라테스 강, 갠지스 강 — 중에서도 나일 강이 가장 성스럽다.

토사를 옮겨 대지를 만들어 내는 것이 나일 강이다. 그 후에 자신의 물로 대지를 덮어 비옥하게 만드는 것도 나일이다. 나일 강은 식물과 동물과 농부들을 낳는다. 인간으로 하여금 협동하고 조직화하고, 최초의 과학들을 발견하게끔 만드는 것도 결국 나일 강이다.

고대에는 그것의 원천이 하나의 신비였다. 이집트의 사제들은 나일 강이 하늘에서부터 내려온다고 주장하면서 나일을 덕(德)의 신으로 추앙했다. 모래 속으로 펼쳐지는 이 강을 작고 무수한 손자들을 바글바글 거느린 위대한 조부로 삼았다.

나일 강의 근원은 마치 신의 근원처럼 어두운 비밀에 싸여 있지만, 그 얼굴은 알데바란[2]처럼 장난질하며 색깔을 바꾼다 — 녹색, 핏빛 적색, 진흙 색, 짙은 청색. 이집트의 한 오래된 전설에 따르면, 옛날에 세 사람이 남쪽으로 평생 노를 저어 비밀에 덮인 나일 강의 뿌리를 찾아보자고 맹세했다. 10년이 지나자 그중 한 사람이 죽었다. 또다시 10년이 지나자 두 번째 남자도 죽었지만

---

2 황소자리의 일등성 별.

강의 끝은 아직 보이지 않았다. 그 후 세 번째 남자가 백 살이 되어, 죽으려고 배 안에 미라처럼 누워 있었다. 그때 물에서 어떤 목소리가 솟아오르더니 그의 귀에 대고 위로하듯 말했다. 「너는 모든 인간 가운데 가장 많은 물을 보았으니 복 받았구나. 이제 저승까지 내려와 네가 그토록 갈구하던 나의 근원을 발견하게 될 것이니 복 받았구나!」

오늘날에는 그 수수께끼가 해결되었다. 나일 강은 아프리카의 거대한 호수들에서 솟아 나온다. 2월이 되면 비로 불어난 물이 아비시니아 평원의 토사를 싣고 희고 푸른 갈퀴처럼 갈라져 내려오다가 하르툼에서 하나가 된다. 그리고 계속 그 영원한 하상(河床)을 지키며 범람하고 모래 위에 진흙을 퇴적시켜, 강 좌우에 소규모의 기름진 땅을 만들어 낸다.

여름이 되면 서쪽으로 부는 무시무시한 열풍, 〈함신〉이 이집트를 시들게 한다. 나무들은 온통 먼지로 뒤덮이고, 풀이 마르고, 사람도 동물도 숨을 쉴 수가 없다. 강물이 줄어들어 이집트의 모든 생명이 위태로워지고, 호시탐탐 기다려 온 사막이 이집트를 집어삼키려고 열심히 뻗쳐 온다.

그러나 아비시니아에서 눈이 녹기 시작하면 나일 강이 다시 불어나 콸콸 내려온다. 4월은 하르툼에 범람의 물결을 가져온다. 수위가 높아지기 시작하면 평야는 기쁨에 휩싸인다 — 흙과 동물과 사람 모두. 높아지는 수위를 매일 육안으로 확인하기는 힘들기 때문에 사자(使者)들이 마을마다 뛰어다니며 몇 센티미터나 높아졌는지 알려 준다. 흙덩이들이 무너지기 시작하고, 곤충들이 활기차게 움직이고, 인간 종족들이 좋아서 왜가리처럼 꽥꽥대고, 물고기들이 흙탕물에서 번득이며 뛰놀고, 새들이 짙은 물 위로 떼 지어 난다.

나일 강이 달라진다. 처음에는 녹색으로 변했다가 피처럼 붉어지고 결국에는 혼탁한 황토색이 되면서 땅을 덮어 버린다. 강물이 수로를 꽉 채우면 저수지마다 보물이 잔뜩 쌓이고, 이집트 전체가 하나의 호수로 변하여 마을과 나무들이 둥둥 떠다닌다.

예수 탄생 3천 년 전에 세워진 한 피라미드에서 다음과 같은 구절이 발견되었다. 〈나일 강을 바라보는 사람들이 벌벌 떨며 무너진다. 그러나 들판은 깔깔대고, 강둑은 꽃을 피우고, 신들의 제물(祭物)이 하늘에서 쏟아져 내린다……. 신들의 마음이 기쁨으로 춤춘다.〉

8월 말로 접어들면 나일 강의 수위는 정점에 이른다. 그러다가 조금씩 줄어들기 시작한다. 기쁨도 막을 내린다. 농부가 노동하는 힘든 시기가 시작된다. 밭을 갈고, 씨를 뿌리고, 물을 끌어대고, 수확한다. 그리고 끝으로, 〈에펜디〉[3]가 찾아오면서, 이 노동 최후의 비극적인 얼굴이 드러난다. 탈곡장에서 곧바로 결실을 거두어 가는 그들은 이름만 다를 뿐 영원히 똑같은 얼굴이다 — 파라오, 사제, 봉건 영주, 상인, 고리대금업자.

나일 강은 토지와 나무와 동물과 사람을 낳을 뿐 아니라 법률과 일차 과학을 낳는다. 나일의 범람이 항상 박애적인 것만은 아니어서, 인간이 통제하지 못하면 범람은 재난으로 변해 버릴 수 있다. 따라서 사람들은 홍수를 파트너로 끌어들이기 위해 조직화하고 협동하지 않을 수 없다. 높은 장벽을 쌓아 올려야만 물의 위력을 저지할 수 있고 그 잉여를 저수지에 저장할 수 있으니까.

그리하여 사람들은 공동체를 조직하고 〈수력학(水力學)〉을 발견한다. 곧이어 〈기하학〉도 발견하게 된다. 나일 강의 물이 해마

---

[3] 나리, 선생님이란 뜻의 경칭.

다 들판으로 넘쳐 들어 지상의 경계들을 파괴해 버리기 때문에 각 개인의 소유권을 확실히 구분하여 토지 대장에 정확하게 기록할 필요가 생긴다. 이러한 과정에서 나일은 〈법률〉, 즉 판별하는 학문이 생긴 원인이 되었다.

각 지방은 서로 의존하고 있고 한 지방의 융성은 물의 분배가 얼마나 적절하게 통제되느냐에 달려 있다. 따라서 나일 강은 인간에게 하나의 정치적 조직체에 모든 권위를 끌어 모으는 엄격한 계급 구조를 수용하게끔 만들었다. 이 단일 조직이 모든 물을 통제하고 공정하게 분배하는 역할을 담당하는 것이다. 그리하여 필요에 의해, 파라오의 전제 군주국이 생겨났다.

지구상에 있는 타 지역들의 경우, 비와 홍수는 통치권에서 벗어난 사안이다. 하지만 이집트에서는 오직 정부만이 물을 규제할 수 있다. 지난날 이집트를 찾았던 나폴레옹 대제가 이 비밀을 간파했다. 이집트에서 엄격한 정치권력이 필요 불가결한 이유를 알아낸 것이다. 그는 이렇게 적고 있다. 〈정부의 관리가 경제생활에 막대한 영향을 발휘한다는 점에서 이 나라를 따를 나라가 없다. 관리가 잘되면 수로가 많이 생겨나고 잘 유지되며 물의 배분이 공정하게 이루어져 범람의 혜택이 더 많은 지역으로 확대된다. 관리가 허술할 경우, 수로가 막히고 댐이 무너지고 물 배급의 단속이 어려워져 좀도둑질이 생겨나고 모든 지역이 고통을 겪는다.〉

나는 강변을 따라 갈대 줄기들 사이를 떠돌며, 말없이 움직이는 이 물을 존경과 두려움으로 바라본다. 나일 강이 무겁게 고요히 흔들린다. 인간은 적절히 다루고 관개하여 사막을 밀어내고자, 옥토를 만들고자, 있는 힘을 다해 싸우며 나일 강을 지휘한다. 그러면 강은 잠시 굴복하여 마음을 열고, 결실을 맺고, 대추야자와 동물들과 농부들을 낳는다. 그러나 저 수목들 뒤로, 물을 끌어당기는 인간들의 어깨 너머로 또 다른 것 — 결코 휘어잡을 수 없는 사막 — 이 눈을 번득이고 있음을 나는 공포 속에 발견한다.

어느 날 헬리오폴리스 꼭대기에서 시원한 녹색 바나나나무 잎사귀들 틈새로 불현듯 보았던 사막의 모습을 나는 결코 잊지 못할 것이다. 그것은 너무 가까운 곳에서, 한 송이 장미처럼 반짝이며 우리를 기다리고 있었다. 내 가슴이 턱 멘 것은, 조만간 저 무시무시한 호랑이가 승리할 것임을 알고 있었기 때문이다. 나일강이 이어지고 좁다랗고 하찮은 모래땅을 옥토로 바꾸어 본들 부질없는 짓이다. 그것이 얼마나 갈 것인가? 가엾은 인간들은 반벌거숭이가 되어 물을 끌어들이고 고랑을 트고 씨를 뿌리고 괭이질을 하며 몸부림친다. 그러나 어느 한순간 나일이 물러나면 — 장차 물러나게 되어 있다 — 모든 것이 다시 정복할 수 없는 밋밋한 회색의 모래로 전락할 것이다.

그러니 지난날 사제들이 나일 강에 제물을 바치고 두 팔 들어 칭송한 것도 당연하다.

> 나일이여 만세, 세상의 육체를 입고
> 고요히 지상에 내려왔도다.
> 이집트에 생명을 불어넣고자.
> 그대는 어둠 속에 남몰래 건너와,
> 그대의 물살을 정원으로 펼쳐
> 목마른 모든 것들에 생명을 주나니.
> 물고기의 대왕,
> 밀의 아버지,
> 보리의 창조자 —
> 그대의 손이 일을 멈추면

무수한 창조물이 사멸하고,
신들이 사라지고,
가축들은 미쳐 버리네.
그러나 그대가 모습을 드러내면
지상은 기쁨으로 탄성을 지르고,
모든 배〔腹〕가 좋아 날뛰고,
모든 척추가 웃음으로 흔들리고,
모든 치아가 씹는다네!

그리고 4천 년이 흐른 오늘날 이집트 최고의 시인 아마드 샤우키[4]도 똑같은 숭배의 태도로 나일을 찬미한다.

그대의 물이 금빛으로 바뀌고
그대는 대지를 익사시킨다,
보다 아름다운 모습으로 다시 살려 내기 위해.
그대의 물살은 마치 우정과 사랑의 영원한 법칙처럼
쉼 없이 흐르고,
그대의 포옹 속에서
계곡은 풍요로운 생명을 받누나!

---

4 Ahmad Shauqui(1868~1932). 이집트의 시인이자 극작가.

카이로

 여기는 동양, 우리가 사랑하는 동양 풍경 그대로다. 햇빛과 색상, 냄새, 쓰레기, 그리고 나일 강의 진흙에서 생겨나 햇볕 속에서 벽돌처럼 야무지게 굳어졌다 다시 진흙으로 돌아가는 무수한 세대의 유골들로 가득 찬.

 카이로의 거리에서 나는 오늘날 나일이 낳은 온갖 인종의 수확물을 즐긴다. 노동과 굶주림에 지친 마르고 민첩한 농민, 노동자들. 교활하고 살찐 콥트교도들, 날카로운 눈매와 자존심을 가진, 키 크고 말없고 빈틈없이 무장한 베두인족들. 사나운 표정에 처진 입술과 두리번거리는 눈을 가진 흑인들. 노예처럼 발목에 무거운 은고리를 차고 눈에 먹 화장을 한 여인들. 그리고 사향 냄새와 거름 냄새를 풍기는 이 검은 유색 인종들 틈에서 빙빙 도는, 무색무취의 병약해 보이는 유럽인들. 아랍의 태양열 속에서 그들의 새하얀 얼굴이 그들을 졸도한 사람들처럼 보이게 만든다.

 펠라하[1]가 보에 싸인 아기 둘을 큼직하고 얕은 함에 —— 물고기 담듯 —— 넣어 머리에 이고 지나간다. 기다란 야타간[2]을 허리

---

1 *fellaha*. 카잔차키스는 여성 농민을 지칭할 때 이 단어를 사용한다 —— 원주.
2 이슬람교도들이 사용하는 긴 나이프, 혹은 짧은 기병도 —— 원주.

에 찬 세 명의 아랍인이 북을 두드리면서, 화관을 머리에 얹고 절룩대는 늙은 낙타를 끌고 간다. 그리고 연방 즐겁게 노래하며 반복하여 외친다. 「고기가 연한 이 낙타는 내일 아메트 알리의 정육점에서 도살됩니다. 제때 사는 사람은 행운이오!」

한 유랑자가 불붙인 청동 향로를 움켜쥐고 달려간다. 그가 가게로 달려 들어갔다 나올 때마다 향내가 둥둥 떠온다. 해는 이제 절정에 올라 있고 거리마다 젤라바[3]로 넘쳐 난다. 노란색의 깊숙한 바구니들은 짙은 향신료 냄새를 피워 대고, 자갈 깔린 거리에는 과일과, 낙타와 양의 똥이 수북하다. 베일을 벗은 키 큰 창녀 하나가 짙은 사향 냄새를 풍기며 물결치듯 지나간다. 그녀가 속 비치는 마일라야[4]를 무릎까지 들쳐 올리며 깔깔댄다…….

자그만 광장 위쪽에서 한 노인이 면화 솜뭉치를 입에 잔뜩 밀어 넣고 씹다가 꿀꺽 삼키는 척한다. 잠시 후 또 다른 사내가 합류하여 손가락 두 개를 집게처럼 쳐들고 노인의 입에서 면사를 끌어내기 시작하더니 끝없이 풀어낸다. 이 극단의 세 번째 멤버인 여자가 그 면사를 잡더니 물렛가락에 감고 실을 잣기 시작한다. 잠시 후 노인의 입이 텅 비자 모금 접시를 돌리고 구경꾼들은 흩어진다.

예스러운 풍경들도 보인다 — 뙤약볕 아래 몸의 이를 잡고 있는 여인들. 뱀을 부리는 베르베르족들. 병이 낫기를 빌면서 갖가지 색상의 천 조각을 나무에 매다는 병자들. 돈을 받고 참석한 여자 조문객들이 느닷없이 거리로 뛰어들어 양팔을 휘젓고 제 머리를 잡아당기고, 그 뒤로 녹색 보에 덮인 높다란 관 위에 올려진

---

3 북아프리카 남자들이 주로 입는, 두건 달린 헐렁한 긴 저고리.
4 레이스 형태로 헐렁하게 짠 사각형의 긴 면직 윗도리로 겉옷 위에 걸친다. 머리와 팔뚝, 허리를 나낙하게 감싸면서 장딴지까지 내려온다 — 원주.

하얀 터번을 두른 시신이 뒤따른다.

갑자기 육계피, 정향, 향냄새가 코를 찌른다. 우리는 아라비아의 온갖 향료를 취급하는 저 유명한 시장에 와 있다. 시장 위로 덮개가 쳐져 있다. 누르께한 안색의 젊은이들이 무거운 쇠막대기를 잡고 속 깊은 돌절구로 가루를 빻고 있다. 노인들은 돗자리 위에 다리를 포개고 앉아 향료를 섞기도 하고, 자그만 대리석 절구에 신비한 치료제를 갈기도 한다. 베일을 반쯤 걷어 올린 여자들이 그 사이를 맴돌며 낮은 목소리로 물건을 사라고 외친다. 눈 화장용 검정 먹, 손톱에 칠하는 헤나 물감,[5] 바그다드에서 들여온 향유, 장미 향수, 오렌지꽃 향수, 사향, 은밀한 유품 — 신이 내린 온갖 죄악의 장비들.

거리를 좀 더 내려가면 구리와 은제품을 제작하는 자그만 공방들이 시작된다. 여기에서 장인들은 웅크리고 앉아 자신의 작품에 몸과 영혼을 바친다. 옛 도안들을 금속 위에 놓고 해묵은 전통 연장들로 두드려 댄다 — 인어, 사자, 사이프러스, 코란에서 따온 구절들.

빛이 희미하게 드는 좁다란 시장 안 그다음 줄에는 융단, 비단, 다채로운 색상의 보석, 유서 깊은 검, 상아와 진주모들이 펼쳐진다. 어느 오래된 기록에 묘사되어 있는 칼리프 모스탄세 벤 일라의 보물들이 문득 떠올랐다.

〈에메랄드로 뒤덮인 궤짝. 보석이 박힌 1천2백 개의 반지. 다채로운 색상의 광택제를 칠한 수천 개의 금 접시. 값비싼 목재를 금으로 장식하여 만든 다양한 형태의 물통 9천 개. 하룬 알 라시드의 이름이 새겨진 백 개의 잔. 무게가 1.3킬로그램에 달하는 금

---

5 〈헤나〉라는 꽃에서 나오는 염료.

줄. 새장 4백 개. 법랑으로 만들어진 공작. 보석으로 만들어진 수탉. 진주로 만들어진 가젤. 셀 수 없이 많은 융단, 그중 1천 장에는 세계 여러 왕조의 역사가 기록되어 있다!〉

농부 하나가 훌쩍거리며 손을 내밀었다. 내가 돌아보았다. 좀 전의 육욕과 부의 환영이 갑자기 사막의 신기루처럼 움직이더니 공중으로 가볍게 뛰어올라 사라져 버렸다. 나는 부끄러움을 느꼈다. 오늘날에는 사람을 취하게 하는 미(美)의 유혹에 굴복하는 것보다 더 큰 죄악도 없다. 고대의 세이렌이 우리의 능력을 유혹하고 마비시키면 마음은 그만 길을 잃고 우리 시대의 성스러운 의무를 망각한다.

나는 서둘러 떠났다. 도시의 무너져 가는 성벽에 올라 칼리프들의 경이로운 무덤 근처를 몇 시간이나 배회했다. 성스럽고 가냘픈 모스크, 짙푸른 하늘을 배경으로 찬란하고 우아하기 그지없는 순백의 광탑. 아래로 펼쳐진 도시가 바다처럼 울부짖고, 해가 떨어지기 시작하자 공기가 물들면서 점점 선선해졌다.

이제 나는 가옥들 사방으로 사막을 볼 수 있었다. 사막은 매복한 채 도시를 포위하고 있었다. 나일의 물을 마시고 꽃을 피우는 카이로라는 거대한 장미가 모래 위에 펼쳐져 있었다. 대기는 육욕과 죽음으로 충만했다.

밤이 되어 이 고도(古都)의 좁다란 거리들을 방황하던 나는 뜻밖에도 요상하고 수상쩍은 한 구역과 마주쳤다. 초롱불과 여인들로 가득하고 아래층엔 지저분한 침실들이 갖추어져 있었다.

문지방마다 젖가슴을 드러낸 여인들이 앉거나 서 있거나 춤을 추면서, 남자들을 향해 소리친다. 그들의 육체가 번득인다. 일부는 에티오피아산 포도주처럼 짙은 청색이고, 일부는 토착민의 짙은 초콜릿 색이고, 일부는 분칠을 하여 뽀얗다 — 유럽 혈통들이다. 그들 뒤로, 자그만 석유등 불빛 아래, 실내 공간을 다 차지하는 커다란 침대가 펼쳐져 있다. 구석에 놓인 작은 물 주전자 하나 — 그 외에는 아무것도 없다.

문 위에는 이 가엾은 여인들의 다양한 문장(紋章)이 걸려 있다. 큼직한 사막 도마뱀의 미라, 쥐 미라, 여자를 삼키고 있는 악어 혹은 젖가슴으로 선박을 누르고 있는 인어 그림. 그리고 각종 언어로 〈셋방〉이라고 적어 놓은 양철 간판도 이따금 보인다.

짙게 칠한 입술과 아름다운 아몬드 눈을 가진 어린 소녀가 불붙은 탄이 든 화로를 무릎 사이에 끼고 빵을 구워 먹고 있다. 이 거리를 좀 더 내려가면 흉측하게 생긴 노파가 노란색의 작은 게들을 구워 팔고 있다 — 그녀 주위, 온 사방에 바다 냄새가 풍긴다.

나는 이웃과 이야기하고 있는 뚱뚱한 이탈리아 처녀를 지나친다.

「그래, 어떻게 지냈어?」

「바지 두 개와 젤라바 세 개를 만들었지!」 상대편에게서 쾌활한 대답이 튀어나온다.

내 눈에서 눈물이 솟았다. 나는 떠나려고, 피하고 싶어, 보폭을 넓혔다. 그러나 구불구불한 거리에서 계속 길을 잃고 있었다. 비가 부슬부슬 내리기 시작했다. 남정네와 소년들로 가득 찬 어느 커피점에서 파도바의 성 안토니우스[6]를 만났다. 벽에 걸린 큼직한 액자 속에서 흰 백합을 손에 들고 있었다. 또 다른 커피점에서는, 베니젤로스가 콘스탄티노스 1세[7]와 대화하고 있는 사진을

---

6 Antonius de Padua(1195~1231). 프란체스코 수도회 탁발 수사. 가난한 자의 수호성인으로서 1232년에 성인으로 축성되었다.

7 1913년부터 1917년, 1920년부터 1922년의 기간에 재위했던 그리스의 국왕 — 원주.

보았고, 그 거리 좀 더 아래쪽에서는 게오르기오스 1세와 올가 왕비[8]를 보았다.

내 머릿속이 마치 동양의 어느 도시처럼 붐비고 와글거렸다. 색상들, 냄새들, 남자들, 여자들, 생각들, 경제와 도덕의 문제들 — 나일 강의 진흙 속에서 꿈틀대고 아프리카의 강렬한 태양 아래 구워지는 저 모든 덧없는 격동을 느낄 수 있었다.

늘 그랬듯, 두 개의 기준이 내 속에서 빛을 내며 인간 삶의 저 혼란한 장면에 위계질서를 부여했다.

첫째, 상대적인 인간적 기준. 이집트의 모든 삶이 수천 년 동안 소수 지배자들 — 신, 사제, 왕, 고리대금업자들 — 의 사욕에 의해 규제되어 왔다는 사실에 나는 분노를 느꼈다. 그들은 농민들을 짐승처럼 들판에 묶어 놓고 이렇게 말한다. 「땅을 파고 씨를 뿌리고 물을 끌어들여라, 그러면 내가 수확하겠노라!」 민중들은 저 장구한 세월, 자신들의 역사를 곰곰 되씹고 돌에 새기면서도 분노와 복수심에 휩싸인 적이 드물었다. 피에 굶주린 왕들과 불의(不義)의 법률에서 벗어나고자, 자신들의 손으로 화강암에 새겨 넣은 저 가혹한 신들에게서 벗어나고자 단결해 본 일도 없었다. 오늘날에도 수천 년 동안 해온 그대로, 농민 노동자들은 굶주림 속에 일하고 여자들은 굶주림 속에 몸을 팔고 있지만 지조 바른 사람은 가슴만 찢어질 뿐 아무런 구제책도 내놓지 못한다.

둘째, 절대적인 냉엄한 기준. 어떤 구원론이나 희망에도 현혹되지 않고, 이 모든 인간사의 풍파를 있는 그대로, 늠름하게, 절망적으로 직시하는 것.

---

8 그리스의 국왕 게오르기오스와 그의 왕비였던 러시아 출신의 올가는 1867년에 결혼했다. 게오르기오스 왕은 1863년부터 1913년까지 재위했다 — 원주.

다음 순간, 이집트의 모든 것들이 온갖 색상의 천 조각을 이어 붙인 누비이불 넘실거리듯 내 앞에 펼쳐진다. 기적이다, 나일 강 언저리에 이처럼 다채로운 인간의 개밋둑이 있다는 것은. 기적이다, 좌우에서 녹음을 꽃피우며 신과 인간과 짐승들이 먹을 것을 생산해 내는 저 좁다란 두 개의 모래 땅덩이. 신과 인간과 짐승을 소멸시키는, 저 무한한 불모의 사막 역시 기적이다!

나는 삶과 죽음이 이처럼 격렬하게 관능적으로 만나는 것을 지구상의 그 어디에서도 느껴 보지 못했다. 고대 이집트인들은, 죽음을 바라보며 삶의 미미한 섬광을 좀 더 깊이 즐기기 위해 연회장 한가운데에 미라를 갖다 놓곤 했다.

그들의 오래된 노래 하나가 양피지에 보존되어 있다.

　　하루하루를 기뻐하라. 향수로 몸을 적시라.
　　향기로 코를 채워라.
　　그대의 목구멍과, 그대 옆에 앉은 사랑하는 육체를 위해
　　연꽃 화환을 엮어라.

　　유희를 대령시켜라. 걱정일랑 벗어던져라 —
　　걱정거리가 그대를
　　침묵이 좋아하는 곳으로 데리고 가는 그 시각이 될 때까지.
　　명심하라, 그곳에서는 그 누구도 돌아오지 못한다는 것을!

세상의 양면(兩面)을 너무 사랑하는 나는 이집트의 두 얼굴을 깊이 즐긴다 — 녹음과 회색 모래.

피라미드

 전쟁을 묘사한 유명한 그림이 떠올랐다. 피라미드처럼 높은 두개골의 산. 채찍질 아래 노동하다 죽어 간 수천 명의 사람들에 의해 창조된 이 잔인한 업적을 우리의 마음은 쉽게 받아들이지 못한다.

 그럼에도 생기 빠진 눈과 금니를 가진 미국인 일행들이 마치 까마귀 떼처럼 두개골들 주위를 빙빙 돈다. 여자들은 꺅꺅거리며 낙타에 오르고 그들의 실크 스타킹이 무릎 한참 위에서 번들거린다. 그들은 피라미드를 둘러보는 고전적인 관광을 재빨리 끝내고 약간 툴툴거린 뒤 제 모습을 사진에 박고는 서둘러 시카고로 돌아간다.

 한 무리의 미국인들이 방금 이집트 농부와 내기를 걸었다. 당신이 저 거대한 피라미드를 6분 안에 올라갔다 내려오면 반 파운드를 주겠다. 여위고 굶주린 불쌍한 농부는 엄청난 돌덩이들을 죽기 살기로 기어오른다. 바위들 사이로 허둥지둥 뛰어다니며 이따금 보였다 안 보였다 하더니 마침내 꼭대기에 도착한다. 그러고는 곤두박질치듯 돌진해 내려온다.

 나는 괴로운 심정으로 그를 뒤따른다. 미국인들이 유유히 지켜보며 시간을 잰다. 사내가 헉헉대며 돌아와 그들의 발치에 털썩 쓰러지더니 목만 쳐들고 헐떡거린다. 그러나 미국인들이 이겼고, 그들은 헛웃음을 남긴 뒤 떠나 버린다. 농부가 통곡하기 시작한다…….

「저 사람에게 바위를 들어 놈들의 머리통을 부숴 버리라고 해요.」 나는 함께 있던 아랍인에게 말했다.

그러나 아랍인은 껄껄 웃었다.

「왜요? 저 양반들이 돈을 주지 않는 건 당연한데. 저 사내가 졌잖아요.」

「하지만 비웃을 것까지는 없었잖아요?」

「승자들은 늘 웃게 마련입니다. 모르셨어요?」

케케묵은 굴종의 공기 속에서 나는 이 작은 일화가 이집트의 역사를 낱낱이 비추는 것을 느꼈다. 마치 피라미드에 새겨진 매와 토끼와 절단된 손들에 관한 그림 문자의 설명처럼.

모래 언덕을 따라 걷는다. 태양이 내 두개골을 파고들고 안개 너머는 완전히 사막이다. 공기가 모래 위에서 번득이며 요동친다. 정오다. 쿠푸[1]의 아름다운 딸이 대(大)피라미드에서 나온다는 마법의 시간이다. 그녀는 아직도 농민들의 상상 속을 떠돌며 인간들에게 절규한다. 그녀의 아버지는 대피라미드를 건축하느라 이집트의 부를 모두 써버렸고, 그리하여 더 이상 가진 것이 없어지자 낯선 사람들에게 딸을 팔았다. 그녀는 몸을 판 남자들에게서 돌을 하나씩 선물로 받아, 그 돌들을 가지고 자신의 자그만 피라미드를 쌓았다! 그러나 불행하게도, 그녀의 피라미드는 영원히 너무나 작아 보이고 따라서 그녀는 더 많은 돌을 구걸하고 있다…….

---

[1] Khufu(B. C. ?~B. C. 2566?). 기자의 대피라미드를 건설한 이집트의 왕.

끔찍한 사막으로 둘러싸여 있는 이 축축하고 온난하고 비옥한 토양에서 육욕과 노예근성과 무력이 너무나 조화롭게 자라고 있다!

죽음은 도처에 있다 — 인간들은 푸른 잎사귀 너머로 사막을 본다. 훈련된 질서 속에 일하다 잠시 멈추면 강이 그들을 집어삼킨다. 지배자들 앞에서 고개를 쳐들기만 해도 심판에 처해진다.

이 나라의 역사에서, 보기 드문 몇몇 순간을 제외하고 이집트인이 자유를 이상으로 삼은 적은 결코 없었다. 정치에서는 지도자들에게 복종하고, 예술에서는 기존 규칙을 충실하게 따랐으며, 사상에서는 케케묵은 전통을 따랐다. 이 나라가 수천 년에 걸쳐 간직해 온 위대한 열정은 오직 하나밖에 없었다. 죽음과 싸워 이기는 것. 죽은 뒤에도 변함없이 같은 생을 이어 가는 것. 영혼이 자신의 몸을 알아보고 다시 깃들 수 있도록 시신을 보존하는 방법을 찾아내는 것.

이집트인의 집과 궁전은 잠시 머무는 거처이기 때문에 진흙으로 되어 있다. 그러나 무덤은 영원한 거주지이기 때문에 단단한 돌로 되어 있다. 수천 명의 일꾼들이 불멸의 작업을 돕는 가운데 시신의 내장을 비워 내고 향기로운 약초와 타르로 몸을 채운다. 그 위에 부적을 매달고, 「사자(死者)의 서(書)」를 시신 옆에 둔다. 사후에 어떻게 대답할 것인지, 어떤 길을 택해야 하는지, 어떤 액막이 주문을 외워야 하는지를 알려 주기 위한 것이다.

사자(死者)는 땅속 은신처, 미라들 위에서, 신성한 갑충석[2]들 위에서 소리친다. 「나는 죄를 짓지 않았다. 살인하지 않았고 도둑질하지 않았다! 거짓말하지 않았고, 남의 눈에 눈물이 흐르게 만

---

[2] 고대 이집트에서 사용된 풍뎅이 모양의 보석. 바닥 면에 기호를 새겨 부적이나 인장, 표상으로 사용했다.

든 적도 없다! 나는 순수하다! 나는 순수하다! 나는 신성한 동물을 죽인 바 없고, 경작지를 짓밟은 일도 없다! 남을 욕하지 않았고 성낸 적도 없으며 간통한 적도 없다! 내 아버지나 국왕에게 불손하게 군 적도 없다! 무게를 달 때 속인 바 없고, 아이들이 먹을 젖을 뺏어 온 적도 없다. 남의 밭고랑 물을 빼돌린 적도 없다! 나는 순결하다! 나는 순결하다! 나는 순결하다!」

하지만 그의 앞에 있는 무덤 벽면에는 무자비한 장면이 그려져 있다. 마흔두 명의 신이 그를 에워싸고 심판하는 장면. 〈정의〉의 여신이 시신에서 심장을 꺼내 저울에 얹는다. 겁에 질린 시신은 자신의 심장에게 소리친다. 「내 어머니와도 같은 심장이여, 내가 태어난 그날 이후로 나의 동반자였던 심장이여, 나의 행적을 너무 가혹하게 증언하지 마라. 저승의 신들 앞에 선 나를 불쌍히 여겨 다오!」

그가 구제를 받으면 영원한 지하의 삶이 시작된다. 음식과 가구와 동물들이 그 영혼을 에워싼다. 초기에는 그의 자손들이 실제 음식을 무덤으로 날랐지만 나중에는 음식을 불태워 영혼이 그 냄새를 자양분으로 삼게 했다. 그러다 결국에는 음식과 가구와 동물들의 모습을 그려 주는 것으로 끝냈다. 사제들의 음성에는 이 그림들을 소생시키는 능력이 있다. 동물들, 고기, 빵, 과일이 생명을 얻어 무덤 벽면에서 내려와 식탁 위에 차려지면 굶주린 영혼이 식사를 하며 즐거워한다. 잠시 후에는 그림 속에서 말이 끄는 마차가 내려오고 말들이 저절로 움직여, 배불리 먹어 기분 좋은 영혼을 태우고 드라이브를 시켜 준다. 자기 소유의 들판과 자손들도 보고, 귀중한 햇볕 아래 강변을 따라 산책도 한다.

「사자의 서」는 이렇게 기록하고 있다. 〈그대는 매일 아침 외출한다. 밤이면 다시 무덤으로 돌아온다. 밤에는 그대의 편의를 위해 커다란 초들이 밝혀지고 햇빛이 그대의 육신 위에 다시 빛날 때까지 꺼지지 않는다. 초들이 그대에게 외칠 것이다. 어서 오세요! 당신의 집에 오신 것을 환영합니다!〉

이집트를 지배하는 것은 이 같은 불멸에 대한 목마름이다. 이 목마름이 이 나라의 경제와 정치와 사회를 규제한다. 문학과 예술을 종속시킨다. 노예들을 위로하고 그들에게 인내를 제공한다. 사제와 왕들은 이것을 부와 무력의 도구로 이용한다.

이 불멸의 절규를 듣고 나는 몸을 떨었다. 거친 피라미드들이 문득 돌 천막들처럼 느껴졌다 — 죽음의 사막에 진을 치고, 영혼이 죽지 않도록 지키는. 불시의 비극적인 섬광 속에 드러난 그것들은, 인간의 미미한 호흡을 영원히 지상에 붙잡아 두려고 필사적으로 싸우는 공상 속의 높다란 요새들이었다.

죽음에 관한 아주 놀라운 노래 하나가 상형 문자로 새겨져 우리를 위해 지금까지 남아 있다.

죽음이란 무엇인가? 나는 매일 스스로에게 말한다. 죽음은 중병을 털고 일어난 사람과도 같다. 나는 매일 스스로에게 말한다. 죽음은 향기를 들이마시는 것과 같고, 도취케 하는 땅에 있는 것과 같다. 나는 매일 스스로에게 말한다. 하늘이 잠시 개어 그물을 들고 새를 잡으러 나갔던 사람이 갑자기 미지의 땅에 와 있는 자신을 발견하는 순간, 죽음은 바로 그 순간과 같다!

죽음이란 무엇인가? 그것은 최후의 때를 맞아 꼿꼿이 선 심장이다.

최후의 때를 맞아 꼿꼿이 선 심장! 오늘 처음으로, 대(大)스핑크스 — 피라미드들에서 가까운 거리에 있었다 — 와 마주했을 때 바로 그런 느낌을 받았다.

누렇고 거대한 바위에서 쪼개져 나온 그녀가, 마치 태양을 맨 처음 느끼려고 용을 쓰듯 동쪽을 향해 고통스럽게 고개를 쳐들고 모래 위에 솟아 있다. 어제 태양이 죽어 그림자 속으로 내려왔다. 하지만 오늘 그녀는, 태양이 다시 살아나리라, 리비아 사막에서 전능(全能)을 일으켜 식물과 인간들의 가슴을 데워 주리라 기대하고 있다.

그녀는 이집트에서 가장 오래된 상이다. 예수가 태어나기 4천 년 전에도 이 자리에 있었다. 모래 위로 높이 솟아 매일 아침 고통 속에 해돋이를 기다렸다. 그녀는 본래 붉게 칠해졌다. 입술이 넓고 육감적이며 농부처럼 동물적이다. 훼손된 그녀의 널찍한 얼굴에는 신념과 공포의 분위기가 감돈다. 활짝 열린 채 무아경에 빠진 그녀의 눈은 겁에 질려 사막을 응시한다.

그녀가 목까지 모래 속에 파묻혔을 때 인간의 운명을 미리 보여 주는 듯한 그녀의 머리는 꽤나 무시무시했을 것이다. 불행하게도 지금은 사람들이 모래를 제거하여, 그녀의 사자 몸통과 기다랗게 늘어뜨린 발, 사지(四肢) 사이에 서 있는 신전을 해방시켜 놓았다. 그녀의 가슴 위에 새겨진 거대한 부조물이 절규하고 있는 듯하다.
「도와줘! 나의 아들인 그대, 나를 모래로부터 구해 줘!」

그녀는 수천 년 동안 인간을 향해 이렇게 외치고 있다. 인간이 늘 그녀를 해방시켜 주지만 모래가 다시 돌아와 그녀의 숨통을 누른다. 사막이 그녀를 포위했고, 이제 그녀를 집어삼킬 것이다. 구원은 없다. 그녀도 알고 있다. 그녀의 눈이 그처럼 겁에 질려 있는 것도, 그녀가 절규하는 것도 바로 그 때문이다.

우리 시대 이집트의 한 시인이 대스핑크스에게 바친 시 구절이 떠오른다.

그대는 그대의 수수께끼로 인간들의 정신을 혼란시킨다. 말하라, 그리고 역사의 가르침으로 우리를 일깨워라. 그대는 알렉산드로스의 영광과 카이사르의 치욕을 목격한 자 아니던가? 오늘 그대의 눈은 한낱 초라한 마을 너머를 보지 못하는구나.

그러나 이렇게 무심한 역사적 형이상학적 질문을 용서받은 인간 앞에서 스핑크스는 벙어리요 귀머거리요 장님이다. 아니, 질문도 존재하지도 않지만(이것이 바로 인간의 교양이요, 허풍이다) 대답도 존재하지 않는다.

상이집트

우리는 기차를 타고 상(上)이집트[1]로 들어선다. 황폐해져 벌거숭이가 된 전방의 산들이 불그스름하다. 바로 옆, 강물을 따라 형성된, 사람이 거주하는 좁다랗고 긴 녹색의 땅에서 흑인들이 사탕수수를 게걸스럽게 씹어 대며 고함을 친다. 데릭 기중기[2]로 물을 끌어올리고 있는 중이다. 우리가 지나가자 어린 소녀 하나가 앞치마를 쳐들고 춤추듯 배를 흔들어 보인다.

도로변을 따라 농가들이 흩어져 있는데 납작한 지붕마다 햇볕에 말리는 노란 옥수수로 덮여 있다. 창도 없는 이 검은 가옥들의 문간에는 검은색과 붉은색의 숄들이 늘어져 있다. 진흙과 짚으로 만든 이 가옥에서 사람과 동물들이 함께 잠을 잔다.

어느 자그만 역에, 죽은 아이 하나가 흙 위에 버려져 있다. 아이의 부모는 아직도 들에서 일하고 있다 — 남자는 쟁기질을 하고, 여자는 뒤따라가며 씨를 뿌리고. 하루의 노동이 아직 끝나지 않은 탓에 그들은 아이를 묻으려고 어둠이 떨어지기만 기다린다.

---

[1] 이집트는 나일 강 삼각주 지대의 하이집트와, 카이로 남방에서 수단까지의 상이집트로 나뉜다.
[2] 뱃짐을 들어 올릴 때 쓰는 기중기.

아기 티가 역력한 그 자그만 사체는 팔이 축 늘어졌고 실개천 속에서 머리가 퉁퉁 불었다. 검게 변한 사체가 어서 흙으로 돌아가고 싶어 스스로 흙을 파고 있는 듯하다.

여기에서부터 나일 강을 따라 난 푸른 둑이 계속 좁아진다. 이윽고, 몇 걸음 앞에 국경이 보인다. 이따금 넓게 퍼진 야자수나, 가시 속에 꽃을 피운 아카시아, 납작한 모양에 두꺼운 잎이 달린 가시투성이 부채 선인장이 모습을 드러낸다 ─ 녹색 생명 최후의 악착같은 승자(勝者)들이다. 자부심과 절망감으로 인간의 가슴이 떨린다. 이곳의 모든 것이 초인적 상징 가치를 띠고 있다. 삶은 무한한 죽음의 대양 위에 세워진 자그만 섬이라는 사실을 극명하게 보여 준다는 점에서 여기 이집트에 견줄 곳이 없기 때문이다. 물과 땅과 인간의 육체와 눈물로 이루어진 섬, 여기 이집트의 국경을 바라보노라면 인간의 노고와 고통이 그 얼마나 용감하면서도 무용한가를 뼈아프게 느끼게 된다.

우리는 파라오들의 찬란한 수도였던 테바이[3]에 도착했다. 지난날 대(大)디오스폴리스라 불렸고, 호메로스가 〈백 개의 열주(列柱)를 가진 거대한 도성〉이라 표현했던 카르나크 신전이 있는 곳이다. 오늘날 이곳은 〈쿡〉[4]이 배로 기차로 끌어들이는 수천 명의 관광객들에 의존하여 살아가는 소읍에 불과하다.

쿠칸드로프,[5] 쿡이 데려온 인종들은 여행 안내서를 움켜 들고 낙타나 당나귀에 걸터앉아, 불분명한 발음으로 탄성 ─ 〈우〉,

---

[3] 현재의 룩소르 일대에 해당되는 지역이다.
[4] 영국의 관광 사업가 토머스 쿡Thomas Cook 혹은 그의 관광 회사를 가리킨다. 1872년에 최초의 세계 일주 패키지 상품을 만든 것으로 유명하며, 1880년대에 영국과 이집트 간의 우편물 및 군 수송을 담당하기도 했다.
[5] Cookanthrope. 토머스 쿡의 〈Cook〉에 인간을 뜻하는 〈anthrope〉를 합쳐 만든 조어로 여행 책자를 들고 눈요기식 관광을 하는 관광객들을 가리키고 있다.

〈아〉— 을 몇 마디 내뱉고는 서둘러 사라진다. 신전에 들어가거나 무덤으로 내려가면 짙은 푸른색 선글라스를 낀 채 제대로 보지는 않고 구경만 한다.

나는 〈쿠칸드로프〉들이 깨기 전에 일찌감치 일어나 룩소르와 카르나크의 신전들을 직접 찾아간다. 거대한 신전들 밑에서 나는 아무 감정 없이, 한 마리 개미처럼 돌아다닌다. 이해는커녕 반감이 들 정도로 엄청난 규모다.

룩소르 신전과 카르나크의 아몬[6] 대신전을 이어 주는 2킬로미터의 길이 있다. 폭 23미터에 판석으로 포장된 이 길 좌우에는 숫양의 머리를 가진 천 개의 스핑크스들이 솟아 있다. 왕만 들어갈 수 있었다는 카르나크 신전 내부에는 134개의 기둥이 받치고 있는, 길이 103미터, 너비 52미터, 높이 25미터의 제단이 있다. 신전 전체가 높이 20미터에 달하는 조상들로 장식되어 있다.

거대한 부조에는 활을 잡아당기는 파라오의 모습, 목이 매인 채 양팔을 쳐들고 있는 포로들, 신이 왕비를 덮쳐 함께 후계자를 만들고 있는 장면이 묘사되어 있다. 그 위쪽에는 이 신비한 결합을 찬양하는 상형 문자가 새겨져 있다. 여자가 말한다. 「당신의 진수와 나의 진수가 합쳐졌습니다. 당신의 광채가 나의 사지를 관통합니다. 당신의 신성한 이슬이 내 몸속에서 고귀한 자식이 되었습니다.」

신은 이렇게 응수한다. 「너는 지금 나를 즐겁게 해주고 있다.」

나는 저 대단한 마지막 왕조 시기에 제지받지 않고 이집트를 방문했던 이방인들을 상상해 본다. 그리스인들의 소박하고 조용한 눈앞에 펼쳐진 그것은 그 얼마나 놀라운 장관이었을까! 자그

---

[6] 그리스의 제우스에 해당되는 이집트의 신.

만 도시에서 자라나, 좁다란 물질적 공간에 자신들의 영혼을 통째로 가둬 놓고 즐겁게 일해 왔던 그들이 이 괴물 같은 신들과 어마어마한 기둥들을 보았으니, 영혼을 포획하려는 일념으로 저 거대한 돌덩이들을 쌓고 또 쌓으면서 반항 한 번 하지 않고 일하는 무수한 인간 노예들을 불쑥 대면하게 되었으니.

이집트는 지하의 태양, 죽음의 신, 오시리스를 향해 고개 돌린 한 떨기 짙은 헬리오트로프[7]였다. 이집트가 생산한 조상(彫像), 벽화, 상형 문자, 신전 들은 미적 상상력이 아니라 극도의 필요에서 나온 작품들이었다.

조상들은 묘사를 통해 신 혹은 인간의 영혼을 끌어당겨 그 속에 거하도록 만드는 마력의 중추였다. 무덤을 가득 채운 조상들이 이상화된 형태로 표현되지 않고, 고인의 결함까지 고스란히 지닌, 가차 없이 사실적인 모습으로 표현된 이유도 바로 거기에 있다. 이렇게 함으로써 영혼은 자신의 육신을 알아보고 다시 그 속에 들어갈 수 있고, 그리하여 구원받을 수 있었다. 거짓 장식은 용서받을 수 없는 죄악이었다.

사제들은 정화된 물로 조상을 씻어 내고 신성한 기름을 부은 후 액막이 주문을 새겨 넣음으로써 조상의 눈을 보게 만들고, 입을 먹게 만들고, 귀를 듣게 만들었다……

나는 보트에 올라탔다. 우리 — 두 명의 흑인과 나 — 는 돛을 펼치고 나일 강의 맞은편 둑으로 건너갔다. 〈왕가의 계곡〉에 있는 저 유명한 공동묘지로 가는 중이었다.

메마르고 황폐한 잿빛 산. 깊은 골짜기가 창자를 틀고 있는 그 속에, 나는 몇 시간이고 가라앉아 있다. 마치 죽음의 신의 나선형

---

[7] 지칫과의 향일성(向日性) 식물.

뇌처럼 얼기설기 구불구불 꼬여 있다. 목구멍 깊숙이 재의 맛이 느껴진다. 어디에도 물 한 방울 없고 녹색 잎 한 장 보이지 않는다. 고독한 회색의 새 — 매였다 — 한 마리가 잠시 지나며 두세 차례 고요히 선회하고 사라질 뿐.

이 서쪽 강둑은 통째로 죽음에 바쳐졌다. 이집트인들은 생명을 싹 틔우고 다시 살려 내기 위해 이 절벽을 깊이 파고 미라를 묻었다. 마치 곡물 씨앗을 파묻듯. 그리고 이제 우리가 그곳을 파헤쳐, 붕대에 꽁꽁 싸인 채 양손을 겹치고 수천 년을 기다려 온 그것들을 발굴한다. 왕과 노예, 성인과 살인자, 사제와 무희들이 영혼을 기다리고 있다.

나는 기원전 1420년에 죽은 아멘호테프 2세의 무덤으로 들어간다. 열기로 숨이 막힐 듯하다. 빛이 계속 들어오기 때문에 벽화들을 구경할 수 있다 — 매 형상을 한 신들, 죽음의 배, 제물로 바쳐진 자의 장례, 불멸의 여신. 불멸의 여신이 젖가슴을 드러내고 왕에게 젖을 물리는 모습이 기둥마다 묘사되어 있다. 다채로운 식물과 동물들도 보이고, 노란 벽에는 「저승의 서」가 상형 문자로 쫙 펼쳐진다. 천장은 노란 별들이 박혀 있는 담청색 하늘이다. 그 아래, 가장 깊은 비밀의 방에 왕의 미라가 여전히 장례 화환들로 장식된 채 평화롭게 누워 있다.

나는 깊은 감동 속에 어둠이 떨어질 때까지 왕들의 무덤 주위를 배회했다. 나는 죽음을 생각했던 것이 아니라 무덤 벽에서 터져 나오는 생명을 즐기고 있었다. 생명이 다시 한 번 빛을 느끼며 전율했고, 불타는 두 눈이 그것을 바라보며 소생시키고 있었다.

시체 주위 온 사방에 생명이 펼쳐진다. 남자들은 밭을 갈고, 가축에게 풀을 뜯기고, 사냥하고, 낚시하고, 나일 강을 따라 여행한다. 여자들은 곡물을 빻고, 빵을 반죽하고, 불을 피운다. 나머지 사람들은 몸을 치장하고 춤추고 류트를 연주하고 꽃향기를 맡는다.

여위고 창백한 왕들의 가슴 위에는 생명의 열쇠가 간직되어 있다. 연회석엔 침울한 첩들이 앉아 있고, 백합처럼 큰 키의 벌거숭이 노예들이 몸을 굽혀, 양팔 가득 안은 꽃과 과일을 권한다. 무성한 검은 머리칼의 무희가 허리를 완전히 뒤로 젖혀 양손을 바닥에 대고 몸을 궁형(弓形)으로 만든다. 고대의 어느 시인이 이 무희에게 바친 열렬한 노래가 노란 파피루스에 기록되어 남아 있었다.

오, 기쁨을 담고 있는 육체여, 달콤함은 네 방의 향기로구나. 사람을 취하게 하는 네 입은 포도밭의 열매보다 달고, 만개한 꽃밭보다 향기롭구나. 굶주렸을 때 먹는 것보다, 지쳤을 때 쉬는 것보다, 네 옆에 너와 함께 있는 것이 더 좋아!

이 지하의 무덤 벽 속에도 한바탕의 익살과 짓궂은 농담이 있다. 한 프레스코 벽화에, 배를 저어 나일 강을 여행하는 사람이 나온다. 강가에는 한 노인이 있다. 그림 밑에는 다음과 같은 간단한 대화가 적혀 있다. 〈덤벼 봐, 노인네야, 물 위로 걸어 보라고!〉─〈주둥이 닥쳐!〉

또 다른 벽화에는 여인들이 반죽을 하고 있고 그 밑에 이렇게 적혀 있다. 〈잘 반죽해! 힘껏!〉

노예들이 단지를 씻고, 거기에 맥주를 채워 봉한다. 그 밑에는 상형 문자로 이렇게 적혀 있다. 〈단지를 깨끗이 씻어 내고 시원한 맥주를 채워 봉하라.〉

벌거벗은 여인들이 춤추는 장면도 있다. 다른 인물들은 다리를

틀고 앉아 피리를 연주한다. 그 밑에는 이렇게 적혀 있다. 〈인생이 좋다, 춤이 좋다, 노래가 좋다!〉

어떤 프레스코 벽화에는 왕이 일곱 명의 딸과 함께 밖으로 행차하고 있다. 첫 번째 마차에는 세 명이 타고 있다. 왕과 그의 아내와 막내딸. 다른 마차들에는 공주들이 각각 두 명씩 타고 있는데 둘 중 언니가 고삐를 잡고 동생은 몸을 굽혀 언니를 껴안고 있다. 그 뒤로 조신들과 노예, 원숭이와 공작들이 탄 무수한 마차들이 따른다. 화려하고 따뜻한 색상들, 하얀 겉옷들, 말들 위에 걸린 타조 깃털 장식.

이 모든 허깨비들이 무슨 매력이 있기에, 어떤 진지함과 힘이 있기에, 어둠 속에서 파문을 일으키는가! 마치 그들이 살아서 멀리멀리 권세를 떨치는 것 같다. 나는 그들을 보지만 소리는 들을 수 없다.

화장하고 머리에 꽃을 장식한 이 나긋나긋한 고대의 여인들이 일어나 내 마음의 고랑에 꽃을 피운다. 일상의 노고와 저 끔찍하고 고통스러운 온갖 노동에서 오는 무거운 피로가 내 속에서 소용돌이치며 살아나 의분(義憤)이 내 숨통을 조인다.

내 기억의 문을 강제로 부수고 들어가면, 무희에게 노래를 바쳤던 시인이 바로 나였음을 기억해 낼 것 같은 생각이 들기 시작한다. 허리 굽혀 돌을 나르고 절규하고 굶주렸던 것도 나였고, 백 살이 되도록 작은 심장에 의지해 나일 강의 물살에 굴하지 않고 오르고 또 올랐던 사람도 바로 나였다.

저승으로 내려간 나는 이 강의 신비한 근원, 불멸의 물을 찾아냈다. 그리하여 무덤 속에서 손을 뻗어 그것을 마시자 내 관절들이 다시 살아났고, 나는 허공에서 두 팔을 허우적대며 다시 지상으로 올라온다 — 마치 노 젓듯. 이번에도 역시 역류와 싸운다.

저 유명한 투탕카멘의 무덤에서 나오니 어두워 있었다. 앞쪽 절벽들 속에서 왕의 무덤들이 푸르스름하니 입을 벌리고 있고 잿빛 산이 한순간 시뻘겋게 변했다.

나는 피곤했다. 죽은 허깨비들을 소생시켜 약간 즐겨 보려고 내 심장의 피를 너무 많이 주었다. 뜻밖의 시도를 하느라 힘을 너무 썼다. 그 모든 허깨비들 중에 오직 두 개가 아직도 나에게 남아 떠나려 하지 않았다. 그들은 내가 자신들을 지극히 사랑한다는 것을 알고 있었다. 이 세상 어떤 것도 죽은 자들보다 더 사랑을 필요로 하는 것은 없다.

죽음의 계곡에서 나일 강까지 줄곧 나를 따라온 두 허깨비는 바로 국왕 아멘호테프 4세(아크나톤)와 그의 아내 네페르티티였다. 예수보다 1370년을 앞서 살았던 이 신비로운 국왕 부부만큼 나의 사랑을 받은 사람은 산 사람 중에도 몇 없다. 아멘호테프의 육체는 발육을 저지당했다. 그는 수두를 앓았고 ― 튀어나온 턱, 좁은 이마, 길게 휜 코, 육감적인 입술, 병자처럼 가녀린 목, 허약한 어깨 ― 가슴과 허리와 발은 여자 같았다.

그러나 남녀가 뒤섞인 이 기형적인 육체 속에 희열에 찬 두려움 없는 영혼이 살았다. 그는 스스로 목표를 정했다. 이집트의 전능한 신 아몬을 옥좌에서 몰아내고 그 자리에 아톤 신 ― 태양신 ― 을 앉혔다. 그가 왕좌에 올랐을 때는 열다섯 살의 어린 소년이었다. 왕이 되자마자 카르나크의 가장 성스러운 아몬 신전 바로 한가운데에 붉은 화강암으로 예배당을 신축하여 태양신에게 바쳤다. 초기의 태양신은 인간의 몸과 매의 머리를 가진 모습으로 묘사되어 있다. 그리고 머리 꼭대기에, 불타고 있는 완전한 원형의 원반이 얹혀 있다. 그러나 숭배 대상이 점차 비물질화되면서 인간의 몸과 매가 사라졌다. 그리하여 태양을 상징하는 진홍색 원반만 남게 되었다. 그 광선이 부챗살처럼 퍼지면서 지상에 내려와 마침내 팔의 형태가 되고 이 팔들이 왕과 그의 아내 네페르티티의 몸을 어루만진다.

이 같은 표현 — 태양이 긴 팔로 세상을 어루만지는 것 — 은 곧 새로운 종교의 상징으로 선포되었다.

> 오, 유일한 신 태양이여, 당신은 무수한 팔을 가졌나니, 사랑하는 자들에게 그 팔을 뻗으시누나!

또 다른 찬송가에서는 다음과 같이 그에게 인사한다.

> 어서 와요, 가장 아름다운 나날의 신이여! 당신의 광채가 우리의 머리 위로 내려오네. 어떻게 오는지 우리는 알지 못하지만. 금도 당신의 광채만큼 찬란하지 못해요. 당신이 하늘에서 여행하면 모든 이가 당신을 지켜보고, 당신이 어둠 속에서 신비의 영역을 산책하면 모든 이가 기원하네.

아멘호테프는 낡은 아몬교와 그 사제들을 상대로 격렬한 전쟁을 선포했다. 모든 사원에서 낡은 신의 조상을 깨부수고 상형 문자에 올린 그 신의 이름을 지워 버렸다. 새로운 숭배자들은 아몬의 이미지를 칭하는 이름을 찾아내어 파괴하고자 오벨리스크[8] 꼭대기에 오르고 캄캄한 무덤 심층부로 내려갔다. 그들은 이처럼 가시적인 형체를 파괴해 버려야만 그 신의 영혼도 지워 버릴 수 있다고 믿었다.

8 고대 이집트에서 태양 숭배의 상징으로 세웠던 탑으로 꼭대기는 피라미드 모양으로 되어 있다.

아멘호테프의 딸과 결혼하고 그의 뒤를 이어 왕이 된 후 옛 종교를 부활시켰던 투탕카멘은 이렇게 설명하고 있다.

「신전은 벌판으로 변하고 제단은 사람들이 통행하는 길로 변했다. 신들은 지상을 외면했다. 이제는 신을 불러도 오지 않는다. 여신을 불러도 오지 않는다. 신들의 영혼이 몸담았던 육체에 염증을 느끼게 되었다.」

아멘호테프는 아톤에게 경의를 표하고자 자신의 이름[9]을 버리고 〈태양신의 영광〉이란 뜻을 가진 〈아크나톤〉으로 개명했다. 그리고 아몬의 도시였던 테바이를 버리고, 테바이와 멤피스 중간에 새 수도를 세웠다. 오늘날 텔 엘 아마르나로 알려진 언덕 근처에 세워진 이 도시는 〈아톤의 지평선〉이란 뜻의 〈아케트아톤〉으로 명명되었다. 그는 신전과 궁을 신축하고 대축제를 벌였으며 충실한 지지자들에게 토지와 고위 관직을 나누어 주었다. 그리고 스스로를 〈태양신의 위대한 예언자〉, 신의 지상 대변인으로 선포했다.

이것은 종교 혁명이었을 뿐 아니라 경제적 동기와 정치적 목표를 수반한 혁명이었다. 아크나톤은 아몬 세력이 소유했던 방대한 자산을 모조리 손에 넣었다. 그리고 성직자의 권력을 제한하고 왕권에 예속시켰다. 그는 파라오를 지고의 신성한 직책으로 선포하고 스스로를 최고신의 지위로 격상시켰다. 이 최고신은 지역적으로 이집트에 국한된 아몬이 아니라 태양신을 의미했다. 태양신은 수많은 아시아인과 아프리카인들로부터 숭배받았다. 이 신은 내 종족 남의 종족을 초월하고 배운 자 못 배운 자에 상관없이 만인에게 다가갔다. 그리하여 모든 이들이 이집트의 통치권을 인정

---

9 아멘호테프는 〈아몬 신이 만족하심〉이란 뜻이다.

하고 받아들이는 결과를 낳았다. 아몬이 이집트를 다른 나라들과 분리시켰다면 태양신은 모든 나라를 하나로 결합시켰다.

이 종교적·정치적 개혁은 아크나톤 치세기의 문학과 예술에 새로운 생명의 숨결을 제공했다. 교조주의와 규칙과 전통을 양산했던 모든 분야에서 혁명이 터져 나왔다. 현존하는 모든 작품들에서 감동적인 정서와 불안, 생명에 대한 격정적인 사랑, 자연 그대로의 솔직함, 따뜻한 감정을 느낄 수 있다.

건축 분야에서는 으리으리한 정문이 사라졌고, 속인들이 범접할 수 없었던 어두컴컴한 홀과 제단들도 폐기되었다.

태양을 숭배하는 이 〈변절자〉 파라오는 태양이 건물 사방으로 침투하여 빛을 내릴 수 있도록 널찍하고 탁 트인 신전들을 세웠다. 중앙에 둥근 기둥들이 서 있는 안뜰은 옥외 제단이자 신성한 상징 — 검붉은 태양의 눈과 무수한 팔들 — 이었다. 음울한 죽음의 의식들도 더 이상 행해지지 않았다. 안뜰에 깔린 타일과 벽을 비롯해 신전 곳곳이 다채로운 새들과 강, 물고기, 깡충깡충 뛰는 동물들, 바람결에 춤추며 떨어지는 나뭇잎들로 장식되어 있다.

새로운 신은 육체를 갖지 않았기 때문에 신상(神像)들은 폐기되었다. 조각품들도 이제는 신이 아닌 인간을, 특히 최고 형태의 인간인 파라오를 묘사했다. 이 짧았던 이집트의 르네상스가 남겨 놓은 모든 작품들에서 길고 육감적이고 희열에 찬 아크나톤의 얼굴을 볼 수 있다.

그리고 그의 옆에는 항상 사랑하는 아내 네페르티티가 있다. 키 크고, 사랑스럽고, 고집스러워 보이는 뾰족한 턱과 아시아의 분위기를 풍기는 두툼한 입술을 가진 그녀는 에너지와 열정을 뿜어낸다. 그녀는 완전 나체로 남편에게 꽃을 바치는 모습으로 자주 묘사된다. 회색 화강암으로 만들어진 자그만 나체상도 있다. 이 작품에서 그녀는 두 주먹을 굳게 쥐고 목을 세운 채 긴 보폭으로 늠름하게 걷고 있다. 사막을 생각하고 있는지, 위로 쳐든 시선이 단호하면서도 절망적이다.

텔 엘 아마르나를 발굴하는 과정에서 돌에 그려진 그림들이 출토되었는데, 그 그림들은 유례없이 사실적이다. 지금까지 접근할 수 없었던 그 파라오의 가정생활이 이집트 미술 사상 처음으로 아주 상세하고 유쾌하게, 그리고 지극히 정확하게 묘사되어 있다. 그는 때로 태양의 품에 안겨 있다. 그의 몸이 기쁨과 흥분으로 전율하는 것을 느낄 수 있다. 때로는 옥좌에 앉은 채 무릎에 아내를 올려놓고 입을 맞춘다. 그가 아내와 나란히 햇볕 속에 앉아 있는 동안 딸들이 그의 무릎에 기어올라 노는 장면도 있다.

이 작품들에 담긴 자연과 색채에 대한 애정, 삶의 모든 행위에 대한 강한 애정은 같은 시기에 크레테에서 제작된 프레스코화들을 연상시킨다. 게다가 기원전 1400년에 크노소스의 두 번째 궁전이 파괴되면서[10] 장인들이 여러 이국의 땅으로 흩어진 사실을 고려할 때, 크레테인들이 완고하고 종교적인 이집트 미술의 르네상스 — 비록 짧은 시기 동안 지속되었을 뿐이지만 — 에 생명의 숨결을 불어넣었다는 설은 꽤 타당성 있게 들린다.

그러나 혁명적 독창성이 정점에 달했을 때 젊은 아크나톤은 돌연 사망하고 말았다. 우리는 그의 죽음에 대해 아무것도 알지 못한다. 다만 그가 자신이 어디에서 죽든 사랑하는 새 수도에 묻어달라고 지시했다는 것만 알려져 있다. 그러나 그의 미라는 몇 년 전 테바이의 공동묘지에서, 어머니 티이의 미라와 나란히 발견되

---

[10] 크레테의 고대 도시 크노소스에 두 번째 세워졌던 궁이 원인 모를 화재로 파괴되었고, 이후 에게 해의 정치적 중심은 그리스 본토의 미케네로 넘어갔다.

었다. 거기에는 왕비 네페르티티의 사라진 석관을 장식했던 장례용 물품 몇 점도 함께 보존되어 있었다.

파라오를 장식했던 더없이 귀중한 장식품들은 모두 도난당한 상태였으며, 수두를 앓은 흔적이 있는 두개골과 해골의 미라만 달랑 남아 있었다.

그는 아들을 남기지 못했다. 그의 업적 중에 사후까지 살아남은 것은 하나도 없었다. 그의 추종자들이 돌에 새겨 놓은 기원을 보면 허망하기 짝이 없다. 〈백조가 검어지고 까마귀가 희어질 때까지, 산이 서 있는 한, 강물이 거꾸로 흐르지 않는 한, 당신의 업적이 번창하기를 기원하나이다!〉

아크나톤의 사위이자 후계자였던 투탕카톤(아톤의 살아 있는 모습)은 새 종교를 포기하고 아몬을 받아들이기 위해 자신의 이름도 투탕카멘으로 개명했다. 그리고 수도를 다시 테바이로 옮기고 아몬을 최고 숭배자의 자리에 되돌려 놓았다.

그러나 아크나톤이 촉발한 새로운 정신은 그 후로도 여러 해에 걸쳐 예술에 생명력을 제공하는 역할을 이어 갔다. 재작년에 투탕카멘의 무덤이 발견되었을 때[11] 사람들은 눈부시도록 찬란한 금과 매력에 압도당했다 — 조상과 그림, 무덤 속 가구와 장식물들에서 풍기는 우아함과 참신한 정신. 예언자를 자처했던 창백한 파라오 아크나톤은 우리에게 또 하나의 불후의 작품을 남겼다. 시인이기도 했던 그는 태양신에게 바치는 감동적인 찬가를 썼는데, 텔 엘 아마르나의 무덤들에서 그 시가 발견되었다.

지평선 위로 올라오네, 오, 생명의 부여자, 아톤이여! 완전

---

[11] 투탕카멘의 무덤은 1922년에 영국의 학자 하워드 카터에 의해 발견되었다.

한 원형으로 지평선 위로 오르며 당신의 아름다움으로 대지를 가득 채우네! 당신은 아름답고 위대하고 현명하며 지상에서 가장 높나니. 당신의 광채는 이 세상을 포옹하고 당신이 창조한 모든 것을 품나니. 당신은 저 멀리 있으나 당신의 광채는 지상을 더듬네.

당신이 휴식을 위해 서쪽 하늘로 내려오면 지상은 죽은 듯 어둠 속에 잠기네. 인간들은 머리를 숨긴 채 잠들고 서로 마주치는 눈이 없네. 당신은 인간들이 베개 밑에 넣어 둔 어떤 보물도 들키지 않고 훔칠 수 있네. 세상이 잠을 자는 것은 그것을 창조한 분이 잠들기 위해 내려왔기 때문이네.

그러나 새벽이 오면 당신은 빛을 발하며 지평선 위로 나타나네. 당신이 광선을 던지니 어둠이 사라지네. 지상이 기쁨에 휩싸이고 인간들이 벌떡 일어나고 당신은 그들을 일으키네. 그들은 몸을 씻고 옷을 입네. 양팔을 당신께 쳐들고 예배하네. 지상은 자질구레한 일과를 시작하네.

가축들이 즐거이 식사를 하네. 나무와 풀들이 무성하게 자라고 새들은 둥지를 박차고 오르며 날갯짓으로 당신을 찬미하네. 모든 야생 동물이 껑충껑충 뛰고, 당신이 빛을 비추니 날아다니는 짐승과 기는 짐승이 모두 소생하네.

배들이 강 아래위로 달리고, 당신이 나타나니 모든 길이 열리네. 강물 속 고기들이 공중으로 뛰어오르고, 당신의 광채가 바다 깊숙이 파고드네.

당신은 여자들의 다리 사이에 아이 알을 낳고 남자들의 몸속에 씨를 만드네. 어머니 배 속에 든 아이에게 영양분을 공급하고 아이가 울지 않도록 달래 주시니, 오 당신은 어머니 안의 유모라네!

아이가 탄생했을 때 입 벌려 말하게 하고, 먹고 마시도록 보살피는 이도 바로 당신이네.

달걀 속에 갇힌 병아리에게 숨을 불어넣고, 껍데기를 깰 힘을 주는 이도 당신이네. 병아리가 달걀을 박차고 나와, 당신이 뜻했던 대로, 삐악거리며 제 발로 서기 시작하네.

오, 당신의 작업은 그 얼마나 풍성한지! 인간들에겐 많은 것이 숨겨진 비밀이지만 당신 외에는 어떤 신도 존재하지 않노라!

당신은 마음 내키는 대로 지상을 창조했네. 인간과 동물, 다리로 걷는 것, 날개로 나는 것들과 더불어 지상을 창조했네. 모든 인간을 각자의 자리에 두고 필요한 모든 것을 주시네, 온갖 말과 온갖 법, 온갖 피부색.

당신의 빛이 모든 땅에 자양분을 공급하니, 당신이 솟아오르면 당신의 모든 피조물도 일어나 성장하네.

올라왔다 내려갔다 다시 돌아가는 당신…… 당신은 내 마음 속에 계시네!

나는 당신의 몸에서 나온 당신의 아들 아크나톤, 그 누구도 나만큼 당신을 알지 못하네. 당신의 부인 네페르-네프루-아톤 왕비와 네페르티티도 같은 관계라네![12]

---

12 이 찬가는 카잔차키스가 번역한 것처럼, 요약된 형태로 알려져 있다 — 원주.

우리 시대의 삶

 나는 활기찬 현대의 도시로 되돌아온다. 허깨비들을 보았고, 죽은 자들에게 공물 — 약간의 피 — 을 바쳤으니 나는 구제되었다.

 처음에는 그런 것들을 보러 갈 생각이 전혀 없었다. 나는 산 자들이 무슨 이야기를 할 것인가에 흥미를 느꼈다. 악전고투하는 전후(戰後) 상황에 오늘날 이집트의 정신은 어떻게 맞서고 있는가? 이것만이 나의 관심사라고 생각했다. 그러나 이집트의 강건한 얼굴이 지닌 활력과 소음에 처음 취해 본 후, 뿌리칠 수 없이 감미롭고 자극적인 목소리가 대지에서 솟아올라 나를 사로잡았다. 죽은 자들은 태양 아래서 고동치는 따뜻한 심장 속으로 단 한 순간이라도 들어가 소생하고 싶다고 간절히 염원하고 절규했다.

 사상을 믿는 사람들은 세 가지 부류가 있다.

 1. 지난날의 미(美)를 전혀 알지 못하거나 이해하지 못하기 때문에 걱정이 없는 사람들. 그들은 세이렌의 목소리를 듣지 못한다. 길을 잃어버리는 것에 대한 두려움이 없기 때문에 하루하루 편협하게, 광적으로, 그리고 생산적으로 전투를 치른다.

 2. 지난날의 미를 이해하고 사랑하며, 삶의 모든 단면에 매료

되는 사람들. 따라서 그들은 삶의 최후의 얼굴 역시 덧없고 상대적이라는 사실 — 오늘날의 사상이다 — 을 잘 알고 있다. 식견이 많고, 감각이 예민하고, 피로에 지친 그들은 손을 접고 앉아 세이렌의 소리에 귀를 기울인다.

3. 지난날의 미를 이해하고 사랑하여 무서우리만치 강렬하고 짧은 한순간 옛 노래에 도취되었다가도 억지로 몸을 떼어 내어, 세이렌의 노래를 기억 속에 묶어 둔 채 계속 여행하는 사람들. 그들은 필연적으로 오늘날의 상대적인 진실들을 절박하게 표명하고, 잠시 두 번째 부류의 사람들처럼 기쁨을 맛본 후 첫 번째 부류처럼 투쟁을 계속한다.

나는 현대 이집트의 활기찬 심장, 카이로로 되돌아온다. 아침부터 저녁까지, 금융업자와 정치인, 언론인, 지식인들을 만나러 쫓아다닌다. 정열과 엉큼한 심사와 애국심과 임시방편의 꾀로 가득 찬 사람들. 나는 될 수 있는 한 많은 사람들과 친해지려고 애쓴다. 이른바 현대 이집트의 부흥이라는 것은 어떤 것인가? 동양의 정신은 어떻게 유럽인들의 사고에 융화되고 그것을 쫓아가는가? 그리고 가장 중요한 것으로, 나일 강둑에는 어떤 전후(戰後)의 열병이 존재하며, 그것은 저 무시무시하고 엄청난 우리 시대의 현실 — 동양 민족들의 자각 — 과 어떻게 만나고 어떻게 연결되어 있는가?

아시아 전체 — 중국, 시암, 인도, 아라비아 지역, 시리아, 팔레스타인, 터키 — 가 발효하듯 끓어오르고 있다. 북아프리카가 통째로 깨어나면서 유럽의 식민 지배 구조가 휘청거리고 있다. 동양 세계의 이 위험하고 운명적인 자각 앞에서 이집트에 주어진 특별한 역할은 무엇인가?

나는 이집트의 저명한 지식인과 대화를 나눈다.

「오늘날의 이집트를 이해하기 위해서는······.」 그가 말한다. 「현대 이집트의 역사가 두 개의 결정적인 시기로 양분된다는 것을 명심해야 합니다. 무함마드 알리[1]로부터 유럽 전쟁까지의 기간과, 유럽 전쟁부터 현재까지가 바로 그것이죠.

무함마드 알리는 현대 이집트의 아버지입니다. 알바니아계로 카발라에서 출생한 그는 이집트의 관리로 이름을 떨치다 1805년에 파샤가 되었습니다. 그리고 1840년 터키의 약점을 이용하여 이집트의 자치권을 따내는 데 성공했지요.

그는 위대한 영혼과 계몽된 정신의 소유자였습니다. 이집트를 유럽 문명에 개방하고 외국의 조직가들을 초빙했으며, 군사를 재건하고, 교육과 농업을 재정비하고, 이집트 청년들을 유럽으로 보내 공부시켰습니다. 그는 이 땅에 역동적인 새 삶을 불어넣었습니다. 무함마드 알리는, 말하자면 이집트의 표트르 대제라고 할 수 있습니다.

그의 후계자는 장남 이스마일Ismāil이었습니다. 재능 있고, 자만심 강하고, 낭비벽이 있는 사람이었지요. 이집트는 1866년에 내적으로 완전한 자치권을 얻어 냈습니다. 외부적 사안들에 대해서는 무역 협정과 차관 계약만 허용되다가 1873년에 마침내 전면적인 외교 관계가 허용되었습니다. 단, 터키의 정치적 약정들에 피해를 주지 않아야 한다는 단서가 붙어 있었죠.

그런데 이스마일의 과도한 낭비벽으로 인해 이집트의 국가 채무가 증대하여 1876년 당시 9천만 파운드에 이르게 되었고, 그리하여 이집트에 가장 많은 돈을 빌려 주었던 영국과 프랑스가

---

[1] Muhammad Ali(1769~1849). 이집트의 마지막 왕조인 무함마드 알리조(朝)의 창시자. 오스만투르크 제국 통치기에 이집트 총독으로 재임하였으며 개혁 정책과 군사력 증강을 통해 이집트의 독립을 이루어 냈다.

이집트를 경제적으로 지배하게 되었습니다. 우리는 외세의 압력을 수용하지 않을 수 없었고, 정부의 고위직들이 영국인들의 수중으로 넘어갔습니다.

국민들은 분개했습니다. 과감하고 열정적인 애국자 우라비 파샤[2]가 혁명을 일으켜, 외국인들을 내쫓고 의회 정부를 도입하라고 요구했지요. 수많은 외국인들이 살해되었고 우라비는 알렉산드리아를 요새화했습니다. 그러자 영국 해군이 알렉산드리아를 폭격하고 군대를 상륙시켰지요.

영국의 강점이 시작된 것이 바로 그때입니다. 덕분에 좋은 일도 많이 있었죠. 영국인들은 질서를 구축하고 공공 부문을 체계화시켰으며, 새로운 경제 구조를 시행하고자 했습니다. 그러나 깨친 사람들은 늘 조급한 눈길로 외국인들을 바라보았죠. 외세를 몰아내고 우리가 우리 집의 주인이 되자는 것이 그들의 생각이었습니다.

1900년이 되자 열정과 지성을 모두 갖춘 지휘관이 이집트의 정치 무대에 등장했으니, 바로 무스타파 카밀[3]입니다. 그는 국민당을 만들고, 〈이집트 국가의 해방〉을 목표로 내걸었습니다.

해외를 무대로 이집트의 권리를 알리는 광범위한 선전이 이루어졌습니다. 1912년, 국민당 당원 대회가 브뤼셀에서 소집되었고, 이집트의 독립을 선포했습니다. 당시 영국의 주구로 간주되었던 친영파와 콥트교도들에 대해서도 전쟁이 선포되었죠.

그러나 해방을 향한 이 모든 활동과 추진은 지식인이라는 좁은 범위에 국한된 것이었습니다. 농민이 주를 이루는 국민들은 완전히 무감각한 상태였죠. 그들은 교육받은 계층의 추상적인 관심사

---

2 Ahmad Urābī Pasha(1841~1911). 이집트의 민족 운동 지도자.
3 Mustafā Kāmil(1874~1908). 이집트의 언론인, 정치가.

들에 감동받기는커녕 오히려 현상에 만족하고 살았습니다. 영국인들이 나라의 기강과 질서를 잡았을 뿐 아니라 물의 분배도 공정하게 했기 때문이지요.

그랬던 농민들이 마침내 각성하게 된 것은 바로 유럽 전쟁 덕분이었습니다.」

나의 친구는 이집트가 당면한 문제들 — 정치·경제는 물론, 이집트 문명 전반에 있어서의 문제점들 — 에 대해서도 현명한 견해를 내놓았다.

「무함마드 알리와 그의 후계자들이 그처럼 대범하게 받아들였던 유럽 문화는 평범한 사람들의 내면에서 나오는 문화가 아닙니다. 우리 땅의 관습과 우리 특유의 동양적 사고방식의 산물이 아니란 얘기지요. 그 결과, 지금 우리 문화는 모방의 수준을 넘지 못하고 있습니다.

우리가 과학이나 예술에서 아무것도 창조해 내지 못한 이유도 바로 거기에 있습니다. 우리만의 독창적인 작품이라곤 신학(神學)밖에 없습니다.

우리는 서구 문화를 굴욕적으로 모방하면서, 유럽에서 건너온 것에 대해선 무조건 입을 딱 벌립니다. 그러면서 현대의 보편적인 필요들을 따라가고 있습니다. 새로운 바람이 우리의 모든 생활을 휩쓸지요. 영국에서 불어오고, 프랑스에서 불어오는······.

우리에게도 물론 페미니스트가 있고, 빅토르 위고와 낭만파의 영향을 받은 작가와 시인들도 있습니다. 유럽 서적 번역판이 무수히 쏟아져 나오지요. 과학, 사회학, 법, 소설, 희곡 등등의 분야에서 말입니다.

신문 발행 부수도 엄청나게 증가했죠. 특히 전쟁 후에 말입니다. 여기에는 두 가지 이유가 있습니다. 첫째, 오늘날의 정치 경제적 이슈들이 훨씬 더 폭넓은 계층의 관심을 끌고 있다. 둘째, 글을 읽을 수 있는 사람들이 많아졌다. 1917년까지만 해도 읽고 쓰기가 가능한 사람은 국민의 8퍼센트에 불과했습니다. 요즘에는 엄청난 수의 학교가 운영되고, 학교 입학도 의무화되어 있습니다.

해마다 5백 명의 학생들이 국가 보조금으로 유럽에 보내져, 기술, 화학, 법, 약학을 공부합니다. 이 장학금에 들어가는 정부 예산만 연간 20만 파운드에 달하지요.

우리는 유럽에서 최대한 많은 지식을 들여옵니다. 동양의 모든 민족이 필연적으로 빠지게 되는 비극적인 딜레마가 있어요. 서구 문명을 몰아내고 후진 상태로 남아 현대적 삶에서 뒤처진 채 선진 민족들의 손쉬운 먹이로 전락할 것인가. 서구 문명을 수용하고 어쩔 수 없이 굴욕적으로 모방하면서, 작지만 독창적인 자국의 경제적, 사회적, 정신적 삶을 팽개쳐 버릴 것인가.」

「딜레마 따위는 없습니다.」 내가 대답했다. 「원하든 원치 않든 모든 후진국들이 유럽 문명을 따르게 될 테니까요. 유럽의 경제 구조, 과학적 진보, 사회와 정치 등 말입니다.

다른 길은 없습니다.

서구 문명이 몰락하고 그 엄청난 구조가 해체되는 그날, 동양 세계는 비로소 과거의 위치로 돌아갈 수 있을 것입니다. 유럽에 새로운 씨앗을 제공하는 위치 말입니다.

지상의 심금을 울린 모든 종교 — 즉, 모든 씨앗들 — 는 동양에서 나왔으며, 나는 이것을 결코 우연이라고 생각하지 않습니다. 동양은 광기에 홀려 불타 버리죠. 서양은 수용하고 양육하고 정제하고 분석합니다. 다시 말해, 불꽃을 빛으로 바꾸어 놓죠.

바로 이것이, 지금까지 우리의 행성에서 저 가공할 협력 — 남성성과 여성성의 협력 — 이 이루어져 온 방식입니다. 동양인들은 유럽의 남편입니다.」

우리는 나일 강둑의 야자수 밑을 걸으며 이야기한다. 한 편의 드라마 같은 전후 이집트의 몸부림이 눈앞에 펼쳐진다. 한 민족이 노예 상태에서 깨어나, 모색하고, 뜻을 품고, 각성과 자유를 찾고자 몸을 일으키는, 조급함과 폭력으로 점철된 모든 과정이.

농민들은 세계 대전 이후에야 처음으로 자신들의 노예 상태를 자각하게 되었다. 그들은 그 전쟁에 백만이 넘는 사람들을 파견했다. 가축과 농작물이 징발되었고, 전쟁 중에 4만 명의 농민이 강제로 특수 노동자가 되어 연합군을 위해 노역했다.

한편 이집트 내부적으로도 거대한 발효가 시작되고 있었으니, 기존의 경제·사회적 구조에 변화가 일기 시작한 것이다. 새로운 소규모 산업들이 발달하고 새로운 자본가 계층이 출현하면서 과거의 지배자들이 몰락하고 있었다. 여기에 병행하여, 군수 산업에 종사하게 된 특수 노동자들이 이집트 역사상 최초로 의식 있는 노동 계급을 형성해 가고 있었다. 농민들도 전쟁으로 극심한 고통을 겪고 있었다. 인명 피해, 가축과 재산의 강탈. 국가 공무원 자리는 높은 봉급을 받는 영국인들이 차지하고 있었다.

전쟁이 끝나자 이집트인들은 이집트를 해방시켜 주겠다던 영국의 약속이 실현되기를 기다렸다. 그러나 영국인들은 약속을 어겼다. 파업이 발생하고 극단적인 민족주의 정당들이 생겨났다. 선거가 실시되었으나 곧 무효화되었고, 온 국민이 격분하고 나라 전체가 들끓었다. 농민들과 콥트교도들이 연합하여 자유를 요구했다. 초승달[4]과 십자가가 대중 집회와 국경일 행사에 나란히 참여했다. 지난날 종교가 갈라놓았던 모든 것들이 민족의식 아래 하나로 뭉쳤다. 이집트 국민이 해방의 첫 단계 — 종교 — 를 통과한 것이다. 그리고 마침내 그들은 제2단계 — 국가 — 에 도달했다. 하지만 그것이 최후의 단계는 아니었다.

나는 이집트에서 영향력을 가진 어느 노회한 콥트교도 지도자에게 다음과 같이 말했다.
「한 민족이 각성하고 경제적으로 부흥하는 길은 하나밖에 없습니다. 이집트는 방대한 영토를 가졌으나 모두 소수의 봉건 영주들이 차지하고 있지요. 수백만 농민들이 그 땅에서 일하고 굶어 죽습니다. 당신은 이 문제를 어떻게 풀어 나갈 겁니까?」
상대방은 헛기침을 했다. 나는 되풀이해 물었다.
「토지 몰수에 대해 어떻게 생각하십니까?」
그는 잠시 생각에 잠겼다. 내가 이렇게 신중하지 않게 나오는 것이 그로서는 당연히 못마땅했을 것이다. 〈민족주의, 동포애, 자유, 농민 정신!〉 이런 위대하고 아름다운 단어들이나 이야기하면 피차 편하고 듣기 좋을 텐데, 왜 우리가 농민의 육체에 대해 이야기해야 하지? 그가 안절부절못하며 전화를 가지고 장난질을 하더니 이윽고 멈추었다.
「이집트는 아주 비옥한 땅이오.」 그가 결연한 투로 말했다. 「1년에 두세 차례나 수확을 하지요. 작은 전답 한 뙈기로 가족 전체가 충분히 먹고살 수 있으니……」
「그래서요?」
「그러니 당신이 언급한 그 문제는……」 그는 〈토지 몰수〉라는 정확한 표현을 입에 담지 않으려 했다. 「부실한 땅을 가진 다른

---

4 터키 제국 혹은 이슬람교를 상징하는 신월(新月).

나라들에선 어떨지 몰라도 여기에서는 그렇게 심각하지 않소.」

「그래서요?」

「이만하면 당신의 질문에 대한 답이 된 것 같은데.」

과연 그랬다. 나는 답답한 마음으로 자리를 떴다. 우리의 형제, 농민 — 개같이 일하다 굶어 죽는 불운한 인간이자 짐승 — 의 운명이 내 가슴을 꽉 채우며 쓰라린 고통과 분노를 일으켰다.

이슬람 세계가 깨어나고 있다. 가장 최근의 통계(1923년)에 따르면 세계의 이슬람 인구는 2억 7천7백만에 이른다.

이집트는 운명적으로 주된 역할을 하게끔 되어 있다. 지리적으로 이슬람 세계의 중심에 위치해 있을 뿐 아니라 유럽 세계와 매일같이 긴밀한 접촉과 알력이 이루어지고, 지난 몇 년 사이 국내의 정치적·경제적 동요가 심화되고 있어 이슬람 전투 대열 중에서도 가장 민감하고 혁신적인 전위대가 되어 버린 것이다.

모로코에서 중국, 투르키스탄에서 콩고 강에 이르는 지역의 이슬람교도들이 유럽인들과 대립하고 접촉하는 가운데 자신들을 가장 긴밀하게 묶어 주는 공통의 끈 — 종교, 전통, 경제적 이권 — 이 있음을 깨닫기 시작하고 있다.

그리하여, 장애물과 오해와 지연에도 불구하고, 이슬람 사람들의 대단합이 서서히, 그러나 확실하게, 우리의 눈앞에서 현실화되기 시작했다. 너무 가까이에서 벌어지는 일이어서 오히려 안 보일 정도이다. 뭔가가 혹시 보이더라도 그것은 일개 단편에 불과할 뿐 결코 전체의 모습은 아니다.

무스타파 카밀, 자글룰,[5] 현대판 루터라고 할 수 있는 히자즈[6]

---

5 Saad Zaghlul(1859~1927). 이집트 민족 운동 지도자로 〈현대 이집트의 아버지〉라 불린다.

의 현 국왕, 인도 이슬람교도의 지도자이자 간디의 가장 소중한 협력자인 무함마드 알리 진나[7] — 모두가 단순한 흥밋거리로만 볼 인물들이 결코 아니다. 그들은 내부에서 끓어오르는 엄청난 발효를 상징한다. 그들은 아직 뚜렷하게 표현되지도 형태를 갖추지도 못한 동쪽 이슬람 세계의 의지를 구현하려 하는 몇 안 되는 확실한 목소리들이다.

그리고 또 있다. 종교와 나란히, 새로운 사상이 작용하기 시작하여 아시아, 아프리카의 민족들을 뒤흔들고 있으니 민족주의가 바로 그것이다. 이 민족들 가운데에서 최초로 민족의식이 깨어난 것이다.

종교는 그들의 행동에 더 이상 큰 역할을 하지 못한다. 이제는 국가라는 새로운 이상이 그들을 열정으로 불태우고 그들을 단결시킨다.

동양의 많은 민족들이 깨어난 것은 세계 대전 덕분이었다.

1. 유럽인들은 그들을 전쟁의 도구로 이용함으로써 그들의 가슴속에 민족의식을 불붙이고 부채질했다. 그들에게도 권리가 있다는 것을 깨우쳐 주고, 동맹국들을 도우면 전쟁에서 승리한 후 자유를 줄 것이라고 약속했다.

2. 이집트, 인도, 세네갈, 알제리의 수백만 사람들이 급히 유럽인들의 군대에 파견되어 싸웠다. 그곳에서 그들은 현대전(現代戰)의 전투 방식을 배우고, 최신 군사 장비를 이용하는 법을 완전히 습득했으며, 게다가 유럽인들을 죽이는 법까지 배웠다.

3. 동양인들은 유럽인들과의 일상적인 접촉을 통해 그들을 좀

---

6 아라비아 반도 서부의 옛 독립 왕국. 현재는 사우디아라비아의 일부이다.
7 Muhammad Ali Jinnah(1876~1948). 파키스탄의 초대 대통령을 역임했으며 이슬람 세계의 단결에 힘썼다.

더 잘 알게 되었다. 바로 곁에서 관찰하면서 유럽인의 여러 가지 소소한 동기들을 보았고, 그들 내부의 불화와 이기주의의 충돌을 보았다. 동양인들은 이제 유럽인들을 두려워하지 않게 되었다.

4. 전쟁이 끝났다. 동양인들은 완전히 달라진 모습으로 각자의 조국으로 돌아왔다. 그들은 이제 깨어나 있었고, 전문 지식으로 무장되고 각종 혁명 이론의 선전에 흠뻑 젖어 있었다. 자신들에게도 권리가 있음을 알고 그것을 요구했다. 그들은 자기 민족을 발효시킬 엄청난 효모가 되어 있었다.

5. 유럽인들은 약속을 지키지 않았다. 동양인들을 전쟁으로 끌어들이기 위해 약속했던 완전한 자유를 주지 않았을 뿐 아니라, 몽매한 동양 대중 속에 불붙은 빛을 압살하고 자신들의 이익을 추구하기 위해 폭력적인 수단을 수시로 동원했다.

그러나 빛은 항상 스스로 증식하는 법이다. 이것은 빛의 본질이기도 하다. 드세게 뻗어 올라 불꽃으로 변한다.

이러한 원인들에 덧붙여, 서양에 맞서는 동양을 깨우고 단합시키는 두 가지의 큰 요인이 존재한다.

1. 오늘날에는 지구상에서 발생하는 모든 행위가 다섯 개 대륙에 즉각 영향을 주게끔 되어 있다. 현대의 통신 수단 덕분에 모로코나 상하이에서 동양의 군사가 승리를 거둔 소식은 순식간에 모든 동양 민족들에게 전달되어 열정과 신념으로 가슴 부풀게 만든다. 인류 역사상 전례 없는 현상임은 물론이다.

2. 러시아. 러시아는 동양의 모든 혁명적 열기를 단속하고 자본주의 유럽과 미국에 맞서는 동양인들의 행동과 증오를 조직화한다. 러시아가 선전하는 내용은 간단하다. 모든 민족은 착취를 자행하는 자본가들을 축출하고 스스로 자기 집의 주인이 되어야 한다.

동양 민족들은 이처럼 다양한 요인들을 통해 각성하고 불온 상태가 된다. 당연한 이야기지만, 여기에서도 경제적 요인이 중요한 역할을 한다. 전쟁이 끝난 후 삶의 요구들이 확대되었다. 경제적 환경들이 엄청나게 바뀌었다. 후진 민족들의 보폭이 넓어진 것은 불가피한 현상이었다.

이집트를 보라. 지난날 이집트의 부를 수탈하고, 통상을 조종하고, 공장을 건설하고, 은행을 세우고, 대규모 기술 사업을 추진할 수 있었던 것은 외국인들뿐이었다. 그러나 오늘날에는 이 모든 경제 활동에서 내국인들이 외국인들을 대신하기 시작했고, 아주 능숙한 조정이 이루어지고 있다. 그들은 더 이상 외국인들을 필요로 하지 않을 뿐 아니라 가증스러운 방해물로 여기게 되었다. 특히 전쟁 이후에 생겨난 신흥 도시 계층의 경우, 외국인들을 제거하면 직접적이고도 긴요한 이익을 챙길 수 있는 것이다.

경제적 동요와 자생적 요소의 활기찬 개입이 이 나라 경제 재건의 깊은 뿌리를 이루고 있다.

과거에는 통상이 외국인들의 손아귀에 들어 있었다. 외국인 중개상들만 상품의 수입과 수출을 다루었다. 오늘날에는 토착 이집트인이 유럽의 가정들과 직거래를 한다. 따라서 유럽식 자금 조달법을 채택하지 않을 수 없다. 환어음에 서명하고 — 예전이라면 결코 동의하지 못했을 방식이다 — 은행을 세우고 하는 가운데 그들은 현대인이 되어 간다.

과거의 산업은 원시적이었다. 중세적인 도구를 가지고 목재, 철, 구리, 면화를 재료로 작업했다. 오늘날의 토착민들은 유럽산 기계를 들여오고, 공장을 짓는다. 모든 기술적 진보를 거치며 나아간다.

이제 그들에게는 무역 학교와 통상 학교도 있다. 운송 방식이 달라졌다. 자동차는 어디든 들어갈 수 있다. 마침내 소읍들이 연결되어 상품과 생각의 교환이 급속히 이루어진다.

민족 고유의 일부다처제는 경제적 이유들로 인해 폐지되고 있다. 이슬람교도 남자와 유럽 여자의 결혼이 꾸준히 증가세를 유지한다. 이제는 종파가 다른 가족들이 한 지붕 밑에서 나란히 산다. 주로 이슬람교도와 기독교도들로 예전에는 들어 본 일조차 없는 형태다. 전후의 경제적 요인이 초래한 이 같은 강제 접촉의 결과, 기존의 관습이 바뀌고 사고방식이 변화되고 정신적 폭이 넓어진다.

많은 동양인들과 유럽인들이 아름다운 구절을 동원하여 동양 정신의 우월성을 선언하고, 이제 다시 동양에서 빛이 나올 것이라며 낭만적인 열광에 젖는다.

어쩌면 그럴지도 모르겠다. 그러나 예언이란 것은 늘 믿을 수 없는 구석이 있다. 우리가 이러한 불확실성을 피하고 견고한 땅에 서기 위해서는 오늘날 동양 세계의 발효 현상을 공명정대하게 검증하고 직접적인 현장 증거로 스스로를 보강하는 쪽으로 범위를 좁혀야 할 것이다.

오늘날의 세계에서 동양 문명이란 것은 없다. 순수하게 동양적인 것은 촌스럽고 시대에 뒤처져 오늘날의 삶에 적응하지 못한다. 동양이 자기 나름대로의 문명을 다시 창조하기 위해서는 스스로 서구의 도제(徒弟)가 될 필요가 있다. 그리고 이 도제 용역은 이미 시작되었다. 유럽의 발전된 생산 수단, 통상과 산업의 새로운 방식, 분석적 비판적 사고방식을 채택했고, 유럽의 과학을 가지고 동양적 삶의 방식을 개조하고자 시도하고 있다.

미래는 다음의 두 가지를 결합시키는 민족의 것이다.

1. 현대의 기술.

2. 하나의 신념. 이것은 종교를 뜻하는 것이 아니라, 크게 말해 구심점과 깊은 뿌리를 가진 양심을 뜻한다.

오늘날의 유럽은 첫 번째 요소를 가졌다. 동양은 두 번째 것을 지녔다. 동양, 특히 전후의 동양은 이제 막 기술 세계에 입문하여 조직화되려 하고 있다. 유럽은 구심점이 될 만한 믿음을 모두 상실한 채 서서히 붕괴해 가고 있다. 만약 새로운 세계 대전이 터진다면 유럽은 아마도 총체적이고 극단적으로 해체될 가능성이 높다. 그렇게 되면 세계의 운명은 서양에서 동양으로 이동할 것이다.

내가 말하는 동양에는 물론 러시아도 포함된다.

시인 카바피스

 시인 카바피스[1]가 이집트에서 가장 뛰어나고 지적인 인물이란 점에는 의심의 여지가 없다.

 호화로운 그의 대저택에서 자그만 탁자를 앞에 두고 마주 앉은 나는 희미한 불빛 속에서 그의 표정을 파악하려 애쓴다. 우리 사이에 놓인 탁자 위에는 위스키 잔과 키오스 섬산 마스티하[2]가 그득하다. 우리는 술을 마시는 중이다.

 우리는 이런저런 사람들과 생각들을 논하고, 껄껄대고, 침묵에 빠졌다가, 약간의 노력 끝에 다시 대화를 이어 간다. 나는 내 감정을 웃음 뒤로 숨긴 채 즐기려고 애쓴다. 지금 내 앞에 완전한 한 사람이 앉아 있다. 자부심 속에 조용히 예술적 위업을 성취하는 사람, 금욕적 쾌락주의의 엄격한 명령에 호기심과 야망과 육욕을 종속시키는 은자(隱者)의 우두머리.

 그는 15세기의 피렌체에 추기경으로 태어났어야 할 사람이다. 교황의 자문 역이나 맡고 베네치아의 도제[3] 궁에 특별 사절로 파

---

1 Konstantínos Pétrou Kaváfis(1863~1933). 20세기 그리스의 주요 시인 중 한 사람. 알렉산드리아에서 출생하고 사망했다 — 원주.
2 지중해 지방산 미나릿과 식물인 아니스 열매 향이 나는 리큐어.

견되어 술 마시고, 사랑하고, 운하 근처를 어슬렁대고, 글 쓰고, 침묵이나 지키며 — 그리고 가톨릭교회의 가장 사악하고 복잡하게 뒤얽히고 수치스러운 사건들을 적당히 빠져나가며 — 세월을 보냈어야 할 사람이다.

어둠 속에서 침대 겸용 긴 의자에 앉은 그의 표정이 드러난다. 때로 메피스토펠레스의 표정 같기도 하고, 빈정대는 것 같기도 하다. 촛불의 미세한 깜박임과 부딪치면서 그의 아름다운 검은 눈이 돌연 불꽃을 발한다. 다음 순간 그는 다시 섬세함과 쇠퇴와 피로 가득한 모습으로 바뀐다.

그의 목소리는 애정과 색채로 가득하다. 그의 교활하고 요염하며 가식적이고 장식적인, 죄지은 늙은 영혼이 그 같은 목소리로 표현되는 것이 나는 즐겁다.

오늘 밤 처음으로 그를 보고 목소리를 들음에도 불구하고, 깨끗하게 퇴보해 가는 저 복잡하고 무겁게 짐 진 영혼이 얼마나 지혜롭게 성공을 거두었는지 이해가 된다. 자신에게 딱 들어맞는 예술적 형태를 찾아내어 구제받았다는 점에서 말이다.

무심하고 즉흥적인 것처럼 보이지만 지혜로운 고찰에서 나오는 시구, 의도적으로 일관성을 파괴한 그의 언어, 자연스럽고 소박한 운 — 이런 것들이야말로 그의 영혼을 충실하게 포옹하여 드러낼 수 있는 유일한 육체이다.

그의 시들에서는 육체와 영혼이 하나이다. 그렇게 근본적으로 완벽한 통합은 문학사에서도 찾아보기 어렵다.

카바피스는 문명의 마지막 남은 꽃들에 속한다. 시들어 가는 겹잎들과 병든 긴 줄기만 있을 뿐 씨앗은 없는 꽃.

---

3 선거로 선출되는 옛 베네치아 공화국의 지도자.

그는 쇠퇴의 시대를 사는 비범한 사람의 전형적인 특징들을 모두 갖추었다. 지혜롭고, 반어적이고, 육감적이고, 매력적이고, 추억이 넘쳐 나고. 그는 〈무관심한 척〉, 〈용감한 척〉 산다. 부드러운 침대 의자에 몸을 기대고 창밖을 응시하며 〈야만인들〉의 출현을 기다린다.[4] 그의 손에는 찬송가를 아름답고 정교하게 적어 놓은 양피지가 들려 있다. 그는 축제일에 입는 아름다운 옷으로 성장하고 정성껏 화장하고 기다린다. 그러나 야만인들은 오지 않고, 황혼이 가까워지면 그는 가만히 한숨짓고, 잔뜩 기대를 품었던 자기 영혼의 단순함을 비꼬는 미소를 짓는다.

오늘 밤 나는 그를 보면서 수동적으로, 힘없이, 낙담도 없이, 자신이 잃어 가고 있는 알렉산드리아에 뒤늦은 작별을 고하는 이 용감한 영혼을 즐긴다.

「술을 통 안 마시는군! 키오스산이라니까, 내가 장담해! 왜 그렇게 조용해졌소?」

그가 몸을 굽혀 내 잔을 채운다. 한순간, 빈정거림과 고결함이 뒤섞인 섬광이 그의 눈을 스친다.

그러나 나는 그의 저 장엄한 시, 「신이 안토니를 버리다」를 생각하느라 계속 입을 다물고 있었다. 그 시를 혼자 천천히 되뇌고 있었기 때문에 그의 질문에 대답할 수가 없었다.

> 자정의 시각, 갑자기
> 보이지 않는 흥행단이 지나가는 소리가 들린다
> 절묘한 음악과 환호성도 함께 —
> 그럴 때 기울어 가고 있는 당신의 운을,

---

[4] 카바피스의 시 「야만인을 기다리며」를 암시하고 있다.

실패한 당신의 작업들을, 모조리 환영이었음이 드러난
당신의 인생 계획들을 헛되이 한탄하지 마라.
이 순간을 오래 준비한 척, 용감한 척,
그녀에게, 떠나려 하는 알렉산드리아에게 작별을 고하라.
무엇보다도 속지 마라, 그것은 단지 꿈이었다고,
당신의 귀가 속인 것이라고 스스로에게 말하지 마라.
그러한 헛된 희망들에 머리 숙이지 마라.
이 순간을 오래 준비한 척, 용감한 척,
그 같은 도시에 손색없는 당신에겐 그것이 어울리므로.
확실한 걸음으로 창가로 다가가
감정을 가지고 귀 기울여라, 그러나
비겁한 자의 애원과 불평은 떨쳐 버려라,
최후의 향락이라 생각하고 그 소리에,
신비한 흥행단의 절묘한 악기에 귀 기울여라,
그리고 그녀에게 작별을 고하라, 당신이 잃어 가고 있는 알렉산드리아에게.[5]

같은 날 저녁, 작별의 연회.

나는 그날 저녁을 결코 잊지 못할 것이다. 우리가 살고 있는 위기의 시대를 특징적으로 보여 준다고 생각되기 때문이다. 그것은 공중에 걸려 있는 위협이다. 불안은 성심성의를 다하는 가장 소중한 시간들에까지 파고들어 우정에 호전적인 풍미를 더한다.

우리는 대략 열다섯 명이었다. 함께 식사하고, 한동안 껄껄댔다. 잠시 후 나보다 어린 사람이 어둡고 흥분된 표정으로 나를 주

---

5 카바피스의 시 「신이 안토니를 버리다」에서 — 원주.

목했다.

「오늘 밤 당신이 떠나기 전에 이야기해야겠습니다. 우리는 당신이 『아나예시시 Anagenesis』에 발표한 글의 많은 부분을 받아들이지 못합니다.」

그는 나를 꼭 붙잡고 바라보면서 애정과 혐오로 몸을 떨었다.

나는 기뻤다. 어린 세대는 나를 즐겁게 만들 뿐 아니라, 그들과 함께 있으면 내 귀는 경계와 불안과 탐욕으로 쫑긋 세워지곤 한다.

「한판 붙어 봅시다.」 내가 껄껄대며 대답했다. 「당신들의 견해를 말하면 나도 내 생각을 말하겠소. 카론[6]이 누구를 택할 것인지는 그에게 맡기고!」

우리는 사회자 폴 페트리데스Paul Petrides 박사가 마련해 준 커다란 식탁에 모두 빙 둘러앉았고 이윽고 격투가 시작되었다.

예술에 대한 이야기는 나오지 않을 거라는 걸 나는 알고 있다. 이 뛰어난 알렉산드리아의 지식인 서클은 몇 년 전만 해도 팔라마스[7]와 카바피스, 예술과 미학의 문제들을 논하고 시구를 암송하며 밤을 꼬박 새우곤 했었다. 나도 꽤 여러 날을 그들과 함께 했지만 이제 우리는 지나가는 말로라도 학자나 문학 작품을 논하는 경우가 드물었다. 근본정신이 바뀌었다. 전투의 최전선이 방향을 바꾼 것이다. 우리에겐 그 모든 것들이 낡아 보였다. 헛된 장식물, 게으르게 후진하는 사람들의 소일거리로 보였다.

그리하여 오늘 밤 우리 사이에는 논쟁의 바람이 감돌았다. 창백한 얼굴의 젊은 사람들이 말을 아껴 가며 힘 있게 이야기했다. 젊은이들답게 주저하지 않았다. 우리는 단호하고 강직하다, 다면

---

6 그리스 신화에서 죽은 사람의 혼을 배에 태워 저승의 강을 건너게 해준다는 사공.
7 Coslis Palamás(1859~1943). 그리스의 시인으로 신(新)아테네파를 조직했으며 최초로 작품에 그리스 민중어를 사용했다.

체적인 정신의 술책을 부리지 않는다 — 그들은 그렇게 믿고 있었다.

우리는 — 마치 고백하듯 감정을 실어 가며 — 현대인의 의무와 우리의 임무를 논했다. 우리들 각자는, 조직의 형태를 갖춘 저 다양한 당파들 중 어디에 합류하여 어떻게 싸워야 하는가?

오늘 저녁의 친선 모임이 일종의 참모 회의로 변질되는 데는 오랜 시간이 걸리지도 않았다. 마치 우리가 실제로 계엄 상황에 처한 듯, 그리하여 행동 방향을 결정하기 위해 모인 듯했다.

우리는 크게 두 개의 진영으로 나뉘었다.

역사의 일차적 동기는 항상 경제적 요인들이라는 견해를 지지하는 사람들. 오직 이것만이 생명의 진화를 설명하고 우리의 생각과 행동을 안내할 수 있다. 다른 모든 동기들은 부차적이고 파생적인 것들이다.

하지만 나머지 사람들은 생각이 달랐다. 누군가가 자신의 생각을 이렇게 설명했다.

「과연 경제적 요인들만이 모든 것을 설명할 수 있는가, 나는 종종 회의가 듭니다. 내가 이 경제의 보편적 지배를 받아들인다면 그것은 강요에 떠밀렸을 때뿐입니다.

강요라는 것은, 다시 말해 나를 행동으로 향하게끔 만드는 이론의 강요란 뜻입니다. 누구든 인간 행위의 진화를 이론적으로 고찰하다 보면 정신적 요소도 역사의 강력한 지레라는 점을 인정하지 않을 수 없을 것입니다. 그러나 이론을 포기하고 행동으로 뛰어드는 사람은 어쩔 수 없이 경제적 요소만을 받아들이게 됩니다. 걸어 다니고 건물을 세우고 할 견고한 땅을 확보해야 하기 때문이지요. 그렇게 하지 못할 경우 그는 신비스럽고 위험한 다의성(多義性) 속에서 자기 자신을 잃어버리게 될 것입니다.」

내 견해를 밝힐 차례가 되었을 때, 솔직히 말해 나는 약간 감동받은 상태였다. 지금 이 자리는 친구들이 나에게 작별 인사를 하는 우정의 자리다. 그러나 우리를 감싼 국면은 감상적인 것을 결코 용납하지 않을 만치 아슬아슬하다. 친구들이 매정하게 나를 쳐다보며 기다리고 있었다.

나는 몇 마디 말로 내 신조를 밝혀 보려고 했다.

「나는 일원론(一元論)자입니다. 나는 물질과 정신이 하나라는 것을 깊이 느낍니다. 오직 하나의 본질을 마음으로부터 느낍니다.

그러나 오늘 밤, 내 생각을 있는 그대로 밝히고 그 본질을 명확히 해야 하는 상황이다 보니 어쩔 수 없이 말로써, 다시 말해 논리로, 내 견해를 표현할 수밖에 없습니다. 그러므로 논리의 본질에 따라 나는, 본질상 불가분한 것을 분리시킬 수밖에 없습니다. 게다가 인간의 감각이란 것이 — 무한하고 개연성으로 가득한 현실의 그 모든 측면들 혹은 근원들로 인해 — 제한되어 있기 때문에 나는 두 가지만 구분하는 바입니다. 이른바 물질이란 것과, 정신이란 것.

내가 이해하는 바에 따르면, 물질이나 정신 한 단어만으로는 일차적 본질의 일부밖에 표현할 수 없습니다. 왜냐하면 이 단어들 각각이 그동안의 관례에 의해 어떤 구체적이고 편협한 내용을 담게끔 축소되었기 때문입니다.

본질적으로 하나인 것을 말로써 공식화하고자 할 때, 내가 〈역사〉 — 개인의 역사든 집단의 역사든 — 의 최고(最高) 동기들조차 둘로 나누게 되는 이유도 바로 여기에 있습니다. 그 두 가지란 바로 굶주림과 정념(情念)입니다.

나는 〈정신〉이란 말 대신 〈정념〉을 사용합니다. 〈정신〉이란 말에는 이데올로기적이고 관념적으로 걸러진 내용이 담겨 있는데, 내가 그것을 도저히 이해할 수 없을 뿐 아니라 혐오하기 때문입니다. 〈정신〉에는 유물론자들이 생각하는 것보다 훨씬 많은 〈물질〉이 담겨 있습니다. 마찬가지로, 〈물질〉에도 관념론자들이 생각하는 것보다 훨씬 많은 〈정신〉이 담겨 있습니다.

그러므로 내 생각을 대충 정리하자면 다음과 같습니다. 정상적인 상황에서는 — 다시 말해 대부분의 상황에서는 — 굶주림, 즉 경제적 요인이 일차적 동기이다. 그러나 결정적인 순간(분노, 증오, 사랑, 생식의 본능 등등)의 일차적 동기는 정념이다.

그러나 앞서 내가 얘기한 대로, 우리의 차이점들을 좀 더 깊이 들여다보면 차이가 사라지는 것을 보게 됩니다.」

우리는 이런 식의 대화를 나누었다. 어느덧 새벽이 다 되어 가고 있었다.

시나이 반도

시나이

 신이 밟고 간 산, 시나이가 오랜 세월 내 마음속에서 범접할 수 없는 정상처럼 빛을 발했다. 홍해, 아라비아 페트라이아[1] 라이토의 작은 항구, 사막의 긴 낙타 행렬, 유대인들이 40년을 신음하며 떠돌았던 저 위험하고 냉혹한 산야, 그리고 마지막으로, 〈불꽃이 이는데도 타지 않는 떨기 수풀〉[2]에 세워진 저 성스러운 수도원 ─ 지난날 내가 대도시들에서 길을 잃고 헤매던 시절, 꼭 달성하고 싶었던 목표가 바로 여기에 있었다.

 목가적인 매력, 평화롭게 조화를 이룬 산들, 파란 하늘과 작지만 황홀한 호수를 가진 갈릴래아가 예수의 어깨 너머로 펼쳐지며 미소 짓는데, 어머니와 자식이 닮듯 예수를 닮아 있다. 갈릴래아는 『신약 성서』라는 본문에 딸린, 소박하지만 반짝이는 주석(註釋)이다. 여기에서는 신이 평화롭고 온건하고 쾌활한 모습으로 나타난다. 마치 선량한 인간처럼.

 그러나 나를 항상 흥분시키고, 내 영혼과 보다 깊은 관계를 맺

---

[1] 암석의 아라비아. 고대 아라비아를 세 곳으로 나누었을 때 아라비아 반도 서북쪽, 시리아 사막 지대를 가리킴.
[2] 「출애굽기」 3장 2절 참조.

은 것은 『구약 성서』였다. 무시무시한 보복의 벼락과도 같은 책, 신이 강림하셨다는 그 산처럼, 닿으면 검게 그슬리는 이 책을 읽을 때면 직접 가서 내 눈으로 보고 싶은 열망이, 이 책이 태어난 저 혐오스러운 산악을 접하고픈 열망이 내 가슴을 고동치게 만들곤 했다.

예전에 정원에서 한 여인과 나누었던, 짧지만 격렬했던 대화를 나는 결코 잊지 못할 것이다.

「시(時)나 예술, 책들은 혐오스러워요. 내가 볼 때는 모두 종이로 만들어진, 무미건조한 것들이에요. 마치 배고픈 사람에게 고기와 빵과 포도주 대신에 메뉴판을 주어 염소처럼 씹게 만드는 격이죠.」

나는 분개하며 말했다. 내 앞에 선 이는 얼굴이 창백하고, 넓은 광대뼈와, 러시아 농부처럼 쭉 찢어진 입을 지닌 여인이었다.

「오늘날 우리의 축 늘어진 영혼들은 그런 식으로 허기를 채우지……. 마치 염소처럼.」

그녀가 소리 내어 웃더니 이렇게 대답했다.「지금 나에게 분노하며 말씀하시지만 그래도 난 당신 생각에 동의합니다. 책이라면 오직 하나밖에 없어요. 바로 『구약 성서』지요. 그건 종이로 만들어진 책이 아닐 뿐 아니라 피를 뚝뚝 흘리거든요. 그야말로 살과 뼈로 된 책이죠. 제가 볼 때 성서는 고통 받는 순진한 사람들을 위한 카밀레 차와도 같습니다. 예수는 정말 한 마리 어린 양이었죠. 부활절에 파란 풀밭 위에서, 저항 한 번 하지 않고 매애 하고 사랑스럽게 울면서 도살되는 어린 양. 그러나 야훼는 나의 신입니다. 그분은 마치 무시무시한 황야에서 허리띠에 손도끼를 꽂고 튀어나오는 야만인처럼 냉혹하시죠. 야훼는 그 손도끼로 내 심장을 열고 들어오십니다.」

창백한 여인이 잠시 쉬었다가 좀 더 부드럽게 말했다.

「그분이 사람들과 어떻게 대화하는지 기억하세요? 인간과 산들이 그분의 손바닥 안에서 산산이 부서지는 것을 보셨나요? 왕들이 그분의 발치에서 어떻게 구는지 보셨나요? 인간은 절규하고 흐느끼고 저항하고 바위 밑으로 숨고 땅 밑으로 파고듭니다. 인간은 그분에게서 빠져나가려고 안간힘을 씁니다. 그러나 야훼는 마치 한 자루 칼처럼 인간의 사타구니에 박혀 있지요.」

햇살에 흠뻑 젖은 정원에서 창백한 여인은 그렇게 말했다. 그리고 그 순간부터 내 속에는 갈망이 불붙었다. 피에 굶주린 신이 탄생한 그 소굴에 가고 싶다, 들어가 보고 싶다. 마치 사자 소굴로 들어가듯.

그리고 오늘 아침 마침내 아라비아 페트라이아를 바라보노라니, 저 너머 태양 아래 열기를 발산하고 있는 수직의 산들을 바라보노라니, 기쁨과 두려움으로 몸이 떨려 왔다. 나는 사자 소굴로 들어가고 있었다.

라이토는 시나이의 자그맣고 매력적인 항구이다. 몇 채 안 되는 가옥들이 해변을 따라 흩어져 있고, 녹색 바다에는 붉은색, 노란색, 검은색의 소형 범선들이 철벅거린다. 감미로운 평온. 산들은 담청색 바다 같고, 바다는 수박처럼 향내를 풍긴다. 동행인 화가 칼무호스Kalmouhos가 껄껄대며 나를 쳐다본다.

「실수한 것 같지 않아요? 아무래도 우리가 그리스의 어느 섬에 왔나 봐, 시프노스[3]에 왔다고요!」

저 멀리로 야자수들이 보이고, 낙타 두 마리가 산책길에 나타났다. 녀석들은 잠시 바다 쪽으로 고개를 돌리고 몸을 털어 냈다.

---

[3] 에게 해 서남부에 있는 그리스의 섬.

그리고 천천히 몸을 흔들며 성큼성큼 두세 발짝 움직여 가옥들 속으로 사라졌다.

우리는 계속 걸었다. 고운 모래를 밟고 있다 보니 마음이 춤을 추었다. 이 소박하고 조용한 장관이 과연 우리들 정신의 착각일 수 있을까? 모래사장에 큼직한 조가비들이 가득했다. 저 유명한 홍해의 조가비들이다. 가옥들은 바다에서 건져 올린 화석 나무와 석회질 산호, 해면, 불가사리, 거대한 조가비들로 지어져 있었다. 늘어진 하얀 젤라바 차림에 아몬드 모양의 눈과 거무스름한 피부를 가진 사람들에게선 빛이 났다. 화사한 부겐빌레아[4] 색상의 옷을 입은 초콜릿 색 피부의 작은 여자 아이가 하얀 모래사장에서 놀고 있었다.

목재로 지은 유럽식 가옥들 — 마치 인형 집처럼 정확하게 대칭을 이룬 아름다운 정원과 베란다가 딸려 있었다 — 도 몇 채 있고, 거리에는 빈 과일 깡통들이 흩어져 있었다. 큼직한 녹색 파라솔 아래서 영국인 여자 두 명이 책을 읽고 있었는데, 죽은 사람처럼 창백하여 숨을 턱 막히게 만들었다.

끝없는 해변을 지난 끝에 마침내 시나이 부속령에 도착했다. 여기서부터는 낙타를 타고, 신이 강림한 산으로 향할 예정이었다. 넓은 안뜰이 있었다. 그 주변으로 수도승들의 방과 게스트하우스, 소년 소녀들이 다니는 그리스 학교 두 곳, 저장실, 착유기(搾油機), 부엌이 둘러싸고 있었다. 그리고 안뜰 중앙에 교회가 서 있었다.

그리고 이 모든 것들의 수장(首長)이야말로 황야의 최고 기적이었다. 마토히우의 대수도원장 테오도시오스, 따뜻하고 사랑 넘

---

4 분꽃과의 관상용 열대 식물로 붉은 꽃을 피운다.

치는 가슴을 가진 사람.

 그리스인들이 이 황야에 오는 일은 드물다. 그리하여 소아시아 테스메스 출신의 불같은 그리스인, 키 크고 위엄 있는 수도원장 테오도시오스는 마치 그리스란 나라가 온 듯 우리를 반겨 주었다. 사제들이 해줄 수 있는 최고의 환대에 황홀할 지경이었다. 달콤한 통조림 한 숟가락, 차가운 물, 커피, 향긋한 흰 보 위에 음식이 잔뜩 차려진 식탁, 손님을 대접하는 사람들의 얼굴을 환하게 밝히는 기쁨…….

 창밖으로 홍해가 반짝거렸다. 반대편으로는 일광에 잠긴 테바이의 산들이 안개 속에 아로새겨져 있었다. 나는 수도원장과 더불어, 〈일흔그루의 야자수〉에 관해 이야기했다. 성서에서, 히브리인들이 홍해를 건넌 후 라이토의 이 마을에서 발견했다고 하는 나무들 말이다. 이어서 내가 〈열두 개의 우물〉에 관해 질문했다. 마치 오랫동안 조국을 떠나 있다가 돌아와 친지들의 안부를 묻는 것 같은 느낌이었다. 성서에 대한 이런 질문들이, 지금 우리를 둘러싸고 있는 광대한 황야, 그리고 지난날 위대한 고행자들이 고투했던 맞은편 산들과 너무나 아름답게 어울렸다. 게다가 그 야자수 과수원이 아직도 남아 있고 그 수원(水原)이 여전히 흐르고 있다는 것을 알았을 때 나는 기쁨에 휩싸였다.

 살아오면서 그런 유의 행복을 종종 맛본 적이 있다. 여행 끝에 마시는 한 잔의 물. 소박한 은신처, 세상 어느 귀퉁이에서 남모르게 살아가는 인간의 따뜻하고 소모되지 않은 마음. 그 마음은 낯선 이를 기다린다. 그리고 마침내 그 길의 끝에서 낯선 이가 나타날 때, 인간을 발견한 그 마음은 기쁨으로 설렌다. 그리하여 마치 사랑에 빠진 것처럼 지극히 환대한다. 확실히, 받는 사람보다 주는 사람이 더 행복하다.

우리를 시나이 산꼭대기로 데려다 줄 세 명의 낙타 몰이꾼, 타에마, 만수르, 아우아가 갖가지 색상의 젤라바 차림으로 도착했다. 그들은 낙타 털로 만든 관을 머리에 두르고, 가죽 끈으로 기다란 야타간을 어깨에 하나씩 매달고 있었다. 비쩍 마른 다리와 둥근 독수리 눈을 가진 쾌활한 그들 베두인족은 가슴과 입술과 이마에 손바닥을 갖다 대는 인사법으로 우리에게 인사했다.

각자 자기 낙타를 몰고 왔는데, 낙타에는 여행에 필요한 식품과 천막, 군용 간이침대와 담요가 산더미처럼 실려 있었다. 우리는 사막에서 사흘 낮과 밤을 보낼 예정이었다.

우리는 몇 마디 말을 배웠다. 베두인족들과 사흘 동안 함께하려면 반드시 알아 두어야 할 단어들이었다. 불, 물, 빵, 신(神), 소금.

오렌지색과 검은색의 모피 술로 장식된 마구를 걸친 낙타들이 불만스러워하는 소리를 내며 무릎을 꿇었다. 낙타들의 아름다운 눈들이 다정함을 잃고 화난 듯 번쩍거렸다.

「낙타들이 즐기는 대추야자 열매를 몇 개 주시오.」 수도원장이 지시했다.

그러자 키프로스 섬 출신의 백인 부제(副祭) 폴리카르포스가 자루에서 대추야자를 꺼내 베두인족과 낙타들에게 나누어 주었다.

우리는 출발하기 무섭게 가없는 사막으로 내몰렸다. 수도원에서 한 걸음만 나가도 끝없이 펼쳐지는 황량한 회색 사막이 시작된다.

꾸준히 진동하는 낙타의 규칙적인 움직임이 온몸을 휘어잡는다. 이 운동에 맞추어 피도 스스로를 율동적으로 조절하고, 피가 흐르듯 사람의 영혼도 흐른다. 합리적인 서구의 사고방식에 억눌려 비좁은 수학적 공간들에 갇혀 있던 시간도 해방된다. 〈사막의 배〉가 둥실둥실 움직이는 이곳에서 시간은 자기 본래의 리듬을 회복하여, 물 흐르듯 흐르는 불가분의 본질로, 사고를 몽상과 음악으로 바꾸어 버리는 가볍고 신비로운 현기증으로 변한다.

그 리듬에 몸을 맡기고 몇 시간이 흐르자 나는 아나톨리아[5] 사람들이 코란을 읽을 때 마치 낙타를 탄 것처럼 몸을 앞뒤로 흔드는 이유를 이해하게 되었다. 그들은 바로 이런 식으로 자신의 영혼과 교통한다. 끝없이 반복되는 단조로운 움직임이 그들을 저 거대한 신비의 사막 — 황홀경 — 으로 데려다 주는 것이다.

우리는 하얀 사막 위로 다섯 시간째 걷고 있었다. 해가 기울 무렵, 마침내 산언저리에 도착했다. 길을 안내하던 타에마가 멈춰 서더니 야영 준비를 하자는 신호를 보냈다.

「크르! 크르르!」 안내인의 목구멍 깊은 곳에서 이런 소리가 나오자 헐떡대던 낙타들이 힘들게 앞쪽으로 무릎을 꿇더니 마치 말이 쓰러지듯 엉덩방아를 털썩 찧었다.

우리는 낙타에서 짐을 내리고 천막을 쳤다. 아우아가 달려가 잔가지를 약간 모아 왔다. 우리가 불을 붙이는 사이 만수르가 짚 바구니에서 팬과 버터와 쌀을 꺼내 음식을 만들기 시작했다.

한기가 살을 파고들었다. 우리는 모닥불 주위에 둘러앉았다. 칼무호스가 종이에 다양한 동물들을 그려 가며 물었다.

「피 카플란(사자가 있나요)?」

베두인족이 종이에 그려진 사자를 보며 놀랍고도 즐겁다는 투로 소리쳤다.

「피! 피!」

---

[5] 흑해와 지중해 사이의 넓은 고원. 고대에는 소아시아와 같은 의미로 쓰였고 현대에는 터키를 지칭한다.

「피 탐핀(뱀도 있어요)?」

「피! 피!」

그사이 타에마는 옥수수 가루를 물에 넣고 거품을 내며 젓고 있었다. 그것을 팬에 넣고 가무잡잡하고 가느다란 손가락으로 모양을 빚더니, 누룩을 넣지 않은 빵 굽듯 굽기 시작했다. 필래프[6]에서 이내 향긋한 냄새가 피어올랐고, 우리는 모두 둘러앉아 음식을 먹었다. 그러고 나서 차를 끓이고 담배를 피우며 담소했다. 이윽고 불이 사그라지면서 아무것도 보이지 않게 되자 우리도 침묵으로 빠져 들었다.

은밀한 기쁨이 내 영혼을 사로잡았다. 나는 이 모든 낭만 — 사막, 아라비아, 천막, 베두인족 — 을 잠재우고자 애썼다. 걷잡을 수 없이 쿵쿵대는 내 가슴을 껄껄거리며 비웃었다.

천막 아래 몸을 쭉 뻗고 누워 눈을 감으니 수수께끼 같은 사막의 나직한 웅얼거림이 내 머리 위로 쏟아졌다. 천막 밖에는 낙타들이 누워 새김질을 하고 있었다. 흐뭇하게 천천히 돌아가는 턱뼈 소리가 들려왔다. 사막 전체가 한 마리 낙타처럼, 되새김질하고 있었다.

이튿날 새벽, 우리는 다시 길을 출발해 산으로 들어갔다. 인간을 경멸하여 내쳐 버리는, 황폐하고, 물도 없고, 박정한 산이다. 이따금 울퉁불퉁하고 컴컴한 동굴 속에서 재색의 야생 자고새들이 금속성 소리를 내며 제 날개를 때린다. 때로는 까마귀가, 먼저 우리의 냄새를 맡고 나서 어떻게 할 것인지 결정하겠다는 듯 머리 위를 맴돌며 난다.

하루 종일 낙타의 반복적인 흔들림과, 낙타를 달래는 타에마의

---

6 쌀에 고기, 양념을 섞어 만드는 터키 음식.

단조로운 노랫소리가 이어진다. 태양이 불길처럼 우리를 내려치고 암석들 위로, 우리 머리 위로 공기가 지글거린다.

우리는 3천 년 전 히브리인들이 이집트에서 도망쳐 나올 때 지나갔다는 그 잔인한 길을 따라가고 있었다. 지금 우리가 가로지르는 이 황야는 이스라엘 민족을 다듬어 낸 저 끔찍한 공방의 기능을 했다. 이곳에서 그들은 굶주림과 갈증 속에 단련된 끝에 작품으로 빚어졌다. 나는 좁은 골짜기에 난 구불구불한 길을 따라가며 탐욕의 눈길로 차례차례 절벽을 훑고, 이 타오르는 산골짜기를 내 머리에 각인시켰다. 예전에 그리스의 어느 해안을 여러 시간 걸었던 일이 떠올랐다. 묵직한 종유석과 남근 모양의 거대한 돌들로 뒤덮인 동굴을 통과했는데, 횃불 빛을 받아 시뻘게진 그것들이 찬란하게 번쩍거렸다. 동굴은 본래 어느 큰 강을 싸고 있었다. 하지만 그 강은 세월의 흐름 속에 수로가 바뀌어 지금은 말라 버리고 없었다.

우리가 뜨거운 햇볕 아래 통과하고 있는 이 골짜기도 바로 그런 경우에 해당된다는 생각이 문득 머리를 스치고 지나갔다. 무자비한 신 야훼가 자신이 지나가려고 이 산골짜기를 팠다. 이 황무지를 지나기 전까지 야훼는 아직 자신의 이미지를 확고하게 규정하지 못한 상태였다. 그의 민족이 아직 확실하게 정해지지 않았기 때문이다. 공중에는 엘로힘[7]들이 흩어져 있었다. 이름도 없고 형체도 없는 이 영들은 하나가 아니라 수없이 많았다. 세상에 생명의 원기를 불어넣은 엘로힘들은 자손을 퍼뜨리고, 세상 여자들과 관계를 맺고, 살상하고, 번개나 천둥처럼 지상을 공격했다. 그들에겐 나라가 없었으므로 아무 땅에도 아무 부족에도 속하지 않았다.

---

7 구약 성서에서 〈신〉을 뜻하는 말. 보통 명사이다.

그러나 그들은 차츰차츰 육신을 가지게 되었다. 그들은 높이 솟은 지대의 거대한 바위들을 찾아냈다. 그리고 이 바위들을 기름으로 칠하고 거기에 피를 쏟아 붓고 제물을 바쳤다. 신의 은총을 얻기 위해 인간이 가장 아끼는 것을 신에게 제물로 바쳐야 했다. 그리하여 그들은 인간의 최고 재산인 장남을 신에게 바쳤다.

수백 년의 세월을 별일 없이 살아가는 가운데 이 민족은 점차 온화해지고 문명화되었으며, 그들의 신도 보다 부드러워지고 개화되었다. 사람을 신의 제물로 바치고자 살육하던 관습에서 벗어나 그 대신 동물을 쓰게 되었다. 범접할 수 없고 눈으로 볼 수 없는 존재였던 신도 몸을 낮추어, 인간의 눈으로 볼 수 있는 신의 형태를 용인하게 되었다. 금송아지, 날개 달린 스핑크스, 뱀, 매 등등의 형상.

그리하여 풍요롭고 평온한 이집트 땅에서 히브리인들의 무시무시한 신은 점점 희석되고 존재를 상실하기 시작했다. 그러나 느닷없이 사나운 파라오의 침입자들이 쳐들어와 히브리인들을 풍요로운 땅에서 내쫓고 이 메마르고 끔찍한 아라비아의 사막으로 멀리 몰아내 버렸다. 이때부터 굶주림과 목마름, 분노와 반항이 시작되었다. 어느 날 오후 주린 배와 타는 목을 움켜잡고 가던 그들이 걸음을 멈추고 다음과 같이 외쳤던 현장이 아마 여기였을 것이다. 「차라리 이집트 땅에서 야훼의 손에 맞아 죽느니만 못하다. 거기에서는 고기 냄비 옆에 앉아 배불리 빵을 먹었거늘!」 모세가 하느님을 향해 두 팔을 쳐들고, 절망적으로, 사납게 소리쳤다. 「이 배은망덕한 민족을 어찌하오리까? 돌을 쳐들고 저를 죽이려 하나이다!」

그러자 위에 계신 하느님이 자신이 선택한 민족을 굽어보며 귀 기울였다. 때로 그들에게 메추라기나 만나[8]를 보내 먹이고, 때로는 검을 내려 그들을 베어 버렸다. 이 황야에서 하루하루 지날수록 그의 얼굴은 점점 사나워졌으나, 매일 선민(選民)들과 조금씩 근접하게 되었다. 밤이면 불이 되어 그들 앞에서 진군하고 낮이면 구름 기둥이 되고. 그가 〈언약의 궤〉[9] 속에 자리를 잡자 레위[10] 사람들이 그를 땅바닥에 내려놓았고 아무도 감히 그에게 접근하지 못했다.

계속 편협하고 가혹해지던 그의 얼굴은 이스라엘의 모습을 띠면서 보다 확실하게 규정되었다. 이제 그는 익명으로 형체도, 주거도 없이 공중을 떠돌던 무수한 영의 무리가 아니었다. 지상 전체의 신도 더 이상 아니었다. 그는 이제 야훼가 된 것이다. 냉혹하고 복수심에 불타는 피에 굶주린 신, 오직 한 민족, 히브리 민족만의 신. 왜냐하면 이제부터 그는 이집트 사람, 아말렉 사람, 미디안 사람들과 싸우는, 그리고 거친 광야와 싸우는, 고난의 시간을 통과할 것이기 때문이었다. 그는 고통과 흉계와 살인을 동원해 정복을 하고 자기 자신을 구해야만 했다.

내가 지금 통과하고 있는, 나무도 물도 없는 이 잔인한 골짜기가 바로 야훼의 끔찍한 칼집이다. 그가 포효하며 지나간 바로 그 현장이다.

이 소름 끼치는 사막을 건너 살아 보지 않고서, 어찌 히브리 민족을 알 것이며 느낄 수 있을 것인가? 우리는 낙타를 타고 사흘에 걸쳐 — 한없이 지루한 사흘이었다 — 그곳을 건넜다. 구불구불 뱀처럼 휘감긴 골짜기를 따라가자니 갈증으로 목이 타 들어가고,

---

8 이스라엘 사람들이 아라비아 광야에서 하늘로부터 받았다는 양식.
9 모세의 십계명을 새긴 두 개의 돌판을 넣어 둔 궤.
10 이스라엘 12지파의 하나. 하느님의 말씀에 충실한 대가로 사제가 될 수 있는 특권을 부여받았다.

관자놀이가 욱신거리고, 머리가 빙빙 돈다. 40년이나 이 용광로에서 단련된 민족이 어떻게 죽을 수 있겠는가? 이 무자비한 민족을 사랑하는 나는 그들의 미덕을 갈아 낸 숫돌인, 저 무지막지하고 거친 암석들을 즐거이 바라보았다. 그 의지, 끈기, 고집, 인내력, 그리고 무엇보다도 그들의 살로 만들어진 신. 그 신을 향해 그들은 절규했다. 「먹을 것을 주시오! 우리의 적을 죽여 주시오! 〈약속의 땅〉을 주시오!」 그리고 강제로 신을 복종시켰다.

지금까지 살아남아 자신들의 미덕과 악덕을 무기로 세상을 지배하는 유대인들은 이 광야에 빚을 지고 있다. 오늘날, 분노와 복수와 폭력이 난무하는 이 덧없는 시절에 유대인들은 또 한 번 선택된 민족이 될 수밖에 없다. 〈저 속박의 땅에서〉 탈출시켜 준 그 무시무시한 신의 선민 말이다.

아! 이 영웅적인 태고의 공기를 나는 얼마나 가슴 깊이 들이켰던가!

오늘날 우리는 우리 신의 저 무시무시한 원조를 어떻게 현대적으로 받아들일 수 있을 것인가. 신의 풍요, 자가당착, 애증, 기쁨과 슬픔, 거대한 능력과 불치의 박약을 모두 아우를 수 있는 소박한 〈말씀〉을 어떻게 하면 찾아낼 수 있을까? 진정한 신은 두려움의 산물인 우리 인간의 미덕들을 경멸하고 못 본 체한다. 그는 파괴의 신이며, 동시에 창조와 죽음과 사랑의 신이기도 하다. 그는 자손을 낳고, 임신시키고, 살해한다. 그리고 또다시, 논리와 미덕과 희망의 경계 너머에서 영원히 춤추며, 자손을 낳는다.

신은 모든 가능성을 안은, 어두운 미지의 폭발력이다. 그것은 물질의 가장 작은 입자 속에서조차 폭발을 일으킨다.

신이 창조한 이 아라비아의 사막을 통과하자니 우리 시대 인간의 온갖 고뇌가 관자놀이를 때린다. 어떻게 하면 우리도 구원받을 수 있을까? 우리의 살로 만들어진 현대판 〈구세주〉, 우리를 현대판 〈약속의 땅〉으로 이끌어 줄 〈영웅〉을 창조해 낼 수 있을까?

　모든 구세주는 자신의 종족과 자신이 태어난 시대에 맞추어, 자신의 개성에 따라 〈말씀〉을 설파한다. 그러나 모든 구세주는 하나이다. 그들은 말과 행동으로, 항상 똑같은 것을 표현한다. 인간에 선행(先行)하는, 인간적인, 그리고 인간을 초월하는 〈함성〉. 신은 인간의 육체들 속에서 고뇌한다. 하나의 〈말씀〉을 말하고자, 스스로의 짐을 벗고자 씨름하지만 해내지 못한다. 다만 미친 듯 지껄이고 신음할 뿐. 그러나 갑자기, 온통 검고 머리가 수없이 달린 자신의 몸을 단 한 번 위로 쳐들어, 〈영웅〉을 낳는다. 〈신이 영웅을 낳는다〉는 것은 어떤 의미인가? 신 자신이 영웅이 된다는 뜻이다. 그리하여, 알아듣지 못할 〈함성〉이 또렷하게 울려 퍼지고 추억에 조명이 들어오는 순간, 신은 비전을 획득한다. 그리고 몇 세기에 걸쳐 흔들림 없이 땅 위를 전진한다.

　영웅이 말을 하면 모든 창조물이 스스로의 목소리를 인지하고 기뻐 날뛴다. 영웅이 행동하면 세상 전체가 그의 곁으로 모여들어 그를 따르기를 원한다. 이것이 바로 세상이 원했던 것이라는 듯이, 시간이 시작된 이후 갈망했던 행동이 바로 이것이라는 듯이.

　〈영웅〉 — 다시 말해, 특정 시대 특정 민족에게 있어 신의 가장 완벽한 표현 — 은 투쟁에 응집력과 추억을 제공하고, 이 세계 전체는 그가 인간에게 주는 선물이다. 우리는 그의 눈을 통해 보고, 그가 맨 처음 들은 것만 듣고, 마치 개나 라자로[11]처럼 그의 푸짐한 식탁에서 떨어지는 부스러기를 받아먹는다. 우리는 그가 길을 터놓지 않은 곳을 통과할 수 없고, 그가 창조하지 않은 말을

---

[11] 성서에서 예수의 비유 이야기에 나오는 병든 거지.

뻘을 수 없다. 우리 앞에 놓인 바위가 메마르고 황폐할 때 마침내 그가 나타나 바위를 치니, 우리 모두의 원기를 회복시켜 줄 물이 펑펑 솟는다. 삶이 정체된 수렁으로 쪼그라들었을 때 격변의 영(靈)인 그가 나타나 고인 물을 휘저어 마비 상태를 치유한다.

셀 수 없이 많은 것들이 비존재의 그늘에 앉아, 〈영웅〉이 자신들에게 이름을, 다시 말해 생명과 가치를 부여해 주기를 기다린다. 모든 심장들이, 심지어 아무짝에 쓸모없는 것들조차, 자신도 모르게 외친다. 「당신과 더불어 산화하여 구원받을 수 있도록, 나를 건드려 주세요.」

혼돈이 형태를 갖춘다. 인간은 두려움을 상실하고 더욱더 점잖아진다. 땅과 자신의 지성에 다시 한 번 자신만만하게 작업을 개시한다. 인간의 운명을 힘닿는 데까지 최대한 늘이고 확장시킨다.

〈영웅〉은 예기치 못한 하늘의 현상이 아니다. 그의 뿌리는 대중 속에 깊이 박혀 있다. 가장 하찮은 부모가 자신도 모르게 영웅의 탄생에 기여한다. 대중의 모든 노력은 스스로 알지 못하는 사이, 이 심원한 목표 — 영웅을, 메시아를 창조하여 구원받는 것 — 를 향해 있다.

유대인들은 선행을 행하면 메시아가 온다고 믿는다. 만약 유대인들이 나태와 불충에 빠지면 메시아는 오지 않는다, 오고 싶어도 올 수 없다. 선하고 관대한 행위 하나하나가 그를 조금씩 끌어당기며, 악하고 비열한 행위를 하나씩 할 때마다 그를 멀어지게 만든다. 따라서 메시아는 인간의 모든 행위에 영향을 받는다. 그는 인간에 의해, 크고 작은 모든 인간들에 의해 창조된다. 좀 더 깊이 들어가면, 구원은 메시아에게서 오는 것이 아니라, 개별적으로는 각 개인들의 행위에서, 집단적으로는 민족의 행위에서 온다.

그러나 시간이 흐르면서 서서히, 유대인들은 자신들에게 이 같은 의무를 부여한 이 가혹한 가르침을 더 이상 감당할 수 없게 되었다. 그들은 자신들의 짧은 생 안에서 메시아의 재림을 보고 싶어 했고, 이 생에서 보상과 구원을 누리기를 원했다. 그리하여 자신들의 키와 똑같은 소(小)메시아들을 창안해 냈다. 안식일과 대(大) 속죄의 날이 바로 그것이다. 이제 그들은 일주일 내내 불의를 범하고 불충하고 탐욕을 부릴 수 있다. 매주 찾아오는 메시아, 즉 안식일이 되면 모든 것이 용서되기 때문이다. 이날 하루 고결하게 기도에 잠기면 그 주에 저지른 모든 잘못이 용서된다. 마찬가지로 그들은 1년의 죄악을 용서받기 위해, 해마다 찾아오는 메시아, 즉 속죄의 날을 기다린다.

어느 민족이든 영웅은 항상 〈불가능한 것〉을 목표로 설정한다. 그러나 대중들은 쉽게 도달할 수 있는 임시방편적인 작은 목표들을 재빨리 창안해 내어 구제받는다.

그러나 우리는 항상 〈불가능한 것〉을 목표로 삼아야 한다. 대중들은 본래 저 나름의 길을 찾게 되어 있다. 다시 말해, 이 근접할 수 없는 이상에 자신들의 필요와 능력을 적응시킨다. 그러나 이상이 더 높은 곳에서 빛날수록 대중은 더욱 크게 향상되고, 편리를 위해 만들어진 소소한 신들도 〈보이지 않는 존재〉의 장엄한 얼굴에 보다 더 근접하게 된다.

우리는 오늘 정오 무렵에 시나이 수도원[12]에 도착할 예정이었다. 전날 밤, 이슬람 묘지에서 어느 족장의 무덤 옆에 천막을 치고 하룻밤을 보낸 뒤 마침내 해발 1천5백 미터의 미디안 고원에 올랐다.

---

[12] 4세기 성녀 카타리나의 순교 이후 〈카타리나 수도원〉으로 불리기도 한다.

우리는 살을 파고드는 추위를 느끼며 새벽에 잠을 깼다. 천막이 눈에 파묻혔고 널따란 고원 전체가 순백의 모습으로 눈앞에 펼쳐졌다. 우리는 묘지에 서 있는 다 쓰러진 오두막 지붕을 뜯어내어 불을 피우기 시작했다. 야호! 불길이 공중을 핥았고 우리는 모두 그 주위에 옹크리고 앉아 몸을 덥혔다. 낙타들도 와서 우리 위로 긴 목을 뽑았다. 우리는 대추야자로 만든 독한 술 라키를 마시고 차를 끓였다. 그때 베두인족이 작은 돗자리를 눈 위에 깔더니 메카 방향으로 무릎 꿇고 앉아 기도하기 시작했다.

자신들의 소박하고 원시적인 신(神) 속에 던져져 무아경에 빠진 그들, 볕에 그을린 그 때 묻지 않은 얼굴들이 빛을 발했다. 근심 걱정에 시달리는 굶주린 육신들이 기쁨과 성취감에 젖어 드는 것을 나는 경외감으로 가득 차 지켜보았다. 타에마와 아우아, 만수르는 천국으로 옮겨져 있었다. 나는 천국의 문이 잠시 열리며 그들을 받아들이는 것을 느낄 수 있었다. 그들만의 천국, 이슬람교를 믿는 베두인족의 천국. 태양 아래 푸른 목초지에서 풀을 뜯는 어린 낙타들과 암양들, 낙타 털로 만든 온갖 색상의 천막들, 바깥에는 적갈색 헤나와 먹으로 화장하고 양 볼에 연지를 찍고 발목과 팔에 은팔찌를 찬 여인들의 재잘거림. 음식에서는 김이 피어오른다. 우유와 쌀, 흰 빵, 대추야자 한 주먹, 그리고 냉수 한 주전자. 천막 세 개가 다른 것들보다 유난히 크고, 낙타 세 마리도 다른 놈들보다 재빠르며, 여자 셋도 남달리 아름답다. 바로 만수르, 타에마, 아우아의 재산들이다…….

기도가 끝나고, 천국이 문을 닫자 우리의 세 베두인도 미디안 고원으로 다시 내려왔다. 불가에 앉아 기다리고 있는 우리를 본 그들이 말없이 다시 옆에 와 앉더니 세상에서 맡은 자신들의 초라한 직무를 느긋하게 다시 했다.

나의 동행 칼무호스가 일어나 눈과 놀고 있었다. 나는 슬그머니 타에마에게 손을 뻗으며 확신에 찬 어조로 말했다.

「라 일라 일랄라, 무하마단 라줄, 알라(신은 오직 하나밖에 없으며 무함마드는 신의 〈예언자〉이다)!」

타에마가 움찔했다. 마치 자신의 비밀을 나에게 들키기라도 한 것처럼. 그가 기쁨으로 환해진 얼굴로 나를 쳐다보며 내 손을 꼭 쥐었다.

우리는 출발했다. 날이 추워서 마음이 다급해진 칼무호스와 나는 걸어서 갔다. 느긋한 낙타의 리듬을 더 이상 빈둥빈둥 즐기고 있을 수 없었다.

녹색과 붉은색의 화강암으로 이루어진 거친 산이 우리 좌우로 장관을 이루며 펼쳐졌다. 머리만 순백색이고 온몸이 까만, 우아하고 작은 새가 이따금 휙휙 지나갔다. 칼무호스는 그 새를 〈조키〉라고 불렀다.

길 끄트머리에 길게 늘어선 낙타 한 무리가 나타났다. 산의 붉은 속살을 배경으로 한순간 번득이는 그 풍경이 마치 깎아 만든 부조물 같았다. 우리는 잠시 걸음을 멈추었고, 베두인족이 다가와 진심 어린 인사를 건넸다.

「살람 알레이쿰(당신들에게 평화가 내리기를)!」

우리는 그들이 우리의 세 안내인들에게 다가가 손을 움켜잡는 것을 지켜보았다. 그들은 서로의 어깨 위로 몸을 숙여 뺨과 뺨을 맞대더니 조용한 목소리로 이야기를 나누었는데, 인사말이 꽤 길게 늘어졌다.

우리가 사흘 동안 여행하면서 본 것이 바로 이 인간들의 인정 넘치는 만남이다. 베두인족은 사막에서 같은 동족을 만나면 서로에게 몸을 굽히고 손을 꼭 잡는다. 그리고 저 소박하고 유서 깊은 스티코미티아[13]가 시작된다. 「어떻게 지내시오? 부인은 어떠시고? 낙타는 어떻소? 어디서 오는 길이오? 어디로 가시오?」 질문을 받은 사람이 대답을 해주고 나면 이번에는 그 사람이 똑같은 질문들을 한다. 그리고 상대의 대답이 시작된다. 〈살람〉과 〈알라〉란 말이 반복해 나오는 가운데 이 만남은, 인간과 인간의 만남이 의당 갖추어야 할 신성하고 숭고한 의미를 획득하게 된다.

나는 유서 깊은 전통과 소박하면서도 사람을 사로잡는 영혼을 가진 이 사막의 아들들을 감동 속에 바라본다. 그들은 몇 알의 대추야자와 한 줌의 옥수수, 한 잔의 커피를 먹고 산다. 그들의 몸은 닳아서 비쩍 말랐고, 힘줄투성이 다리는 염소 다리처럼 가느다랗고, 눈과 귀는 짐승처럼 예민하다.

수천 년의 세월 속에서도 그들의 삶은 변하지 않았다. 종족의 지도자, 붉은 버누스[14]를 걸친 족장이 베두인의 불문율에 따라 그들을 재판한다. 재산에 대한 존중이 거의 종교에 가까워서, 사막에 어떤 물건이든 남겨 두고 다닐 수 있다. 물건 주위에 원을 그려 놓으면 그 안은 불가침의 공간이 되기 때문이다.

천막이 그들의 영원한 주거 공간이며, 임시방편으로 짓는 자그만 오두막은 살기 위한 곳이 아니라 그들의 보잘것없는 재물 ― 밀가루, 쌀, 커피, 설탕, 담배 ― 를 저장하는 데 쓰인다. 자그만 집을 활짝 열어 놓은 채 다른 곳으로 이동해 몇 달씩 지내도 그 집을 침범하는 사람은 아무도 없다.

낯선 사람의 대추야자 밭을 지나다 열매를 따 먹을 경우, 그 나무 주위의 흙더미에 씨를 묻고 가면 밭 주인은 배고픈 나그네에

---

[13] 고대 그리스 연극에서, 두 사람의 등장인물이 보통 1행씩 시를 번갈아 읊으며 대화해 나가는 형식.
[14] 아라비아인, 무어인 등이 쓰는 두건 달린 망토. 모래와 열을 막는 기능을 한다.

게 베풀었다고 생각하며 흐뭇해한다. 그러나 씨들이 나무에서 먼 곳에 흩어져 있는 것을 보면 주인이 노발대발하여 도둑을 뒤쫓아 온다. 그리고 도둑의 낙타와 양들에게 무자비하게 보복한다.

베두인족은 세상에서 가장 가난하면서도 손님 접대를 가장 잘 하는 사람들이다. 자신들은 굶주려도 먹지 않고, 낯선 이에게 대접할 것을 항상 천막에 보관해 둔다. 그들은 배가 고파도 절대 구걸하지 않는다. 나는 라이토에서 어느 베두인족 소녀의 이야기를 들었다. 소녀가 관광객들이 식사하는 것을 쳐다보고 있었다. 관광객들이 그녀를 발견하고 먹을 것을 주려 했으나 소녀는 자존심 때문에 거절했다. 그리고 다음 순간, 소녀는 배를 너무 주린 나머지 쓰러지고 말았다.

베두인족의 낙타 사랑은 대단하다. 타에마와 아우아, 만수르도 그랬다. 낙타 중 한 놈이 약간 헐떡거리는 소리를 내기라도 할라치면 그들의 섬세한 귓불이 불안스레 경련을 일으키곤 했다. 그들은 가던 길을 멈추고 안장을 바로잡고, 낙타의 배를 만져 보고, 어떻게든 마른풀을 구해 와서 먹였다. 밤이 되면 안장을 내려 주고, 모포로 덮어 주고, 바닥에 큰 타월을 펴주었다. 낙타가 풀을 먹을 때는 그 앞에 웅크리고 서서 풀에 붙은 티끌을 하나하나 정성껏 떼어 냈다.

베두인족의 사랑하는 동반자인 낙타들을 대담한 비유로 칭송하는 오래된 아라비아 노래가 하나 있다.

낙타가 모래를 밟으며 앞으로 나아가네. 그녀는 관에 쓰는 널빤지처럼 견고하네. 그녀의 허벅지는 탄탄하여 마치 높다란 요새 관문 같네. 그녀의 옆구리에 난 밧줄 자국은 물 마른 뒤 조약돌로 뒤덮인 호수와도 같네. 그녀의 두개골은 모루[15]처럼 단단하네. 그녀를 만지면 쇠줄을 만지는 느낌이네. 낙타는 저 그리스의 최고 장인이 세운, 뾰족한 꼭대기를 타일로 덮은 수로를 그대로 닮았네.

우리는 낙타들을 뒤에 남겨 두고 서둘러 산을 올랐다. 수도원을 만날 생각에 기대감으로 가슴이 떨렸다. 우리는 작은 물웅덩이와 몇 그루의 대추야자나무, 돌로 된 오두막을 지나쳤다. 저 아래쪽, 절벽을 배경으로 쇠 십자가가 솟아 있었다. 마침내 수도원이 가까워지고 있었다.

느닷없이 절벽 꼭대기에서, 기쁨에 젖은 칼무호스의 고함 소리가 들려왔다.

「데르(수도원이다)!」

저기 아래쪽으로, 높이 솟은 두 개의 산 사이에 평지가 넓게 펼쳐지고 그 유명한 시나이 수도원이 오디 덤불에 둘러싸인 채 마치 요새처럼 모습을 드러냈다. 우리 여행의 목적지. 내 평생 이 순간을 얼마나 그려 왔던가. 마침내 고된 노동의 결실이 손에 들어온 지금, 나는 아무 말도 못하고 조용히 기쁨을 만끽했다. 서두르지도 않았다.

한순간, 되돌아가고픈 충동을 느꼈다. 전신을 훑고 지나가는 기쁨이 얼마나 강렬한지, 이 갈망의 결실을 수확하여 맛볼 엄두조차 나지 않았다. 그러나 안타깝게도, 꽃 피운 나무들의 향내가 실린 한줄기 미풍이 불어왔다. 아몬드나무들인 것 같았다. 내 영혼의 정상이 정복당하고 말았다. 기쁨과 달콤함을 받아들이려 하는 내면의 존재가 승리한 것이다. 나는 앞으로 나아갔다. 칼무호

---

15 대장간에서 쓰는, 쇳덩이로 된 받침.

스가 벌써 노래를 부르며 앞서 달려가고 있었다.

이윽고 수도원이 뚜렷이 눈에 들어왔다 — 오디나무들, 탑들, 교회, 사이프러스들. 잠시 후 우리는 정원에 도착해 있었다. 놀라움과 기쁨으로 가슴이 뛰었다. 나는 키를 높여 울타리 너머를 살폈다 — 사막 한가운데, 햇빛 속에서 반짝이는 — 올리브나무, 오렌지나무, 호두나무, 무화과나무, 그리고 꽃으로 만발한 아름드리 아몬드나무들. 향긋한 온기, 향내, 윙윙거리며 날아다니는 작은 곤충들.

나는 한참 동안 이 미소 띤 〈신〉의 얼굴을 감상했다. 인간을 사랑하는 신, 흙과 물과 인간의 땀으로 만들어진 신이다.

지난 사흘 동안 내가 마주친 것은 그와는 정반대의 얼굴이었다. 무섭고, 암석으로 가득하고, 꽃 한 송이 피우지 못하는 얼굴. 나는 속으로 생각했었다. 이것이 진정한 신이다, 타오르는 불길, 인간의 바람대로 조각되지 않는 암석. 그런데 지금, 나는 울타리에 기대어 꽃 만발한 과수원을 들여다보며 고행자들이 한 말을 실감하고 있다. 〈하느님은 한줄기 떨림이며, 조용한 눈물 한 방울이다.〉

「기적에는 두 가지 종류가 있다……」 붓다는 말한다. 「육신의 기적과 영혼의 기적. 나는 전자를 믿지 않는다, 내가 믿는 것은 후자이다.」 시나이 수도원은 영혼의 기적이다. 사납기 짝이 없는 사막, 적대적인 종교를 받들고 다른 언어를 쓰며 호시탐탐 노리는 부족들 한가운데서, 우물 하나를 중심으로 1천4백 년 전에 세워진 수도원이 지금까지도 요새처럼 우뚝 솟아, 사방을 포위한 자연의 힘과 인간의 무력에 맞서고 있다.

미소 한 점 없이 냉혹한 사막을 사흘 동안 헤쳐 온 끝에 수도원의 꽃 만발한 아몬드나무들을 바라보는 순간, 가슴이 울렁거렸다. 나는 느낄 수 있었다. 여기에는 인간의 훌륭한 양심이 존재한다, 여기서는 인간의 미덕이 사막을 지배한다…….

나는 수도원의 대추야자 숲을 거닐며 서서히 적응해 나간다. 지금 내가 여기, 성서에 나오는 산 중심부, 『구약 성서』의 저 고원(高遠)한 현장에 서 있다. 동쪽 편으로 내 앞에 우뚝 솟은 것은 모세가 황동 뱀을 못 박았다는 〈깨달음의 산〉이다. 아말렉족과 암몬족[16]의 땅이 바로 너머에 있다. 북쪽으로는 케달족과 에돔족이 차지한 사막과 타히만 산맥이 모아브 사막까지 쭉 펼쳐진다. 남으로는 파란 갑(岬)과 홍해가 있다. 마지막 서쪽으로는 시나이 산, 하느님이 모세에게 말씀을 내리셨다는 〈거룩한 정상〉이 있고, 얼마 멀지 않은 곳에는 성 카타리나 예배당이 있다.

두 개의 산 사이, 1천5백 미터 고지에, 사각의 요새처럼 탑과 총안(銃眼)을 갖춘 시나이 수도원이 세워져 있다. 나는 수도원의 큰 마당을 내려다본다. 중앙에 교회가 빛나고 그 옆에는 자그맣고 하얀 모스크가 서 있다. 이곳에서는 초승달과 십자가가 사이좋은 형제처럼 함께하고 있다. 그 주위로, 눈 덮인 수도승들의 방과 저장실, 게스트하우스들이 하얗게 반짝인다.

세 명의 수도승들이 양지바른 곳에 앉아 볕을 쬐고 있다. 아침 나절의 깊은 고요 속에 그들의 대화가 낭랑하게 울려 퍼진다. 한 수도승은 미국에 가서 목격한 놀라운 것들에 대해 이야기한다 — 선박들, 다리들, 도시들, 공장들. 또 한 사람은 자신의 고향 땅 리도리키에서 즐겨 먹는 양고기 꼬치구이를 설명하고 있다. 세 번째 수도승은 성녀 카타리나의 기적을 상세하게 열거한다 — 알렉산드리아에 있던 그녀를 천사들이 지금의 성 카타리나 봉우리로 옮겨 놓았다, 천사들이 그녀를 내려놓은 절벽에 아직도 그녀

---

16 이스라엘 민족이 가나안 지역을 정복하기 이전에 그곳에 살던 민족.

의 육신이 찍힌 자국이 남아 있다.

수도원 정원이 눈과 햇빛 속에 반짝인다. 올리브나무들이 나직하게 부스럭거리고, 검은 이파리들 속에서 오렌지가 반짝이고, 새카만 옷차림의 사이프러스들이 고행자처럼 고고하게 솟아 있다. 그리고 이 모든 것들에 침투해 있는 기괴한 느낌. 꽃 피운 아몬드나무의 향이 숨을 쉬듯 천천히, 춤을 추듯 날아와 이방인의 코를 휘젓는다. 코뿐 아니라 이성(理性)까지 휘젓는다.

나는 그저 신기할 따름이다. 성채 같은 수도원이 어떻게 그 오랜 세월 동안 이 평온한 봄바람을 견뎌 낼 수 있었을까? 어느 봄날, 무너져 버렸을 법도 하건만. 강철같이 단단한 은자(隱者), 성 안토니우스의 말씀이 그 깊은 인간적 고뇌와 더불어 오랫동안 내 마음을 흔들었다. 〈사막에서 평온한 마음으로 살다가 어느 순간 참새 소리가 귀에 들어온다. 그 순간부터 당신의 마음은 예전과 같은 평온을 누릴 수 없다.〉

창백하고 앳된 얼굴의 수도승이 내가 서 있는 탑으로 올라왔다. 크레타 출신의 열여덟 살 청년이었다. 우리는 대화를 나누었다. 그의 두 눈가는 푸르스름한 그늘이 덮여 있고, 양 볼에 무성한 솜털이 햇빛을 받아 반짝였다. 곧이어, 상냥하고 온화한 표정의 여든 살가량 된 노인이 숨을 몰아쉬며 탑 승강구로 올라왔다. 선하고 악한 욕망을 품을 기력조차 없을 만큼 연로한 분이었다. 그의 오장 육부는, 붓다가 원했던 것과 같이 텅 비어 있었다.

우리 셋은 양지바른 벤치에 앉았다. 청년이 셔츠 속에서 대추야자를 한 줌 꺼내 노인과 나에게 내밀었다. 노인이 손바닥으로 무릎을 비비며, 수도원이 세워진 내력과 천 수백 년에 걸친 고투를 이야기하기 시작했다. 이 믿기 어려운 산들에 둘러싸여 이렇게 양지바른 곳에 앉아 수도원의 전설을 듣고 있으니 한 편의 소박하고 진실한 이야기로 다가왔다.

「이드로[17]의 딸들이 양에게 물을 먹이러 왔다는 이 우물 근처, 〈불꽃이 이는데도 타지 않는 떨기 수풀〉 바로 그 현장에, 유스티니아누스 1세[18]가 이 수도원을 세웠소. 또한 황제는 폰투스와 이집트에서 2백 가구를 뽑아 여기로 보냈지. 수도원 옆에 살면서 파수꾼과 하인 역할을 하도록 말이오.

그로부터 백 년 후, 무함마드가 세상으로 내려왔소. 그도 시나이 산을 거쳐 갔지. 붉은 화강암 판에 새겨진 그의 낙타 발자국이 아직도 보존되어 있소. 그가 수도원으로 들어오자 수도승들이 깊은 경의를 표하며 맞았다오. 그러자 무함마드가 크게 기뻐하며 그들에게 저 유명한 성약(聖約), 〈아크티나메 Achtiname〉를 주었소. 노루 가죽에 쿠파체[19]로 적혀 있고, 그 예언자의 손바닥 도장이 찍힌 형태인데, 지금까지 보존되어 있지.

이 성약에서 무함마드는 시나이의 수도승들에게 아주 관대한 특권을 부여하고 있소. 〈시나이의 수도승이 산속이나 평원, 동굴이나 골짜기, 사막 혹은 예배당에 은신해 있을 때에는 내가 그와 함께하며 모든 해악으로부터 보호해 줄 것이다. 육지나 바다, 동이나 서, 남이나 북, 그들이 어디에 있든 내가 지켜 줄 것이다. 이 산에서 몸 바쳐 신을 섬기며 이곳을 축복하는 모든 이들은 세금 혹은 수확물에 대한 10분의 1세(稅)를 면제받을 뿐 아니라, 군 복무와 벌금 납부에서도 제외될 것이다. 자비의 날개가 머리 위에 펼쳐질 것이니 그들은 평화 속에 남을 것이다.〉

---

17 모세의 장인.

18 Justinianus I(483~565). 〈로마법 대전〉을 완성시킨 비잔틴 제국의 황제. 527년부터 565년까지 재위했다.

19 고대 아라비아 글자의 한 서체. 무함마드 재세 시에 코란 원전을 쓰는 데 사용되었다.

수도원은 오랜 세월 역경을 견뎌 냈소. 유스티니아누스 황제가 보내 준 노예들이 이슬람교도로 변하여 식량과 돈을 내놓으라며 수도승들을 괴롭히곤 했지. 수도원은 그들이 두려워 늘 대문을 잠가 두어야 했고, 신부들은 정원과 연결된 지하 통로로 교통했소. 낮은 철문들과 캄캄한 지하 복도가 아직 그대로 남아 있고, 도르래로 사람과 물자를 옮겼던 〈투바라〉라는 13미터 높이의 거대한 통로도 있다오.

그 영웅적인 세월들은 이제 가고 없소. 그동안 노예들도 다소 길들여졌고, 베두인족도 습격을 멈추었으므로 아무 두려움 없이 정문을 활짝 열어 놓고 산다오.」

나는 노인의 아득한 목소리에 귀 기울이며 전율했다. 이 세상의 목소리가 아닌 듯, 나를 둘러싸고 있는 그 옛날 비잔틴 시대[20]의 벽들에 생명을 불어넣고 성인들과 순교자들로 허공을 가득 채우는 목소리였다. 내 옆에 앉은 크레타 출신 청년도 이 놀라운 전설에 입을 다물지 못하고 넋 빠진 듯 듣고 있었다. 아래로 내려다보이는 수도원 마당에서는 좀 전에 본 그 수도승들이 아직도 나직한 소리로 담소를 나누고 있었다. 저장실 쪽에 있는 또 다른 수도승들은 아랍인들이 가져온 옥수수를 검사하고 무게를 다는 중이었다. 부엌문이 잠시 열리자 전날 밤 아카바 해에서 날아 온 큼직큼직한 바다 가재 한 무더기 밑에서 어른대는 커다란 식탁이 눈에 잡혔다. 화가인 파호미오스Pahomios 신부가 담요를 두르고 문지방에 앉아 큼직한 조가비를 칠하고 있었다.

나는 일어나 넓은 테라스 쪽으로 내려갔다. 신부들이 눈 뭉치

---

[20] 콘스탄티누스 1세 이후 1천여 년간 중세 동유럽에서 발전했던 제국. 동로마 제국이라 불리며, 초기의 로마적 요소들에서 탈피하여 주로 그리스 문화와 기독교 정신을 근간으로 했다.

를 굴리고 아이들처럼 시시덕대며 눈을 가지고 놀고 있었다. 눈이 내리면 사막에 풀이 자라고 양과 염소들이 배불리 먹고 사람이 살아갈 수 있으니 좋아할 만도 하다.

옛 노예들의 후손인 남녀들이 도착하여 수도원 층계참에 웅크리고 있었다. 남자들은 담배를 피우며 요란한 몸짓과 높은 목소리로 대화하고 있었다. 여자들은 지저분하고 맨발이었는데 검은 마일라야로 몸을 감싸고, 이마 위로 안장 갈고리를 얹은 것처럼 뾰족한 모양의 쪽머리를 틀고 있었다. 수도원 앞에 도착한 여자들은 재빨리 각자의 마일라야를 풀고 어린아이를 꺼내 바위에 내려놓았다. 한자리에 오글오글 모인 아이들은 손을 뻗으며 〈투바라〉가 열리기만 기다렸다. 그 통로를 통해 그들의 일용 양식이 나오는데, 남자 1인당 자그만 빵 세 덩이, 여자나 아이들에게는 두 덩이씩 지급되었다. 그들은 이 양식을 받기 위해 직접 찾아와야 했다. 매일 자신들의 오두막에서 몇 시간 전에 출발하여, 타는 듯한 무더위 혹은 눈을 헤치고 오는 것이다. 그들은 이런 식으로 살고 있다. 메뚜기를 잡아 말린 다음 갈아서 빵을 만들어 먹기도 한다.

수도원 원장이자 〈사막의 집정관〉인 대주교가 담 위에 기대서서 껄껄 웃으며, 선물로 준비해 두었던 다양한 색상의 모자들을 밑에 있는 아이들에게 던져 주었다. 뜻밖의 선물이 떨어져 내리자 아랍 아이들이 좋아 악을 쓰면서 모자를 움켜잡았고 그들의 야무진 초콜릿 색 머리들은 이내 노랗게, 붉게, 혹은 녹색으로 물들었다. 모자 꼭대기마다 술이 하나씩 달려 있었다.

나는 뭉클한 심정으로 이 촌수 먼 형제들을 지켜본다. 지금까지 그 오랜 세월 그들은 이 비잔틴의 변경 주위를 배회하고, 수도승들은 그들에게 겨만 넣어 만든 작은 빵 덩이들을 마치 돌 던지듯 떨어뜨려 준다. 그들은 이 수도원을 위해 일하는 동시에 수도원을 위협하면서 살다 죽는다.

수도승들이 나에게 베두인족의 원시적인 전통에 대해 이야기해 준다. 수천 년의 세월에도 변한 것은 아무것도 없다. 그들은 모세의 장인 이드로의 시대 그대로 산다. 결혼하고 죽는다. 처녀들만이 양을 돌보고, 어느 누구도 처녀들을 희롱하지 않는다는 것 역시 그 옛날과 똑같다. 두 젊은이가 사랑에 빠지면 밤중에 몰래 빠져나가 산으로 올라간다. 청년은 피리를 불고 처녀는 노래를 부를 뿐 서로의 몸에 손을 대지 않는다. 청년이 혼인식을 치르고 처녀의 손을 잡기로 마음먹으면 장인 될 사람의 천막으로 가 바깥에 앉는다. 그리고 처녀가 양치기 일을 마치고 돌아올 때까지 기다린다. 청년은 처녀가 나타나기 무섭게 벌떡 일어나 자신의 버누스를 집어던져 그녀를 덮어 버린다.

혼인 협약에 도장을 찍고 신랑이 신부를 사야 할 때가 되면 양측 아버지들이 대추야자 잎사귀를 하나 가져와 중간에 놓고 잡아당겨 나눈다. 그러고 나서 신부의 아버지가 말한다.

「내 딸의 몸값으로 천 냥을 원하오.」

신랑에겐 단 한 냥도 없는 경우가 대부분이지만 베두인족은 본래 자존심이 강하여, 늘 이처럼 품위 있는 혼례 격식을 따른다.

장인이 천 냥을 언급하기 무섭게 족장이 벌떡 일어나 말한다.

「당신의 딸은 2천 냥의 가치가 있고 신랑도 그만큼 주고 싶어 하지만, 나를 봐서 5백 깎아 주시면 좋겠소.」

장인이 대답한다. 「우리 족장님을 봐서, 5백 낮추겠소!」

이번에는 다른 친척들이 일어선다.

「나를 봐서 5백 더 깎아 주시오! 5백 더! 50 더! 20 더……!」

이런 식으로 계속 낮추어 가다 결국 한 냥이 된다. 그 순간 천막 안에서 옥수수를 갈고 있던 여자들이 소리친다.

「루-루-루-루!」

그러면 장인이 일어나서 말한다.

「아, 좋소. 옥수수를 갈고 있는 여자들을 봐서, 내 딸을 반 냥에 주리다!」

협약이 조인된다. 첫날밤이 되면 그들은 먹고 마시고, 가진 것을 모조리 탕진한다. 그리고 다시 사막의 끔찍한 일상을 시작한다.

정오가 되자 우리는 수도원 식당으로 내려갔다. 아치형의 중세풍 홀이었는데, 돌벽마다 고딕체 글자들이 새겨져 있었다. 시나이에서 우리 민족과 오랫동안 더불어 살았던 라틴계 사람들에 의해 건축되었을 것이다. 파호미오스 신부가 돌벽에 그려 놓은 그림들에서는 강렬하고 천진한 소박함이 느껴졌다. 식당 한쪽 귀퉁이에, 〈재림〉을 묘사한 오래된 프레스코화 한 점이 보존되어 있었다. 놀랍기 그지없는 벽화였다. 그 밑에는 〈거룩한 삼위일체〉를 상징하는 세 천사가 그려져 있고, 천사들의 날개 사이로, 하느님의 자손인 신성한 남녀 한 쌍이 서 있었다.

우리가 기다란 식탁에 앉자 음식이 들어왔다 — 바다 가재, 푸성귀, 빵, 약간의 포도주. 스무 명쯤 되는 신부들이 먹기 시작했다. 아무도 말하지 않았다. 낭독자가 연단에 올라서더니 오늘의 복음 해석을 읽기 시작했다. 〈돌아온 탕자(蕩子).〉

나는 몇 달 동안 여행하며 방문했던 여러 수도원들에서 이런 일과를 익히 경험한 바였다. 이런 분위기에서는 식사가 본연의 그 신비하고 대단한 가치를 획득하게 된다. 어느 랍비가 이렇게 말한 적이 있다. 「고결한 사람이 식사를 할 때, 그는 음식 속에 있는 하느님을 해방시킨다!」

낭독자는 비음 섞인 어조로 탕자의 시련을 읊어 내렸다. 그는 곡물 겨를 마지못해 먹으며 한탄했다. 어느 날, 더 이상 참을 수 없어 마침내 자기 아버지에게 되돌아갔다. 그리고 그날 이후로 풍요롭고 고귀하고 자애로운 집에서 한 발짝도 나가지 않았다.

그런데 나는 이렇듯 열렬한 기독교적 회개의 분위기 한가운데서 이런 생각을 하고 있었다.

내 마음에 드는 수도원, 다시 말해 보다 현대적인 방식으로 우리의 정신을 고양시켜 줄 수 있는 그런 수도원이 있다면, 나는 그곳 수도승들에게 아주 훌륭한 부록을 하나 낭독해 달라고 했을 것이다. 우리의 동시대인 한 사람이 탕자의 비유에 갖다 붙인 그 부록의 내용을 소개하자면 다음과 같다.

지친 탕자가 패배감과 절망감에 젖어 아버지의 집으로 돌아왔다. 그날 밤 잠을 자려고 푹신한 침대에 몸을 뻗고 누웠을 때 방문이 조용히 열리더니 그의 남동생이 들어왔다.

「난 떠나고 싶어! 더 이상 아버지의 집에 못 있겠어!」

그러자 바로 그날 저녁 패배감에 젖어 돌아온 형이 떨 듯이 기뻐하며 동생을 부둥켜안고 조언을 시작했다. 「나는 비록 이런 꼴이 되었지만 너는 꼭 성공하여라. 이렇게 하는 거다. 나는 비록 패배했지만 너는 강한 마음을 잃지 마라. 나처럼 스스로를 망신시키지 말라고. 다신 이 집으로 돌아오지 마!」

그는 아우에게 작별 인사를 하고 문간까지 따라 나갔다. 그리고 기쁨에 차 외쳤다. 「저 녀석은 나보다 강하니 아마 다시 되돌아오는 일은 없을 거야.」

나는 이렇게 루시퍼[21]처럼, 신부들과 나란히 앉아 미소 띤 얼굴로 그 비유를 들으며 마음속으로는 내 식대로 줄거리를 바꾸어

---

21 거만을 부리다 하늘에서 떨어진 대천사. 사탄 혹은 마왕의 의미로도 쓰인다.

놓고 있었다. 나를 친구로 대해 주는 이 수도원이 그 속에서 근본부터 흔들리고 있었다······.

식사가 끝났다. 신부들은 볕을 쬐기 위해 바깥에 나가 앉았고, 그사이 우리는 대주교, 성구(聖具) 보관인, 부원장과 함께 교회로 들어갔다.

교회의 부(富)에 눈이 어지러울 정도다 — 공중에는 은 촛대들이 가득 매달렸고, 금빛 찬란한 성화 벽[22]들이 솟아 있고, 벽과 기둥마다 가치를 따지기 힘든 무수한 성상(聖像)들이 어른거린다.

성구 보관인이 커다란 성골함을 열고 수도원의 신성한 보물들을 우리 앞에 쳐들어 보인다 — 성스러운 유골들, 금빛 의상들, 비잔틴의 저 찬란한 예술성이 숨 쉬는, 진주로 뒤덮인 자수품들, 보석들이 번쩍이는 주교 관(冠), 상아 조각품, 귀한 십자가들, 부적, 지팡이들······.

이 모든 금과 진주 같은 보물들이 그 유구한 세월 사막 한가운데 틀어박혀 있었다니!

그러나 더 큰 기적은 교회 자체였다. 내가 지금껏 살면서 본 중에 가장 훌륭한 비잔틴 시대의 성상들로 뒤덮여 있는 이 교회야말로 전 세계에서도 유례를 찾을 수 없는 성인 연구용 박물관이다. 제단 후진[23]에는 〈그리스도의 변용(變容)〉을 담은 거대한 모자이크가 있다. 그 좌우로, 하느님과 대화하며 계명이 새겨진 판을 받

---

22 그리스 정교회에서 교회 본당 회중석과 성소를 구분하기 위해 세워 놓은 벽으로, 해당 교회의 주요 성상들이 모셔져 있다. 성화 벽 중앙에는 〈거룩한 문〉이라 불리는 입구가 있는데, 예수 그리스도의 성상은 항상 그 문 오른편에 놓이고, 예수 성상의 오른편에는 세례 요한의 성상이 놓인다. 중앙 문 왼편에는 성모 마리아의 성상이 있고 마리아 왼편에는 흔히 해당 교회 수호성인의 성상이 걸린다. 성화 벽 좌우에 있는 두 개의 문에는 대천사들인 미가엘과 가브리엘의 성상이 놓인다 — 원주.
23 교회당 동쪽 끝에 튀어나온 반원형 부분으로서 성가대 뒤에 위치한다.

아 드는 모세가 묘사되어 있다. 아래쪽에는 12사도와 17인의 예언자들이 있고 귀퉁이에는 유스티니아누스 황제와 황비 테오도라가 보인다.

성구 보관인이 초에 불을 밝히고 기도하기 시작했다. 그리고 종교적 경외감에 젖은 채, 성녀 카타리나의 육신이 쉬고 있는 큼직한 관대를 열었다. 그녀의 손은 반지들로 뒤덮여 있고 머리는 왕관으로 장식되어 있었다. 마음 깊이 감동받은 독실한 신자 칼무호스가 자기 손에서 반지를 빼내 성녀에게 바쳤다.

우리는 〈성스러운 수풀〉의 예배당에 도착하여, 모세가 그랬듯 맨발로 들어갔다. 〈네가 서 있는 곳은 거룩한 땅이니, 네 발에서 신을 벗어라.〉[24]

타일 위에는 귀한 융단들이 덮여 있다. 〈성 수태 고지〉가 묘사된 찬란한 모자이크가 제단 벽감을 채우고 있다. 이 예배당이 〈성 수태 고지〉에 헌납된 것은, 〈불꽃이 이는데도 타지 않는 떨기 수풀〉이, 하느님을 몸속에 받아들이는 성모 마리아를 상징하기 때문이다.

제단 탁자 바로 밑은 대리석판으로 되어 있는데, 이 석판에 덮여 있는 곳이 바로 모세의 눈앞에서 〈성스러운 수풀〉이 불꽃을 일으켰던 그 지점이다. 〈하루는 모세가 산에서 양 떼를 지키고 있자니, 저 밑에 있는 우물 근처에서 수풀이 불타는 것이 보였다. 물이 용솟음치듯 불길이 솟구치는데도 잎사귀와 어린 싹들이 달린 수풀은 싱싱한 풀빛을 유지했다.〉

우리는 서고(書庫)로 들어갔다. 필사본들로 유명한 곳이었다 — 그리스어, 아라비아어, 쿠파어, 시리아어. 나는 고서(古書)

---

[24] 「출애굽기」 3장 5절 — 원주.

들과 다채로운 세밀화, 무한히 신비로운 필사본들을 오랫동안 감상했다. 누가 알겠는가, 원본이 실종된 저 그리스의 걸작들 — 소포클레스, 아이스킬로스, 사포 등등 — 이 아라비아어로 번역되어 이곳에 보존되어 있을지.

나는 대주교 포르피리온 3세와 대화를 나누었다. 덕망 높고 평온하고 학식 높은 사람이다. 그는 이곳에서 신부들과 함께 살며, 수도원의 옛 위엄을 최대한 되살리려 분투하고 있다.

그가 열정적이고 감동적인 어조로 자신의 개혁 방안을 밝혔다.

「우리 수도원에서 부족한 것이 있다면 그건 바로 학식 있는 젊은 사제들이오. 우리는 무궁무진한 보물을 서고에 갖추고 있으면서도 제대로 활용하지 못하고 있소. 외국인들이 이 저작들을 출간하겠다고 하지만 우리는 우리 그리스어로, 우리 시나이의 혜안으로 탄생된 책들이 속히 출간될 수 있기를 기대하면서 보물을 간직해 오고 있다오.

우리는 이 특별한 목적을 위해 젊은이들을 유학시키고 있소. 우리가 직접 인쇄소를 지어 나름의 잡지를 발행할 생각이오. 특별한 재능을 가진 그리스인들을 초빙하여 이곳에서 불편 없이 지내며 작업할 수 있도록 편의를 제공할 계획이오.

우리는 시나이 수도원의 거룩한 사명을 완수하기 위해, 현대적인 수단을 동원해 할 수 있는 모든 것을 다할 것이오. 우리는 지금까지, 선생이 보신 서고의 보물들을 잘 지켜 왔소. 온갖 역경 속에서도, 저작물의 보존이라는 우리의 일차적 사명을 훌륭히 완수해 왔소. 이제부터는 그다음 사명이 시작될 것이오. 저작물의 출간 말이오.

우리는 모든 그리스인들에게 호소하고 있소. 가능한 한 많은 학자들이 여기로 와서 우리를 도울 수 있게 해달라고 말이오. 그들에게는 우리가 준비한 모든 설비가 제공될 것이며 그들은 우리의 필사본들을 연구하고 출간함으로써 명예를 얻게 될 것이오.

이곳에 진정한 헬레니즘의 아크로폴리스가 있다는 것, 그것이 14세기라는 장구한 세월 동안 이 사막에 우뚝 서 있었다는 것을 부디 그리스인들에게 전해 주시오. 직접 와서 보라고 해주시오.

숙박부를 한번 보시오. 1897년부터 1925년까지 28년 동안 이곳을 찾은 그리스인들은 서른다섯 명에 불과하오. 세계 각지에서 찾아온 외국인들이 얼마나 되는지 보시오. 영국인 145명, 프랑스인 69명, 미국인 58명, 독일인 60명 ─ 그런데 그리스 사람은? 겨우 35명. 28년 동안 35명이라니!」

이 텅 빈 수도원 마당이 그리스인들로 북적대고, 그들이 저 베네딕트회 수도승들처럼 사막의 적막한 고요 속에서 작업하는 ─ 그런 미래를 그려 보는 대주교의 평온한 두 눈에 감동의 불꽃이 스쳤다.

나는 아무 말도 하지 못했다. 마음이 불편했다. 시나이 수도원은 지금 위기에 처해 있다. 학식 많고 쓸모 있는, 수도원에 도움을 줄 수 있는 젊은이들이 전쟁 이후로는 더 이상 이곳을 찾지 않는다. 이곳 역시 하강(下降)의 돌풍에 휩쓸려 사라질 것이다.

그날 하루 종일 내 마음은 공포에 사로잡혀 있었다. 금빛 예복들, 진주, 다채롭게 채색된 성인들, 탕자, 이 모든 것들이 잠의 도가니 속에서 융해되어 괴물 같은 형상으로 다시 살아나고 있었다.

밤이 되자, 나는 새벽이 오고 종이 울리는 그 시각까지 불경한 꿈만 보았다.

수도원이 집시들로 들끓는 것 같았다. 집시들은 클라리넷과 탬버린, 개, 요리용 체 따위와 함께 교회로 들어와 천막을 쳤다. 그리고 성화 벽에서 현관까지 밧줄을 치고, 붉고 노란 담요들과 젖은 옷가지를 널었다.

수도자들의 근엄한 얼굴이 사나워지더니 입에서 붉은 글귀가 적힌 긴 양피지 문서가 튀어나와 너울거렸다. 「천성을 누르고 승리하는 자는 천성 위로 솟아오른다.」 성 아타나시오스Athanasios가 거기에서 설교하고 있었다. 「유혹과 부당한 시련으로 시험받을 줄 알면서도 우리는 하늘의 왕국으로 들어간다.」 성 마르티니아노스Martinianos에게선 다음과 같은 말이 나왔다. 「형제여, 사막으로 전진하여 구원받아라.」 토로테오스Thorotheos가 한 기둥에서 내려다보며 설교하고 있었다. 「형제여, 육신을 극복하라.」

그러자 집시들이 붉은 리본으로 성모 마리아의 성상에 탬버린을 묶고, 검정 테가 둘린 노란 속치마를 〈에피타피온〉[25] 위로 집어던졌다. 흉하게 생긴 사팔뜨기 노파가 주교 자리에 앉아 세 명의 집시 소녀에게 운세 읽는 법을 가르치고 있었다. 청년들은 북을 치며 춤을 추고, 한 노인은 광적인 기쁨에 휩싸여 바이올린을 연주했다. 갑자기 모든 것들이 사라지고 원숭이 한 마리만 남아 막막한 어둠을 채웠다. 녀석은 자그만 붉은 모자를 쓴 채 쪼그리고 앉아, 썩은 석류에서 조용히 씨를 빼내고 있었다······.

우리는 〈거룩한 정상〉에 올랐다 — 모세가 하느님을 〈직접〉 보면서 대화했다는 그 가파른 요새. 멀리서 보니 들쭉날쭉한 산꼭대기가 마치 야생 멧돼지의 갈기 같았다.

예언자 모세는 말한다. 〈*Hina ti hypolambanete orē tetyrōmena? To oros ho ēudokēsen ho Theos katoikein en autō.*〉 이것

[25] 그리스 정교회에서 성주간 의식 때 사용되는 예수의 무덤 — 원주.

은 다음과 같은 의미로 해석될 수 있다. 〈너는 왜 야채와 양 떼와 치즈로 풍만한 다른 산들을 생각하느냐? 진정한 산은 단 하나, 하느님이 내려와 거하시는 시나이밖에 없거늘!〉

이스라엘의 무서운 족장 야훼가 히브리인들의 올림포스인 이 산꼭대기에 앉는다. 그가 마치 불처럼 정상에 앉자 산이 검게 그을린다. 「아무도 건드리지 마라! 인간이든 짐승이든 시나이 산을 건드리는 자는 누구든 죽음을 면치 못하리라! 누구든 하느님의 얼굴을 보는 자는 죽게 될 것이다!」 성 아타나시오스의 말에 따르면, 〈하느님은 《태워 버리는 신성한 불》이다. 모세는 《하느님의 불타는 탄을 옮기는 집게》이다〉.

이 불이 바로 야훼다. 이 사막에서는 온 세상을 살피고 지배했던 영들인 무수한 엘로힘들이 사납고 질투심 많은 부족 차원의 한 신으로 집약되었다. 그 신은 오직 한 종족 — 히브리 민족의 보호자에 불과했다. 그는 불과 동일시된다. 그들이 그를 위해 불길 속에 던져 주면 야훼는 무엇이든 집어삼켰다. 그들은 아들이든 딸이든 맨 처음 낳은 자식을 야훼에게, 다시 말해 불에게 바쳤다.

우리는 산기슭에서 〈거룩한 정상〉까지 이어지는 3천1백 개의 계단을 올라갔다. 내가 앞서고 칼무호스와 파호미오스 신부가 뒤에서 따라왔다. 두 화가는 대화를 나누고 있었다. 소박하고 따뜻한 마음을 가진 은자(隱者)가 몸을 가까이 기울이며, 넓은 바깥세상에서 중요한 소식을 듣고 찾아온 상대 화가의 말에 귀 기울였다. 오늘날의 화가들은 색을 어떻게 혼합하는가, 유지(油脂)를 어떻게 하면 보다 빨리 마르게 제조할 수 있는가, 최고의 크레용은 어떤 것인가 따위.

우리는 절벽으로 통하는 자그만 아치형 문을 통과했다. 사람들이 정상을 건드리기 두려워하던 시절, 한 고해 사제가 여기에 앉아 사람들의 고백을 들었다. 「누구든 주님의 산을 오르는 자는 죄 짓지 않은 손과 순결한 마음을 가져야 할 것이다……」 다윗은 이렇게 명령한다. 「만약 그렇지 않을 시에는 죽음을 맞게 될 것이다.」 오늘날 그 문은 버려져 있고 고해 사제도 죽고 없으므로, 이제 이 정상은 사람을 죽일 수 있는 능력을 상실해 버렸다…….

우리는 조금 더 올라가, 예언자 엘리야가 위대한 환상을 보았다는 동굴을 통과했다. 그가 동굴로 들어서니, 보라, 하느님의 음성이 들렸다. 「내일 당장 나가서 산 위의 주님 앞에 서라. 드센 바람이 너를 지나쳐 산을 산산이 부수고 바위를 박살낼 것이나 주님은 그 바람 속에 계시지 않는다. 바람이 지나가고 나면 지진이 일어날 것이나 주님은 그 지진 속에 계시지 않는다. 그다음에는 불이 닥칠 것이나 주님은 그 불 속에 계시지 않는다. 불에 이어, 감미롭고 부드러운 바람이 불어올 것이다. 바로 그 속에 주님이 계실 것이다!」

성령은 항상 이런 식으로 찾아온다. 광풍과 지진과 불에 이어, 감미롭고 부드러운 미풍으로. 우리의 시대에도 그런 식으로 찾아올 것이다. 지금 우리는 지진의 기간을 통과하는 중이다.

더 높이 오르자 파호미오스가 걸음을 멈추고 험한 바위 하나를 가리켰다.

「히브리인들이 아말렉족과 싸우던 날, 모세가 서 있던 자리가 바로 여기입니다. 그가 두 팔을 높이 쳐들고 있는 동안에는 유대인들이 승기를 잡았으나, 그가 지쳐 팔을 내리자 히브리인들이 달아나야 하는 상황이 되었지요. 그때 아론과 후르, 두 사제가 모세의 팔을 부축하여 적들이 남김없이 칼끝에 쓰러질 때까지 계속 들고 있었답니다.」

산 전체가 거인들의 초인적인 자취로 뒤덮여 있었다.

교활하지 못한 파호미오스의 영혼은 이 모든 전설들을 평온한 역사적 의미로 받아들였다. 그리하여 그는 마치 대홍수 이전의 거대한 존재들과 공룡, 괴물들에 관해 이야기하듯, 한 점의 내면적 동요나 의혹 없이 전설을 설명했다.

이윽고 정상에 도착하자, 나는 가슴이 뛰었다. 내 눈이 그런 광경을 즐겨 보기는 난생처음이었다. 어스레한 짙은 청색의 산들과 함께 〈암석의 아라비아〉 전체가 우리 앞에 펼쳐졌다. 그 너머로, 〈풍요로운 아라비아〉[26]의 바위투성이 담청색 산들과 터키옥(玉)처럼 반짝이는 청록색 바다가 보였다. 서쪽은 태양 아래 열기를 뿜는 순백의 사막이고, 그 너머 멀리로, 아프리카의 산들이 펼쳐졌다.

물도 나무도 구름도 없는 이국적인 풍경 — 한마디로 황폐했다. 마치 달나라의 한 풍경 같았다.

바로 여기에서, 절망한 혹은 당당한 누군가의 영혼이 절대적인 기쁨을 찾아낸다.

우리는 정상에 있는 예배당으로 들어갔다. 파호미오스 신부가 손톱으로 땅을 긁으며 비잔틴 교회의 옛 담벼락의 흔적을 찾아내려 애쓰고 있었다. 그는 아치가 새겨진 돌과 비잔틴풍의 자그만 창문 기둥, 십자가, 문자들, 오래된 물탱크 따위를 가리키며 열심히 수색했다. 그러다 느닷없이 요란한 탄성을 냈다. 한 대리석 조각에서, 비잔틴 시대의 비둘기 두 마리가 서로 부리를 맞대고 있는 형상을 발견했던 것이다. 그것은 〈성령〉의 상징이었다. 과거를 흘러가게 내버려 두지 않고, 서글픈 열정에 푹 빠져 발길 닿는 곳마다 생명을 찾아내어 정지시키고 고정시키는 이 천진난만한 영혼을 지켜보자니 나는 부아가 치밀었다. 이 산꼭대기의 신은 잡

---

26 아라비아 남부를 가리키는 명칭.

히지 않고 펄럭거리는 게걸스러운 불길이다. 이런 곳에서 그 같은 발굴과 보존의 정신을 만난다는 것이니 역겹게만 느껴졌다.

내가 그를 돌아보며 말했다.

「파호미오스 신부, 당신은 하느님이 어떤 식으로 존재한다고 생각하시오?」

파호미오스가 흠칫하며 쳐다보았다. 그가 잠시 생각에 잠기더니 말했다.

「자기 자식들을 사랑하는 아버지처럼.」

「부끄럽지 않으시오?」 내가 소리쳤다. 「시나이 산의 하느님에 대해 감히 그런 식으로 말하다니? 〈하느님은 태워 버리는 불이거늘!〉」

「왜 나한테 그런 얘기를 하시오?」

「이 모든 잔해들을 포기하고, 〈그분〉이 불태우도록 내버려 두라고 하는 얘기요. 하느님을 거역하여 두 손을 쳐들지 마시오, 파호미오스!」

그가 몸을 떨더니 쩔쩔매며 주저앉았다. 우리는 먹을 것을 담아 온 짚 바구니를 열어, 포도주를 마시고 빵과 고기와 오렌지를 먹었다. 호메로스의 자그만 책자를 들고 다니던 나는 마치 주님에게 심술부리고 싶은 사람처럼, 우상 숭배에 해당하는 그 긴 6보격 구절들을 큰 소리로 읽었다. 그리스의 해안이 내 앞에 펼쳐지고 올림포스의 신들이 어른거렸다. 완전한 육신을 가진 여신들이 내려와 즐겁게 깔깔대고 지상의 사내들과 몸을 합쳤다. 하지만 그 결합으로 탄생하는 것은 괴물과 마귀들이 아니라 영웅들이었다.

내 마음은 확고했다. 여기, 연기로 검게 그을리고 셈족 신의 족쇄에 매인 이곳에서, 고립된 마음은 깨어나고 더 용감해진다. 그의 무시무시한 투쟁 앞에서 인간의 모든 죄악, 위반, 비참함은 무

의미하고 하찮은 것이 되어 버린다!

인간이 이 생에서 저지른 사소한 죄악들을 히브리인들의 신이 궤변으로 비난해 대니, 인간이 어떻게 자기변명을 당당하게 할 수 있겠는가!

「그래, 나는 죄를 지었다. 내 이웃의 아내와 소가 탐이 나 훔쳤다. 적이 나를 죽이려 했기 때문에 적을 죽였다. 그런 손으로 우상을 만들고 숭배했다! 내가 거짓말한 것은 두려움 때문이었다. 내가 아버지를 증오한 것은 그가 내 길을 막고 통과시켜 주지 않았기 때문이다! 나는 당신의 모든 계율을 어겼다.

하지만 나는 이 땅과 불과 물과 바람을 길들였다. 만약 내가 여기 없었다면 사나운 짐승과 벌레들이 당신을 집어삼켰을 것이다. 당신은 나태와 두려움으로 인해 수렁 속에서 썩어 문드러졌을 것이다. 피와 진흙탕 한가운데서 자유를 외치고 요구한 사람이 바로 나였다. 나는 울고 웃고 비틀거리며, 당신이 넘어지지 않도록 버팀목이 되어 주었다!」

그날 시나이의 정상에서 내가 상상한 것이 바로 이런 것들이었다 — 인간의 변명. 신과 인간의 대화.

그러나 파호미오스는 심기가 불편했다. 날이 어두워지고 있었고 그는 차가웠다. 그가 다가오더니 바위에 앉아 있는 나를 일으켜 세웠고, 우리는 하산하기 시작했다.

우리는 눈 덮인 계곡으로 난 새로운 길을 택했다. 음식 바구니를 들고 우리 앞에서 걸어가던 아랍인이 갑자기 눈 위로 몸을 웅크렸다.

「카플란!」 그가 즐겁게 외쳤다.

우리는 얼른 달려갔다. 눈 속에 야생 동물의 묵직한 흔적이 나 있었다.

「사자다!」 파호미오스가 턱을 뒤틀며 소리쳤다.

칼무호스도 좋아 껑충껑충 뛰었다. 그러나 아랍인이 설명하기를, 사자는 본래 사람을 무서워하여 사람 냄새를 맡기 무섭게 자리를 뜬다고 했다. 파호미오스의 기분이 풀렸다. 칼무호스는 좋은 기회를 놓쳤다며 낙심했다.

나는 앞장서서 짐승의 흔적을 따라 걸었다. 기분이 좋았다. 내 생각에는, 야훼가 눈길을 지나다가 겁을 집어먹고 사막으로 사라진 것 같았다.

산 전체에 기운이 배어 있다. 이제 그것은 모세의 기운이 아니라, 내 평생 지극히 사랑했던 소박한 노동자, 기오르고스 조르바의 기운이다. 나에게 있어 그는, 새로운 십계명을 들고 지금 막 시나이에서 내려오는 사람이다.

조르바는 늙은 광부이다. 용맹하기 그지없는 영혼, 번갯불 같은 섬광과 깊은 균열들로 가득한 정신의 소유자이다. 우리 둘은 숱한 난관을 헤쳐 가며 몇 달을 함께 살았다. 지금 그는 멀리 나가 있고 정기적으로 편지를 보내오지도 않는다. 펜을 제대로 잡지 못하기 때문이다. 그는 펜을 끌 잡듯 하기 때문에 종이가 찢어진다.

한번은 나에게 이런 편지를 보내왔다. 시나이 산에서 내려가고 있는 지금도 나는 그의 이야기와 함께하고 있다. 내 머릿속 석판에 깊이 아로새겨져 있으니까.

〈내 법에 의하면, 나는 신을 두려워하지 않소. 죽음도 두렵지 않소. 내가 아무것도 아니듯 죽음 또한 아무것도 아니니까. 제아무리 거대한 자연의 힘도 나는 두렵지 않소 — 대홍수, 지진, 병마, 여자. 그런 것들이 무슨 짓을 하든 나는 껄껄 웃어 버릴 뿐이오. 나는 말하오. 조르바, 기오르고스 조르바, 너는 자연의 가장 위대한 능력이다.

나는《뱃사람 신드바드》요. 내가 여러 곳을 여행했다는 얘기가 아니라, 훔치고, 죽이고, 거짓말하고, 욕하고, 무수한 여자들과 잠을 잤다는 뜻이오. 나는 모든 계명을 어겼소. 그게 몇 가지? 열 개? 왜 스무 개, 오십 개, 백 개로 하지 않았지? 내가 모조리 다 어겨 줄 수 있는데. 그럼에도 만약 신이 존재하고 내가 신 앞에 서게 되더라도 나는 결코 두려워하지 않을 것이오. 왜냐하면(어떻게 말해야 선생이 이해할 수 있을지 모르겠소), 나에게는 이 모든 것들이 어떤 의미가 있다고 생각되질 않거든.

신은 당신에게 무엇을 먹었는지 묻지 않는다는 속담이 있소. 나는 이렇게 말하겠소, 신은 당신이 무슨 짓을 했는지도 묻지 않는다. 만약 나에게 아들이 둘 있는데, 하나는 예의 바르고 가정적이고 검약하고 정의롭고 하느님을 두려워하고, 다른 하나는 건들거리고 사악하며 여자 꽁무니나 뒤쫓고 도망자 신세라고 한다면 ─ 나는 분명 그 둘 다 내 식탁에 앉힐 것이오. 하지만 내 마음이 둘째 쪽으로 더 기울지 않는다고는 장담하지 못하겠소. 물론 그 아이가 나하고 닮았기 때문일지도 모르지. 그러나 감히 누가 나더러, 밤낮으로 경의를 표하면서 푼돈이나 끌어 모으는 우리의 사제에 비해 신과 덜 닮았다고 말할 수 있겠소?

신은 주연에 빠지고 살인하고 불의를 범하오. 그도 나처럼 사랑하고 일하고 여자를 쫓아다니지. 그는 자기가 좋아하는 것을 먹고 아무 여자나 마음대로 취하오. 아름다운 여인이 시원하게 솟는 물줄기처럼 지상을 걸어가고 있는 것을 보노라면 마음은 기쁨으로 차오르지. 그런데 난데없이 땅이 열리고 여인이 사라져 버렸소. 그녀는 과연 어디로 갈까? 누가 그녀를 데려갈까? 그녀가 정숙한 여인이었다면 우리는 이렇게 말하오. 〈신이 그녀를 데

려갔다.〉 바람기 있는 여자였다면 우리는 이렇게 말하지.〈악마가 그녀를 데려갔다.〉

하지만 나는 신과 악마는 하나라 믿고 있소!」

오늘 우리는 모세스 신부와 함께 〈성녀 카타리나 예배당〉에 와 있다. 해발 2646미터, 시나이 산맥에서 제일 높은 봉우리에 자리 잡은 예배당이다.

해가 눈부시게 빛나고, 저 밑에서는 〈암석의 아라비아〉가 눈 닿는 데까지 멀리멀리 연기를 뿜어내고 있다.

그리스 카르페니시[27] 출신으로 호리호리하고 작은 키에, 성품이 유순한 모세스 신부는 이곳의 군주라고 할 수 있다. 그는 산꼭대기까지 이어지는 길을 닦았을 뿐만 아니라, 지금 우리가 테라스에 앉아 있는 이 작은 예배당의 기초를 다졌다. 그리고 지금은, 자신이 손수 침구와 석탄과 음식과 성상과 라키 술을 갖춰 놓은 자그만 게스트하우스를 관리하고 있다.

우리의 먹을거리가 끓고 있다. 도중에 잡은 자고새 두 마리가 깜부기불 위에서 구워지고, 호감 가는 우리의 베두인족 사람 페란지가 새들 앞에 웅크리고 앉아 꼬챙이로 불을 쑤신다. 말랐지만 강건한 그의 몸은 민첩하게 움직이며 젊음을 과시한다. 담요로 몸을 감싼 파호미오스는 칼무호스의 어깨 위로 몸을 굽혀, 그가 종이에 그리고 있는 산의 윤곽을 열심히 구경한다.

자고새 굽는 냄새가 공중으로 퍼지기 시작하고 우리는 담벼락에 웅크리고 기다린다. 춥고 배고프지만 크나큰 즐거움으로 충만하다.

---

27 그리스 본토의 외딴 산간 마을. 1823년 그리스 독립 전쟁 때 주요 격전지였다 — 원주.

모세스가 단것과 차, 그리고 대추야자로 빚은 라키를 꺼내 놓는다. 뒤이어 호두와 아몬드, 꿀도 나온다. 마지막으로, 그가 작년부터 저장해 온 달콤하고 검은 포도 과즙까지.

모세스는 대접할 손님들이 있어 즐겁다. 괜히 왔다 갔다 하며 교회를 들락날락하고, 제일 높은 바위에 박아 놓은 장대에 매달린 밧줄을 늦추어 그리스 국기를 게양한다. 그가 2연발총을 발사한다. 그러고는 그리스의 애국 도적 클레프트[28]들이 불렀던 카르페니시온의 노래를 부르기 시작한다.

나는 생각했다. 훌륭한 사람은 아무리 먼 거리에 있는 장소도 신성하게 만들 수 있다. 여기 마르고 겸손한 수도승이 있다. 가파르고 거친 봉우리에 집을 짓고, 화덕을 만들고, 불을 피우고, 국기를 게양한 사람이다. 그는 모든 악의 힘들을 정복했다. 엄숙함과 슬픔을 극복하고, 양치기처럼 웃고 노래한다. 그리고 알지도 못하는 두 사람이 앞에 있어 대접할 수 있다는 것 때문에 가슴이 설레는 사람이다.

「어떻게 수도승이 되셨습니까? 모세스 신부님?」

그러자 모세스 신부가 스스로를 비웃듯 쾌활하게 웃으며 대답한다.

「나는 열두 살 때부터 수도승이 되고 싶었지만 악마가 계속 훼방을 놓았지요. 어떤 훼방을 놓았느냐고 묻고 싶겠지요. 내가 얘기해 드리리다. 나는 하는 일이 잘되어 많은 돈을 벌고 있었소. 〈돈을 번다는 것〉이 무슨 뜻이냐? 바로 〈하느님을 잊는다〉는 뜻이오!

나는 우체부도 해보고 행상과 구둣방도 해보았소. 라브리우 광산에서도 일해 보았고, 나중에는 이코니오에 있는 철도 회사

---

[28] 터키의 그리스 강점기와 발칸 위기 때, 그리스 산악 지대를 무대로 저항한 투사들 및 애국 산적들 — 원주.

로 갔지. 나는 생각했소. 〈가진 돈을 다 날리면 그 즉시 떠나 수도승이 되겠다.〉 그런데 하느님은 나를 사랑하셨소. 나는 끈을 끊고 떠났소, 풍선에 묶인 끈이 끊어지고 풍선이 하늘로 솟아오르듯 — 그렇게 해서 나는 세상을 떠나왔소!

나는 여기에서 지금까지 20년을 지냈소. 무슨 일을 하느냐? 세상에 있을 때 하던 일. 나는 아침부터 밤까지 일하오. 그럼 똑같은 것 아니냐고 말할지도 모르지만 분명히 말하건대, 전혀 똑같지가 않소! 이곳에서 나는 행복하지만 저쪽 세상에 있을 때는 그렇지 못했으니까.

어떻게 일하느냐? 길을 닦는다오. 우리가 지나온 길들이 모두 내 것이지. 나는 길을 닦소. 그것이 보제(補祭)로서 나의 임무요. 내가 태어난 이유도 바로 그것이오. 만약 내가 천국에 간다면 아마 내가 닦은 길로 지나갈 것이오.」

그가 껄껄대고 웃으며 자신의 희망을 비웃었다.

「푸하하! 천국이라! 천국에 갈 때 그런 식으로 들어가나?」

통통하고 단순한 파호미오스가 떨면서 몸에 두른 담요를 바짝 당기더니 위로의 말을 중얼거렸다.

「당신은 들어갈 겁니다, 모세스…… 당신은 가요, 모세스…… 걱정하지 마세요.」

모세스가 웃음을 터뜨렸다.

「자네야 겁날 게 뭐 있나? 자그만 붓 한 자루와 물감으로 천국을 그리고 들어가면 될 것을.

그러나 나에게 그것은 끝없는 길이라네. 나는 천국의 문 바로 앞까지 올라가는 길을 닦아야 하네. 그게 아니면 들어가지 못하지. 사람마다 나름대로의 사역이 있지. 그러니 당신……」 그가 칼무호스를 돌아보며 말했다. 「당신은 벽을 칠하고, 나무를 그리고, 샘과 천사 몇을 그리시오. 그러면 당신도 들어갈 것이오. 파호미오스와 똑같은 경우지. 그런데 선생은 어떠시오?」

그가 무척 호기심 어린 눈으로 나를 쳐다보았다.

「저는 이미 들어갔습니다.」 내가 대답했다.

「나에게는 정상에 돌 깔린 테라스가 있는 높은 산이 천국이지요. 게다가 그 테라스에는 호두와 포도, 대추야자와 술이 있고, 지금 나는 선량한 세 사람과 더불어 앉아 천국에 대해 이야기하고 있습니다!」

이렇게 담소하고, 먹고, 마시고, 바위에 우리의 이름을 새기고 하면서 하루가 지나갔다. 매서운 추위가 덮쳐 오기 시작했으므로 우리는 그 자그만 교회 안으로 들어갔다.

2백 년 전 천사들이 성녀 카타리나의 육신을 내려놓았다는 그 절벽이 마치 빵처럼 부풀고 솟아올라, 휴식에 든 성녀의 형상을 띠고 있었다. 모세스가 불 밝힌 초를 들고, 절벽에서 성녀의 머리와 가슴, 다리에 해당되는 부분을 보여 주었다. 그가 성녀의 삶과 순교에 대해 조용하고도 즐겁게, 그리고 간단히 설명해 주었다 ─ 마치 비 내리고 곡물이 자라고, 그것을 수확하고 하는 지상에 대해 이야기하듯…….

우리는 그 수도승의 방으로 들어갔다. 화로에 불이 피워져 있었다. 아주 멀리에서 천둥소리가 나직하게 들려왔다.

행복하기 그지없는 이 평온에 깊이 감동받은 칼무호스가 갑자기 모세스를 돌아보았다.

「모세스 신부님, 제가 선물로, 성 카타리나의 성상을 그려 드릴게요.」

모세스가 장난스레 기침을 했다.

「왜 기침을 하시죠?」

「으흠, 나도 모르겠소. 성상을 그리려면 먼저 손을 깨끗이 씻고 육식을 금할 것이며 — 무슨 얘긴지 알 거요? — 담배도 피우지 말아야 한다고 들었소. 그렇게 해야만 그 성상이 기적을 행하여 아름다운 작품이 될 것이오.」

토론이 열기를 더해 가고 있었다. 파호미오스는 귀를 세우고 열심히 들었다.

한창 나이의 청년인 칼무호스 — 화가 경력도 초보 단계였다 — 가 흰 수염의 원숙한 화가를 붙들고 강의하고 있었다.

「화가는 자신이 그리고자 하는 성인의 삶을 항상 유념하고 있어야 합니다. 밤이고 낮이고 다른 생각을 할 수가 없지요. 그렇다면 언제 붓을 들어 그려야 하는가? 마침내 꿈속에서 그 성인을 보았을 때죠.」

크게 감명 받은 모세스가 흥분하여 벌떡 일어섰다.

「지금부터 내가 오늘 이 순간까지 누구에게도 털어놓은 적이 없는 얘기를 여러분에게 들려주겠소. 좀 전에 나는 길을 닦는 것이 나의 사명이라고 했소. 나는 하루 종일 나 자신을 고문하오…… 오른쪽, 왼쪽, 어느 방향에 길을 낼 것인가, 어디에다 다리를 놓을 것인가, 어디에다 수로를 틀 것인가? 나는 쉽게 결정을 내리지 못해 고통 받소. 그러다 밤이 되면 꿈속에서, 다리를 놓을 장소를 알게 되지. 내가 닦은 길들이 견고한 이유도 바로 그 때문이라오.」

시간은 어느새 자정이 되어 있었다. 페란지가 무거운 담요들을 들고 와 우리 앞에 펼쳐 놓았고 우리는 곧 잠자리에 들었다. 새벽녘에 짙은 싸락눈이 내리기 시작했다. 우리는 자그만 문을 열고 앞을 분간할 수 없는 짙은 안개를 내다보았다. 지독하게 추웠고 눈이 산을 완전히 덮어 버렸다.

「차나 끓이게 주전자를 얹게!」 모세스가 문을 닫으며 지시했다.

화로가 다시 나왔고 차가 준비되었다. 우리는 찬송가를 읊기 시작했다. 그러자 기분이 오르고 피가 더워졌으므로 우리는 탈출하기로 결정했다.

「내 선량한 친구들이여, 십자가를 긋고 기도합시다.」 파호미오스가 추위와 두려움에 떨며 소리쳤다.

「추위는 걱정 없습니다만……」 칼무호스가 파호미오스를 놀라게 하려고 이렇게 응수했다. 「굶주려서 이 날씨에도 돌아다니는 짐승들이 위험하죠. 특히 곰 같은 것들!」

파호미오스가 십자가를 긋더니 안으로 들어가 성녀 카타리나에게 경의를 표했다. 그리고 다시 담요를 집어 몸에 두르고 행렬을 따라왔다.

눈이 무릎까지 푹푹 빠졌다. 싸락눈이 우리의 모자 위에서 윙윙거렸다. 모세스가 앞장서서 굽 높은 장화로 길을 헤쳐 주는 가운데 우리는 깔깔대며 뛰듯이 길을 따라갔다.

모두들 즐거운 조바심 속에 수도원으로 귀환하고 있었다, 마치 아버지의 집으로 되돌아가듯.

밤이 되자 나는 방에 홀로 앉아, 아직도 내 마음에 사막의 형상으로 깊이 자리 잡고 있는 구약 성서를 쭉 훑어보았다. 나에게 있어 성서는 밧줄에 엮인 예언자들이 으르렁거리며 내려오는, 봉우리로 이어진 산맥과도 같았다. 저항하고 몸부림치는 인간의 가슴속에서 터져 나온 분노가 신의 손아귀에서 소용돌이친다.

나는 문득 종이를 움켜잡고 글을 쓰기 시작했다. 마음의 짐을 벗기 위해서였다.

「사무엘!」

가죽 띠와 얼룩진 누더기 차림의 늙은 예언자는 주님의 고함 소리를 듣지 못한 채 도시를 내려다보고 있었다. 하늘에는 태양이 지평선 위로 박차처럼 걸려 있고 저 밑으로는, 죄악의 땅 길갈[29]이 검(劍) 같은 야자수와 잘 익은 가시 돋친 야생 무화과 우거진 가르멜 산의 붉은 암석들 사이에 낀 채 와글와글대고 있었다.

「사무엘!」 하느님의 목소리가 다시 한 번 울렸다. 「사무엘, 내 충실한 종아, 이제 늙어서 내 소리를 듣지 못하느냐?」

사무엘이 부들부들 떨었다. 그의 짙은 양 눈썹이 분노로 모이고, 길게 갈라진 턱수염이 사납게 곤두서고, 귀는 바다의 조가비들처럼 메아리쳤다. 그의 배 속에서 고삐 풀린 암말처럼 저주가 울어 댔다.

「저주……」 그가 웃고 노래하며 말벌집처럼 윙윙대는 자신의 도시 위로 앙상한 팔을 뻗으며 중얼거렸다. 「깔깔대는 자들에게, 천국의 얼굴을 더럽히는 불법(不法)의 제물들에게 저주를, 나막신으로 자갈돌을 때리는 여자에게 저주를!

주여, 주여, 당신의 청동 손바닥에 든 벼락들이 사라졌나이까? 당신이 우리 왕의 거룩한 옥체에 신병(神病)을 내리시어 그는 뱀처럼 거품을 물고 거북처럼 헐떡대며 쓰러졌나이다. 왜? 왜? 왕이 당신에게 무슨 짓을 했기에? 제가 묻나니 대답하소서! 모든 인간들에게 끔찍한 고통을 내리소서. 그리고 당신이 진정 정의롭다면, 사내들의 사타구니에서 정충을 뿌리째 뽑아 바위에 치소서!」

「사무엘!」 주님이 세 번째로 천둥처럼 소리쳤다. 「사무엘, 입 다물고 내 목소리를 들어라!」

---

29 이스라엘 사람들이 요르단 강을 건넌 후 야영한 예리코 부근의 땅.

예언자의 몸이 떨리기 시작했다. 그가 하느님의 제물들이 살육되어 피로 물들 바위에 몸을 기대고 서자 세 차례에 걸친 하느님의 고함이 모두 한꺼번에 들려왔다. 그는 양손을 높이 쳐들고 소리쳤다.

「주여, 제가 여기에 있나이다!」

「사무엘, 네 뿔 나팔에 예언의 기름을 채워 넣고 베들레헴으로 가거라.」

「거기는 먼 곳이고, 지금까지 백 년 동안 당신을 섬기며 돌아다니느라 제 다리는 쇠약해졌나이다. 저는 이제 더 이상 할 수가 없습니다.」

「나는 육신을 경멸하여 결코 건드리지 않으니, 지금 내가 육신에게 말하고 있는 것이 아니다. 나는 사무엘에게 말하고 있노라!」

「말씀하소서, 주여, 제가 여기 있나이다!」

「사무엘, 네 뿔에 예언의 기름을 채우고 베들레헴으로 가거라. 네 입을 굳게 봉하고, 누구와도 동행하지 마라. 그리고 이새의 집 문을 두드려라.」

「저는 베들레헴에 가본 적이 없는데, 이새의 집 문을 어찌 알아보겠습니까?」

「내가 피의 지문으로 표시해 놓았다. 이새의 문을 두드려, 그의 일곱 아들 중 하나를 선택하여라.」

「어느 아들 말입니까? 주님? 제 눈이 침침해져서 제대로 보지 못하나이다.」

「네가 그와 마주하는 순간 네 가슴이 송아지처럼 울부짖을 것이니라. 네가 선택할 사람이 바로 그이니라. 그의 머리칼을 헤치고 정수리를 찾아내어 기름 붓는 의식을 행하라. 이제 그가 유대의 왕이니라. 알아들었는가!」

「하지만 사울이 그 사실을 알면, 돌아오는 길에 매복해 있다가 저를 죽일 것입니다.」

「내가 알 바 아니다. 나는 결코 내 종들의 목숨을 귀히 여긴 바 없다. 가거라!」

「못 갑니다!」

「얼굴의 땀을 훔치고, 떨리는 턱을 쭉 편 다음 네 주인에게 말하라. 말을 더듬고 있구나, 사무엘, 똑똑히 말해!」

「더듬는 것이 아닙니다. 저는 가지 않겠다고 말씀드렸나이다!」

「좀 더 부드럽게 말하라, 너는 지금 겁먹은 사람처럼 고함을 지르고 있구나. 왜 못 간다는 거지? 사무엘, 겸손하게 대답하라, 두려운 것이냐?」

「두렵지 않습니다. 다만 제 사랑이 저를 못 가게 하나이다. 저는 사울에게 유대의 왕이 되는 기름 의식을 행했나이다. 저는 그를 친자식보다 사랑했나이다. 그의 창백한 입술 사이로 제 영혼을, 예언의 영을, 제 정신을 불어넣었고 그 영이 그를 영광으로 채웠나이다. 그는 제 살이고 영입니다. 그를 배신할 수는 없습니다!」

「왜 잠잠해졌지? 사무엘 너의 심장이 벌써 비워졌느냐?」

「당신은 전능하십니다, 주여. 저를 가지고 놀지 마소서. 저를 죽이소서! 더 이상은 못하십니다. 저를 죽이소서!」

사무엘의 두 눈이 핏발로 뒤덮였다. 그는 바위를 붙잡고 기다렸다.

「죽이소서.」 그의 몸속에서 심장이 쿵쾅대고 있었다. 「저를 죽이소서!」

「사무엘.」 주님이 그에게 애원이라도 하듯 한결 부드러워진 목소리로 말했다.

그러나 늙은 예언자는 점점 더 격해지고 있었다.

「저를 죽이소서, 그보다 더한 짓을 하실 수는 없을 것입니다. 죽여 주소서!」

아무도 대답하지 않았다. 그날 오후가 지나가고 해가 저물었다. 맨발에 가무잡잡한 소년 하나가 나타났다. 소년은 좁은 길로 올라가, 낭떠러지 끝으로 다가가듯 두려움에 떨며 예언자에게 접근했다. 그리고 예언자에게 줄 음식 — 대추야자, 꿀, 빵, 자그만 물 주전자 — 을 절벽 발치에 내려놓고, 숨을 죽인 채 황급히 언덕을 내려왔다. 도시로 내려온 소년은 자기 아버지의 지하실로 숨었다. 소년의 어머니가 몸을 숙여 그를 포옹했다.

「아직도?」 그녀가 떨리는 목소리로 물었다. 「아직도야?」

「아직도.」 소년이 대답했다. 「그는 아직도 주님과 싸우고 있어요.」

해가 산 너머로 떨어지고 금성이 나타나더니, 불씨처럼 죄악의 도시 위를 맴돌았다. 격자창 뒤에서 그 모습을 본 한 창백한 여인이 울먹이며 소리쳤다.

「저 별이 떨어져 세상을 불태우려 하는구나!」

별들이 예언자의 긴 머리칼 위로 쏟아졌다. 별들은 장난치고 반짝이며, 보이지 않는 수레바퀴 주위를 부드럽게 돌았다. 예언자가 그 한가운데 전율하고 서 있는 동안 별들이 그의 머리칼 사이로 지나가면서 마치 거대한 우박처럼 그의 관자놀이를 때렸다.

「주여…… 주여…….」 그는 새벽을 향해 이렇게 속삭였을 뿐 더 이상 아무 말도 뱉을 수 없었다. 그는 뿔을 내려, 예언의 기름으로 채웠다. 그리고 꾸불꾸불한 지팡이를 움켜잡고 언덕을 내려갔다. 그의 발에 날개가 돋았고, 흰 수염 위에서 이슬방울들이 별처럼 반짝였다. 첫 번째 집 문지방에서 아이 둘이 놀고 있었다. 예언자의 지저분한 누더기와 녹색 터번을 본 아이들이 비명을 지르며 달아나기 시작했다.

「그가 오고 있다! 그가 오고 있다!」

개들은 다리 사이로 꼬리를 감추고 귀퉁이에 웅크리며 앉았고, 소는 땅바닥에 머리를 끌며 울부짖었다. 거센 바람 한줄기가 도시 끝에서 끝까지 휩쓸고 지나갔다. 문들이 쾅쾅 닫히고 어머니들이 비명을 지르며, 길에 있던 아이들을 불러들였다. 사무엘이 지팡이로 돌멩이들을 치며 성큼성큼 지나가며 중얼거렸다. 「이 인간들에게 전쟁을 내리고 싶다. 마치 역병처럼, 주님처럼!」

좁은 길에 기다란 지팡이를 든 양치기 두 명이 나타났다. 그들은 예언자를 보자마자 바닥에 나뒹굴었다. 「주여, 저들의 두개골을 박살내라고 명하소서. 주여, 제 심장에 대고 말씀하소서, 저는 준비되었나이다.」

그러나 마음을 흔드는 목소리가 없었으므로 그는 인간 종자를 격렬하게 저주하면서 그냥 지나쳤다.

태양이 그의 몸을 태우고, 그의 발길에서 먼지가 일어 구름처럼 그를 감쌌다. 그는 목이 탔다.

「주여! 제게 물을 주소서!」 그가 소리쳤다.

「마셔라!」 바로 옆에서, 수면 위의 파문처럼 웅얼거리는 목소리가 대답했다.

그가 돌아보니 갈라진 바위틈으로 물방울이 똑똑 떨어져 도랑으로 흘러들고 있었다. 그는 몸을 굽혀 수염을 헤치고 입을 물에 갖다 댔다. 그 순간, 신선하고 서늘한 기운이 발바닥까지 파고들었고 그의 늙은 뼈들이 삐걱거렸다.

그는 다시 길로 나왔다. 해가 지자 야자수 발치에 몸을 뉘고, 오른손을 볼에 깔고 잠이 들었다. 주위로 모여든 들개들이 그의 냄새를 맡고는 공포에 질려 달아났다. 머리 위에서는 별들이 한

줄로 늘어서 검의 모양을 이루었다. 새벽에 깨어난 그는 다시 행군을 시작했다. 사흘째 되던 날, 산들이 열리고 평원이 보이기 시작하더니 그 한가운데로 요르단 강이, 잔뜩 배불러 꾸물거리는 녹색 비늘 뱀처럼 늘어져 반짝이고 있었다. 사흘이 더 지났을 때, 베들레헴의 새하얀 가옥들이 불쑥 나타나 대추야자나무들 뒤에서 번쩍거렸다.

비둘기 한 떼가 예언자의 머리 위로 지나갔다. 새들이 잠시 맴돌더니 느닷없이 겁에 질려 베들레헴을 향해 날아들었다.

북쪽 대문에서는 장로들이 예언자를 기다리며 서 있었다. 가축의 악취가 진동하고 눈이 멀거나 문둥병에 걸린 거지들이 득실대는 곳이었다. 장로들이 벌벌 떨며 쑤군거렸다.「마을에 문둥병이 나돌 거야! 주님은 피조물들을 쳐부술 때만 땅에 내려오시지.」

그 무리 속에 있던 최고 연장자가 마음을 다잡고 한 걸음 앞으로 나섰다.

「내가 그와 이야기하겠다.」그가 말했다.

예언자가 해진 군기(軍旗)처럼 누더기를 펄럭이며 먼지 구름 속에 도착했다.

「평화요 살육이오? 당신은 우리에게 어떤 것을 가지고 오시는 거요?」

「평화!」예언자가 이렇게 대답하고는 양팔을 뻗었다.「너희의 집으로 가라, 거리를 텅 비워라. 나 홀로 지나가고 싶다!」

모든 거리가 비워지고 문마다 빗장이 걸렸다. 사무엘은 집집마다 다가가 문을 살피고 손으로 더듬으며 온 마을을 훑었다. 도시 가장자리에 있는 마지막 집에 당도한 그는 문에 피의 지문이 찍힌 것을 보았다. 그가 문을 두드렸다. 온 식솔이 벌벌 떠는 가운데 늙은 이새가 일어나 겁에 질린 채 문을 열었다.

「예로[30] 이새여, 당신의 집에 평화가, 당신의 일곱 아들에게 건강이 깃들기를, 그리고 며느리들이 사내아이를 낳도록 기원하오. 주님이 당신들과 함께하실 것이오!」

「그분의 뜻이 이루어지기를!」 이새가 대답했다. 고개 숙인 그의 턱이 덜덜 떨고 있었다.

한 사내가 나타나 문간을 채웠다. 사무엘이 고개 돌려 그를 보았다. 그의 두 눈이 기쁨으로 빛났다. 사내는 거구였고, 검은 곱슬머리에 털이 수북한 넓은 가슴과 청동 기둥처럼 강건한 다리를 가지고 있었다.

「이 아이가 제 장남인 엘리압입니다.」 이새가 자랑스럽게 말했다.

사무엘은 말없이, 심장이 울부짖기를 기다렸다.

〈분명 이 청년이야. 이 청년이 분명해! 주여, 왜 말씀이 없으신가요?〉 그가 중얼거렸다.

그가 한참을 기다렸다. 갑자기 그의 내면에서 무서운 목소리가 터져 나왔다.

〈왜 중얼거리고 있느냐? 네 영혼이 그를 원했느냐? 나는 그를 원하지 않노라! 나는 그의 심장을 뒤지고 사타구니를 살피고 뼛속 골수의 무게를 다노라. 나는 그를 원하지 않노라!〉

「둘째 아들을 데리고 오시오.」 사무엘이 입술이 새파래지며 지시했다.

둘째 아들이 왔으나 예언자의 심장은 침묵을 지켰고 내장들은 미동도 하지 않았다.

「이 사람이 아니야! 이 사람이 아니야! 이 사람이 아니야!」 그

---

30 노인을 뜻하는 그리스어 — 원주.

는 이새의 여섯 아들을 마치 숫양 다루듯, 이마와 눈썹과 입술을 뚫어지게 쳐다보고 어깨와 무릎과 허리와 치아를 살펴본 후 하나씩 밀쳐 내며 거듭 신음했다.

마침내 지친 그가 문턱에 털썩 주저앉았다.

「주여!」 그가 분노한 목소리로 외쳤다. 「저를 속이셨군요! 당신은 항상 심술궂고 무자비하며, 인간에게 아무 동정을 느끼지 않나이다. 오세요. 저 사무엘이 당신을 부르고 있습니다. 왜 말씀이 없으십니까?」

이새가 심하게 떨면서 다가와 말했다.

「아직 막내가 남아 있습니다. 다윗이죠. 그 아이는 지금 양을 지키고 있습니다.」

「그를 불러오시오!」

「엘리압. 가서 네 동생을 불러오너라.」 아버지가 말했다.

엘리압이 미간을 찌푸리자 노인이 놀라 둘째 아들에게 말했다.

「아비나답, 가서 네 동생을 불러오너라.」

하지만 그 역시 거절했다. 형제들 모두가 거부했다.

그러자 사무엘이 문턱에서 일어섰다.

「문을 여시오. 내가 직접 가겠소!」

「그 아이를 알아보실 수 있게 태어나면서부터 있는 점을 설명해 드릴까요?」 노인이 물었다.

「아니요. 나는 그를 제 아비보다, 제 어미보다 먼저 알고 있었소.」

사무엘이 욕을 내뱉고는 돌멩이에 걸려 비틀거리며 산을 향해 돌진했다. 〈이러고 싶지 않아! 난 원하지 않아!〉라고 계속 소리치면서.

이윽고 양 떼에 둘러싸여 서 있는, 밝은 적갈색 머리칼에 떠오르는 해처럼 빛을 발하는 청년과 마주치자 사무엘은 잠자코 서 있었다. 그의 심장이 송아지처럼 울부짖었다.

「다윗! 이리 오너라!」 그가 위엄 있게 소리쳤다.

「당신이 이리로 오세요. 저는 양 떼를 두고 가지 않을 것입니다.」 다윗이 대답했다.

「바로 이 사람이다! 이 사람이야!」 사무엘이 천둥처럼 소리치고, 황급히 앞으로 나아갔다.

청년에게 다가간 그는 청년의 어깨를 붙잡고 등을 주물러 보고 정강이를 살펴본 다음 머리로 되돌아갔다.

「누구시죠? 왜 나를 살펴보는 거지요?」 청년이 고개를 비틀며 따져 물었다.

「나는 사무엘, 하느님의 종이다. 나는 하느님이 가라시면 가고, 고함치라 하시면 고함친다. 나는 그분의 발이고 입이고 손이며 땅 위에 깔리는 그분의 그림자이니라. 고개를 숙여라!」

그는 청년의 머리에서 정수리를 찾아 신성한 기름을 부었다.

「나는 너를 경멸한다. 너를 원하지 않아. 나는 다른 사람을 사랑하고 있지만 주님의 바람이 나를 스치고 가니, 보라, 이렇게 내 의지에 반(反)하여, 손을 들어 네 정수리에 예언의 기름을 붓고 있다.

다윗은 기름 부음을 받은 유대의 왕이다! 다윗은 기름 부음을 받은 유대의 왕이다! 다윗은 기름 부음을 받은 유대의 왕이다!」

그가 성스러운 뿔을 바위에 내려치자 그대로 박살이 났다.

「주여, 당신은 제 가슴을 이런 식으로 산산조각 냈나이다! 저는 이제 더 이상 살고 싶지 않습니다!」

창공 깊은 곳에서 일곱 마리의 까마귀가 몰려와 그를 빙 둘러싸고 기다렸다. 예언자가 머리에 두른 녹색 터번을 풀어 수의(壽衣)인 양 바닥에 펼쳤다. 까마귀들이 점점 대담하게 접근해 왔다. 그는 얼룩진 누더기로 얼굴을 덮었고, 그러고는 더 이상 움직이지 않았다.

크레타의 한 마을에 사는 안드레아스 〈아저씨〉는 매우 독특한 사람이다. 언젠가 이 안드레아스 아저씨가 나에게 〈주인〉의 정의를 들려주었다. 「주인이란, 전 세계를 여행하고 나서 권총을 움켜잡고 자살하는 사람이다.」

내가 지금까지 살아오면서 느꼈던 가장 처절한 공포는 바로 이것이다. 다른 땅과 다른 사람들을 알고 싶은 갈망, 그와 동시에 그들을 남겨 둔 채 황급히 떠나 버리고픈 갈망에 사로잡힐 때의 공포. 이 공포를 견뎌 내자면 대단한 힘과 초인적인 자제력이 요구된다. 마음은 떠나고 싶어 하지 않는다. 포근하고 사사로운 일상 속에서 노예화된다. 사람과 사물들 속에 휘말려 절규한다.

오늘 아침, 수도원과 작별을 고할 때 내 마음이 절규하고 있었다. 「더는 안 돼!」 에드거 앨런 포의 갈까마귀가 마치 쇠처럼 내 왼쪽 어깨에 박혀 깍깍거렸다. 나는 저 눈부신 성상들에게, 멀리 절벽 위에 고독하게 서 있는 사이프러스에게 작별 인사를 했다. 꽃이 만발한 과수원, 수도원 마당, 우물…… 그리고 사람들에게도…….

「단단히 매달려라, 늙은 심장아! 너는 더 가혹한 고통을 알아 버렸구나!」 나는 호메로스의 시구를 계속 중얼거리고 있었다.

대주교와 부원장, 성구 보관인과 함께 계단을 내려와 안뜰을 가로질렀다. 파호미오스가 담요를 두른 채 나타났다.

「추운가? 파호미오스?」 주교가 물었다.

「춥습니다, 주교님!」

작별 인사를 하려고 나에게 다가온 그가 담요를 열더니 따끈따

끈하고 자그만 빵 두 덩이를 건네주었다. 빵에는 성녀 카타리나의 표식이 찍혀 있었다.

「아론이 길 떠나는 당신에게 보내는 것이오.」

타에마가 수도원 밖에서 낙타와 함께 기다리고 있었다. 나는 멋진 신부들에게 작별 인사를 했다. 마음에서 우러나오는 그들의 고귀한 환대를 결코 잊지 못할 것이다. 나는 칼무호스의 손을 꼭 쥐었다. 그는 시나이에 남아 좀 더 오래 작업할 예정이었다. 구약성서의 이 고원한 현장이 그의 마음을 사로잡아 버렸던 것이다. 그리고 우리는 작별했다.

「하느님이 당신과 늘 함께하시기를!」

귀환 길이 시작되었다. 사막의 신성한 색상들이 반짝이고 산들이 열렸다. 우리는 그리로 들어갔다. 타에마는 낙타의 느린 리듬에 박자를 맞추어, 달래듯 나지막이 노래를 부르고 있었고 나는 침묵 속에, 서두르지 않고, 사막의 부(富)를 감상했다.

대추야자나무 한 그루가 가까워질 즈음 어둠이 덮쳤다. 우리는 땔감을 모아 불을 피우고 차를 끓이고 밥을 지어 먹었다. 그리고 파이프 담배에 불을 붙였다. 파이프를 한 번씩 빨아들일 때마다 타에마의 얼굴 — 여위고 가무잡잡한 — 이 달아올랐다. 베두인족 특유의 작은 눈이 마치 뱀처럼 요술을 걸며 번쩍거렸다.

한순간 우리는 서로를 바라보며 빙그레 미소를 지었다. 그러나 둘 다 대단히 피곤했으므로 나란히 드러누워 잠에 빠져 들었다.

동이 트자 우리는 다시 길을 나섰다. 변함없이 신성한 리듬과 더불어 낮과 밤들이 지나갔다. 산세는 점점 험악해졌고, 널따란 녹색 층들이 붉은 화강암 속에 박혀 있었다. 깊은 협곡들은 점차 폭이 좁아졌다. 어느 좁은 골짜기에 당도한 우리는 자그만 샘과 마주쳤다. 샘 주위로 늘어선 등나무, 야자수, 사향나무들 사이로

물이 잠시 어른거렸다. 염소 한 무리가 자갈 위에 줄지어 서 있고, 우리가 지나가자 여자 양치기 — 베두인족 어린 소녀 — 가 가느다란 손가락으로 얼굴을 가렸다. 그러나 그녀의 손가락 사이로, 짐승의 눈처럼 큼지막해진 두 눈이 장난스레 번득였다.

마지막 날 정오가 되어서야 산악 지대에서 벗어났다. 불그스름하고 평온한 넓은 공간이 마치 바다처럼 한참 동안이나 펼쳐졌다. 그러나 우리는 계속 나아갔다. 우리 앞에 펼쳐진 그 막막하고 불그스름한 공간은 바다가 아니라 사막이었다. 맹렬한 바람이 사막을 휘저어 뜨거운 진홍색 먼지를 일으키고 있었다.

우리는 숨을 멈추고 모래 폭풍 속으로 진입했다. 타에마의 노래도 멈추었다. 그는 하얀 버누스를 야무지게 몸에 두르고 길을 재촉했다.

모래가 치솟아 우리의 얼굴과 손을, 따끔따끔할 정도로 후려쳤다. 낙타가 균형을 잃고 계속 제자리를 맴돌았다. 고통스러운 행로는 여섯 시간이나 계속되었다. 하지만 나는 사막의 이 지독한 현상을 경험하게 된 것이 내심 반가웠다.

바로 코앞에 불쑥 바다가 나타났다. 라이토의 가옥들, 현관 층계에서 노는 아이들, 지붕 꼭대기에서 피어오르는 연기…… 그리고 수도원 별관 대문에 서 있는 테오도시오스 수도원장 — 사랑으로 사막을 변화시키고, 인간의 마음을 자유자재로 변화시키는 연금술사를 다시 만나게 된 것이다.

라이토의 작은 항구에서 배를 기다리며 보낸 닷새는 내 인생에서 가장 근사한 나날들이었다. 나는 바다에 몸을 담그기도 하고 모래사장에 쭉 뻗어 보기도 하고 야자수 밑을 배회하기도 했다. 늦은 오후가 되면 성서에 나오는 늙은 대추야자나무에 올라가, 불모지 산들의 번득이는 색상들이 눈으로 따라잡을 수 없을 만큼 빠르게 변해 가는 것을 지켜보곤 했다 — 진홍색, 자주색, 담청색.

사막에 있는 이 아라비아의 해안을 걸어가노라니 깊고 신비한 동요가 나를 엄습한다. 내가 태어나기 이전의 오래된 기억들이 마치 저승의 그림자처럼 내 마음의 문지방에서 소리 없이 움직인다.

때때로, 내 속에 잠재한 조상의 기억을 끌어내 나 자신의 실존에 서광을 비추게 하면 과거를 꿰뚫어 볼 수 있을 것 같기도 하다. 내 조상들은 모두 크레타 섬 어느 마을의 야만인 집안에서 태어났다. 그 옛날 아랍인들의 손아귀에서 크레타를 해방시킨 니키포로스 포카스[31]가 이교도 사라센인들을 몇몇 마을에 강제로 집어넣었고 이 마을들은 〈바바로이〉로 불리게 되었다.

그러므로 나는 내 피가 순수한 그리스인이 아니라 베두인의 후손이라고 상상하고 싶다. 먼 옛날, 초승달과 예언자 무함마드의 녹색 기를 따르던 나이 많은 선조가 아라비아 함대에 뛰어들었다. 함대는 젖과 꿀이 흐르는 섬 크레타를 정복하고자 스페인에서 출발했다. 섬에 내린 그는 자신의 전함을 모래사장으로 끌어올려 불태워 버렸다. 퇴각할 수 있다는 희망을 잘라 버림으로써 필사적인 각오를 방패 삼아 싸우기 위함이었다. 자기 속의 절망적인 능력들이 승리하게끔 만든 것이다!

나는 지금 이 아라비아의 해안을 거닐며 내 속의 소리 없는 함성들을 풀어 내 선조의 얼굴을 그려 보려 애쓴다.

시간이 흘러 하늘이 무수한 별들을 내걸기 시작했다. 불안해진 테오도시오스 수도원장이, 모래사장에 난 발자국을 쫓아 나를 찾

---

31 Nikifóros Focás(912~969). 비잔틴 제국의 황제(재위 963~969)이자, 아랍인들에게 강점되었던 크레타 섬을 해방시킨 이름난 장군 — 원주.

아오라고 베두인족 사람 몇을 내보냈다.

우리는 작지만 풍성한 식탁에서 함께 저녁을 먹는다. 나는 테오도시오스 원장과 대화를 나눈다. 그는 여기 사막에서 무수한 의문들에 부딪혀 왔으나 뛰어난 명료함과 판단력으로 그것들을 정리하며 살아간다. 나는 그에게 대도시들에 대해, 현대인의 고뇌에 대해, 노동자와 시민 계급, 러시아에 대해 이야기한다.

내 속에서 악마적인 것이 터져 나온다. 지식의 나무를 타고 쉬쉬대며 기어오르는 뱀이다. 테오도시오스는 열심히 귀 기울인다.

「테오도시오스 신부님, 만약 당신이 저 고요한 수도승의 방에서 나와…….」 내가 그에게 말한다. 「세상을 주의 깊게 살펴본다면, 인류를 사랑하는 당신의 따뜻한 마음도 고뇌로 전율하게 될 것입니다. 전쟁 전에는 존재하지 않았던 새로운 흥분이 당신을 사로잡을 것입니다. 그것은 새롭고 검은, 종교에 가까운 공포지요.

전쟁 이후 모든 민족들이 부글부글 끓고 있습니다. 모든 것을 황폐화시키는 바람이 지상을 뒤덮고 있어요.

광풍이 터져 나왔습니다. 지금 몰려오고 있어요. 그것은 사랑하는 많은 얼굴들과 옛 사상들을 휩쓸어 버릴 것입니다. 이제 구원은 없어요.」

「구원이 없다?」 수도승이 나직이 되뇌며 고뇌에 찬 눈으로 나를 쳐다본다.

「단 하나, 우리가 그 사실을 알고 있어 대비할 수 있다는 것뿐.」

나는 이렇게, 훌륭한 은자의 마음을 흔들어 놓고, 그의 평온을 고통에 찬 불안으로 바꾸어 놓았다. 그의 융숭한 대접에 최악의 방식으로 보답한 것이다.

편지

친애하는 몬티타!

꿈은 끝났습니다. 대추야자나무, 수도원, 베두인족, 사막, 모두가 이제 내 뒤에 남았습니다!

내가 이 암흑의 대륙에 도착한 것은 마치 집으로 돌아오는 것과도 같았습니다. 타는 듯한 공기를 들이켜고 잿빛의 탐욕스러운 모래를 밟을 때, 알 수 없는 흥분과 어두운 기억이 나를 사로잡았습니다.

이제 이 여행을 돌이켜 보면서 나에게 가장 큰 인상을 남겼던 세 가지를 발견하게 됩니다.

첫째, 나일 강의 녹색 땅과 모래사막을 가르는 경계.

둘째, 테바이의 〈왕가의 계곡〉에 있는 공동묘지.

셋째, 시나이 사막.

경계. 최후의 녹색 풀잎이 꼿꼿하게 서 있습니다. 바로 앞이 온통 사막인데도 굴복하지 않고 저항합니다. 그것은 마지막 수분 한 방울까지 끌어 모으고, 대지의 마지막 조각을 부스러뜨리고 솟아오릅니다. 작지만 필사적인, 결코 굴하지 않는 — 이 녹색 풀잎은 내 마음 속에서 인간 안의 최상의 것이 무엇인지를 보여준 모델이었습니다.

나는 로마의 요새 폼페이를 떠올렸습니다. 폼페이 전체가 불타고 있었습니다. 용암이 홍수같이 내려와 도시를 뒤덮고 사람들은 광란 속에 뛰어다니고 있었습니다. 보석을 움켜 들고 제 아이들을 움켜잡고, 도시에서 빠져나가려고 허둥지둥 몰려다녔습니다.

오직 한 사람, 도시의 가장 바깥쪽 문을 지키는 파수병만이, 지정받은 자리에 꼿꼿하게 서 있었습니다. 그는 연기에 질식되지 않으려고 망토를 가만히 들쳐 올렸을 뿐 꼼짝도 하지 않았습니다. 그리고 1천8백 년이 지난 후 그는 그 모습 그대로 발견되었습니다. 투구를 쓰고 창을 잡고 입을 가린 채, 꼿꼿하게 서 있는 모습.

바로 이 파수병처럼, 사막 변경의 녹색 풀잎이 내 앞에 솟아 있었던 것입니다. 나는 한 가닥 전율 속에 생각했습니다. 이것이 바로 우리의 〈의무〉다, 이것이 바로 현대인의 자리다.

〈왕가의 계곡〉에서는, 죽음을 이기려는 인간의 헛된 노력을 목도하고 소름이 끼쳤습니다. 녹색 풀잎이 죽기를 원하지 않는 것입니다.

누런 산의 컴컴한 지하 방에 누운 죽은 자의 미라가 마치 나방 고치처럼 날개 돋칠 수 있는 〈봄〉이 오기만을 기다립니다. 희미한 빛을 받으며 시체를 둘러싸고 있는 벽들엔 녹색과 붉은색, 노란색의 그림들이 그려져 있고 그 속에서 떠들썩한 삶의 행렬이 터져 나옵니다. 본인도 허깨비인 시체 — 왕이든 노동자든 — 가 자신이 사랑하는 다채로운 허깨비들 사이에서, 허깨비를 먹고, 허깨비를 마시고, 허깨비 들판을 경작하고, 허깨비 강을 건너고, 허깨비 아내와 잠을 자고, 놀고…….

몬티타, 나는 계곡을 배회하면서 지상(地上)도 이 계곡과 똑같음을 깨달았습니다. 우리는 허깨비입니다. 우리는 허깨비들을 낳습니다. 우리는 한 뼘의 땅을 위해 떼 지어 몰렸다가 분해되어 사라집니다. 우리는 누구를 위해 이 지상의 전쟁과 사랑의 연극을 공연합니까? 또, 누구를 위해 먹고, 일하고, 사상을 사랑하고, 울부짖고, 서로를 포옹하는 인간들을 흉내 내는 것입니까?

대답 대신에, 우리의 입은 한 줌의 흙으로 채워집니다. 우리의 의무는 무엇입니까? 비현실적이고 절망적인 저 녹색 풀잎의 전쟁!

시나이 끄트머리에서 터벅터벅 사막을 통과하는 동안 내 심장이 마치 바위 깨는 채석기의 세찬 두드림처럼 반복적으로, 끈질기게 쿵쿵대는 것을 느꼈습니다. 3천 년 전, 저 광야를 거쳐 갔던 그 심장들도 바로 이렇게 고동치면서 화강암에 신을 새겼던 것입니다. 굶주림과 두려움과 반항심에 사로잡혔던 민족, 게걸스러운 내장과 떨리는 살, 저항하는 심장을 가진 민족이 야훼를, 자신들과 어울리는 신을 창조한 것입니다.

우리는 어느 섬에 와 있는 자신들을 발견합니다. 우리가 우리의 감각으로 창조하고 우리의 정신으로 반추하는 이 모든 것이, 인간의 뇌와 육신으로 만들어진 섬, 황폐하고 어두운 가없는 대양에 박힌 작은 섬입니다. 우리가 어디에서 시작하든 종국에는 늘 심연을 발견하게 됩니다. 우리는 울부짖고 고함치고 저주하다 되돌아와, 다시 새 길에서 시작합니다. 이것이 마지막 길이다, 이 길에는 끝이 없다고 스스로에게 말하면서 말입니다. 그러나 번번이 끝에 놓인 심연과 마주칩니다.

우리의 의무는 무엇인가? 위엄을 지키며 그 심연 앞에 서는 것. 두려움을 숨기기 위해 울부짖지도 껄껄대지도 말아야 합니다. 눈을 가려서도 안 됩니다. 침착하고 조용하게, 희망과 두려움을 모두 버리고 그 깊은 균열을 바라보는 법을 배워야 합니다.

이것이 바로 이 사막의 지고한 외침입니다. 헤아릴 수 없는 심오함의 현대판 얼굴은 목가적인 갈릴래아에서 피어났던 상냥하고 고운 예수의 얼굴이 아닙니다. 시나이의 광야에서 만들어진 종족, 차별적이고 무자비한 야훼의 얼굴도 아닙니다.

새로운 고뇌가 탄생했고 깨달음과 고통 속에 인간의 영혼이 확대되어 왔습니다. 수백만의 사람들이 굶주림 속에 과오를 저지르고, 늘 그러했듯 그들의 고통 받는 내장으로부터 삶의 새로운 방향이, 새로운 〈반응〉이 생겨나 모양을 갖춥니다 ─ 헤아릴 수 없는 심오함의 새로운 얼굴이지요. 이 얼굴이 인간을 위로하고 사로잡을 수 있으려면 인간들의 얼굴과 닮아 있어야 합니다. 굶주림 속에 일하다 반기를 드는 〈노동자〉와 닮아야만 합니다. 이 얼굴은 이제 한 종족의 지도자에서 벗어나 전 인류의 지도자가 되어야 합니다.

〈속박의 땅〉에서 〈탈출〉이 시작됐습니다. 우리는 사막을 건넙니다. 고통 받고, 투덜거리고, 서로를 죽이고, 모든 신성(神聖)의 바깥쪽에다 〈헤아릴 수 없는 심오함〉의 새 얼굴을 창조합니다. 그러나 오늘날의 사막은 이 시나이 사막과 닮지 않았습니다. 기계들과 도시들과 사람들로 가득 찬 현대의 사막이 훨씬 더 가혹합니다.

여기 이집트에서 나는 〈출애굽〉 ─ 현대적 표현으로 하자면, 저 끔찍한 행군의 한 단편을 자각하는 것 ─ 을 따라가면서 몸서리를 칩니다. 동방 민족들은 자각하고 조직합니다, 신호를 교환하고 출발합니다.

이집트 민족은 지금까지 햇살조차 들지 않는 저 아래, 동물의 단계에 매몰되어 있었습니다. 무작정 노동하고 굶주리며 침묵을 지켰지요. 이제 동물 단계에서의 〈탈출〉이 시작되었습니다. 그들은 목소리를 얻었고 깨치고 조직하게 되었습니다. 그리고 그다음 단계로 올라갔습니다. 그들은 이제 토지 소유주가 되었고, 상인과 소기업인이 되었으며 읽는 법도 깨쳤습니다. 자신들을 착취해 온 외국인들을 쫓아냈습니다. 일부는 모든 것을 뿌리째 뽑아 버리고 더 높은 단계까지 올랐습니다. 이제 아시아와 아프리카의 민족들은 자신들이 형제라고 생각합니다. 이것이야말로 우리 시대의 가장 중요한 현실입니다. 그리고 그들과 더불어, 유럽과 미국의 고통 받고 착취당하는 모든 민중들이 선두에서 행군하고 있습니다. 오대주와 모든 인종 — 백인, 황색인, 흑인 — 이 선동과 자극의 와중에 놓여 있습니다. 그리고 늘 그러했듯, 새 세상 이론 — 물론, 지도자들의 이론과는 배치되는 내용이지요 — 이 마치 대낮의 구름 기둥처럼, 한밤중의 〈불기둥〉처럼 그들 앞에 펼쳐집니다.

나는 시나이의 사막을 횡단하면서 인류의 새로운 〈출애굽〉을 보았습니다. 이 환영, 이 사막의 반영이야말로, 나의 동방 여행을 통틀어 가장 감동적인 경험입니다.

저 다산(多産)의 조부 나일 강, 이집트 농민들, 대추야자들, 왕가의 무덤, 사막, 꽃 피운 아몬드나무들, 성녀 카타리나의 성스러운 요새, 경건한 수도 생활의 리듬, 마음 깊이 우러나오는 환대와 수도승들의 친절, 새벽을 깨우는 종소리 — 이 모든 것들을 감상했는데도 아직 성에 차지 않습니다.

인간의 영혼은 〈불꽃이 이는데도 타지 않는 떨기 수풀〉입니다. 어느 것도 그것을 소멸시킬 수 없습니다. 인간의 정신은 아프리카 어느 전설에 나오는 〈작은 전갈〉과도 같습니다. 당신도 이 전갈을 좋아하게 될 것입니다, 몬티타. 여행길 내내 녀석은 내 속에서 껑충껑충 뛰었답니다!

 그 작은 전갈이 말했습니다.「나, 작은 전갈은 결코 신의 이름에 호소하지 않겠다. 내가 하고 싶은 것이 있으면 내 꼬리로서 해낼 것이다!」

예루살렘

약속의 땅을 향하여

참배자들을 예루살렘으로 데려가고 있는 바다는 잔잔하고, 하늘에 뜬 얇은 구름들은 신비스러울 정도로 부드러웠다. 그리스의 해안선, 섬, 갈매기, 장난치는 돌고래, 배 삭구들 사이에서 퍼덕대며 끼룩거리는 작은 새들 — 오늘은 모든 것이 우리를 위해 특별한 따뜻함과 매력을 발산했다.

나는 함께 여정에 오른 순례자들을 호기심 어린 눈으로 바라본다. 예수 탄생 1천9백 년이 흐른 지금, 불가사의한 그리스도의 무덤에 예배를 드리기 위해 집을 떠나 비싼 돈 들여 동방으로, 아랍인의 한가운데로 향하는 열정의 여행길에 오른 이 사람들 — 자신의 깊은 염원을 추구하고 성취하려는 이들은 과연 어떤 부류의 사람들일까?

이 성스러운 순례단은 그리스 각지에서 온 사람들로 구성되어 있었다. 짐과 모자 상자까지 챙겨 든 이들이 있는가 하면 간단한 보따리와 바구니만 든 이들도 있다. 그리하여 배에 오르기 무섭게 그들은 두 개의 세계로 나뉘었다. 절반은 갑판 위로, 나머지 절반은 안락한 선실과 피아노 소리 뚱땅거리는 살롱으로.

나는 이 두 세계 사이에서 오락가락했다. 선박 기관실 옆 로프 위에 갖가지 색상의 담요들과 때 묻은 덮개들이 펼쳐졌다. 한 무리의 늙수그레한 여인들이 바구니를 열고 음식을 씹어 대고 있었다 — 붉은 캐비아와 양파 냄새가 온 사방에 진동했다. 그 모든 것들의 한가운데에, 얼굴 혈색이 좋고 길게 늘어진 머리칼을 가진 한 노인이 앉아 그리스도의 역대기를 큰 소리로 읽고 있었다. 그의 일생, 그의 〈수난〉, 〈신랑〉이 예루살렘으로 올라간 내력, 비통한 분위기에서 거행되는 〈최후의 만찬〉, 제자들 가운데 배신자가 서둘러 자리를 뜨고 예수가 〈올리브 산〉으로 올라가는 과정, 그리고 그의 이마에서 솟는 땀이 〈핏방울이 되어 떨어지고〉…….

검정 숄을 걸친 노파들이 회오에 젖어 고개를 가로젓고 한숨을 지어 가며 열심히 듣고 있었다. 한편으로는 순한 양처럼 조용히 계획해서 음식물을 씹어 대면서 말이다. 이 소박한 가슴들 속에서 신은 다시 인간이 되고 있었다. 저 끔찍한 십자가에 다시 못 박혀 또 한 번 인류를 구원하고 있었다. 여인들을 등진 채 웅크리고 앉은 한 노인이 낭독 소리에 귀 기울이며 양치기용 지팡이에 새의 머리를 조각하고 있었다.

그리스도가 갈증으로 목이 타, 〈내가 목마르다〉고 절규하는 대목에서, 통통하고 젊어 보이는 한 여인이 흥분을 이기지 못하고 느닷없이 벌떡 일어서더니, 다정하기 그지없는 목소리로 부르짖었다. 「내 아들아!」 — 신을 자기 아들이라 부를 만큼 깊은 모성애에서 터져 나오는 여인의 절규에 내 가슴이 격렬하게 뒤틀렸다.

〈성스러운 월요일〉의 황혼이 내렸다. 키 크고 여윈 한 시골 사제가 일어나 머리를 덮었던 사제모를 벗자 잿빛 머리칼이 어깨 위로 떨어졌다. 그는 바다에서 올리는 저녁 예배 기도문을 읊기 시작했다.

다음 날인 〈성화요일〉, 우리는 에게 해를 뒤로하고 아나톨리아

고원으로 접어들고 있었다. 오른편은 — 아직 눈에 들어오지 않지만 — 아프리카 땅이고, 왼편 저 멀리 수평선 너머는 키프로스 섬이었다. 반짝이는 바다가 잔잔하고 포근했다. 붉은 점을 가진 검정 나비 두 마리가 선박 로프 위로 훨훨 날았다. 우리를 따라오던 굶주린 작은 참새가 나비 한 마리를 획 잡아채더니 삼켜 버렸다. 신경이 예민한 젊은 처녀 둘이 비명을 지르자 한 남자가 소리쳤다.「그만들 해! 애초에 그렇게 예정된 일이니까. 가녀린 숙녀여, 그대들은 하느님이 무엇이라고 생각하는가?」

나는 깊은 감동 속에, 태양이 타오르는 그 땅으로 다가가고 있었다. 멀고 먼 옛날 나자렛의 초라하고 작은 한 집에서 불길이 튀어 올라 인류의 심장을 지지고 다시 젊은 심장으로 만들었던 그 땅. 몇 달 전 내가 감행했던 또 다른 순례 길이 떠오른다. 현대판 새 예루살렘, 혼란에 시달리는 심장, 모스크바. 눈, 고요 속에 가없이 펼쳐지는 시베리아 대초원, 하늘에는 까마귀들과 잿빛 비행기들, 저 아래 지상에는 개미 떼같이 몰려 있는 사람들, 노동과 고통으로 등이 굽은 노동자와 농부들, 이 또 다른 〈성묘(聖墓)〉를 참배하고자 찾아든, 희고 노랗고 검은 온갖 인종들.

오늘날 생명은 2천 년 전과 다를 바 없는 부패 상태에 놓인 스스로를 발견한다. 그러나 정신과 가슴의 평정을 박살내는 오늘날의 문제들이 훨씬 더 가혹하고 복잡할 뿐 아니라 그 해결도 더 어렵고 유혈로 얼룩진다. 그 옛날, 소박하고 헤아릴 수 없이 온화한 목소리가 출현했고 구원이 마치 봄처럼 지상을 비추었다. 그러나 오늘날 그리스도의 말씀은 우리의 영혼을 더 이상 겁먹게 하지도 제어하지도 못한다. 우리의 행동 방향을 이끌지도 못한다. 이제 그것은 효력을 상실했다. 이는 무슨 의미인가? 진실되기를 멈추었다는 뜻이다. 노동하는 대중(오늘날 이 대중들은 필연적으로 새로운 해답을 찾아야 하는 운명이다)을 향해 이 지상에서의 삶은 아무 가치도 없으며 단지 사후의 삶을 위한 준비에 불과하다고 말하는 설교는, 현대를 사는 우리의 정신적 경험이나 가장 절실한 요구들과 철저히 상반된다. 살아 있는 사람 어느 누구도 이 말을 믿을 수 없다. 따라서 이것은 진실되기를 멈춘 설교인 것이다.

과거 인류의 의무(여기서 〈의무〉라 함은, 인간과 신의 만남이 어떤 형태를 띠는가를 말한다)가 무엇이었고 먼 미래 인류의 의무는 무엇이 될 것인가는 우리의 관심사가 못 된다. 오늘날 인류의 의무는 무엇인가? 이것이 크나큰 고민이다. 지난날 신이 디오니소스, 야훼, 예수, 아리만,[1] 브라만의 형상을 가졌다면 오늘날에는 역사적 가치를 지닌 것에 불과하다. 피와 눈물로 우리의 가슴을 비트는 모든 것들이 바로 우리 시대 신의 형상이다.

오늘날의 대중이 공장에서, 오두막에서, 그리고 죄지은 마음속에서 빚어내는 신의 형상이 진정 그들을 장악하려면 그들 자신의 형상과 닮은꼴이어야 한다. 굶주림 속에 일하는, 불의를 더 이상 참지 못하고 맞서 싸우는 〈노동자〉를 닮아 있어야 한다. 신(神)은 발에 양가죽 신을 신고 가죽 허리띠에 양날 도끼를 찬 저 옛날의 아나톨리아인들 같은 지도자가 되어야 한다. 배고픈 부족을 이끌고 탐욕스러운 자들의 곳간을 약탈하고 성(性)불구자들에게 속박된 하렘들을 강탈하는 칭기즈 칸이 되어야 한다.

그러면 지금 우리는 과연 무엇을 하러 예루살렘으로 가고 있는가? 마리아의 아들과 무슨 대화를 더 해야 한단 말인가?

우리 뒤에서 태양이 고요한 물속으로 잠겨 들며 황혼이 물든다. 동쪽에서 보름달이 황금 데스마스크처럼 조용하고 우울하게

---

[1] 고대 조로아스터교에서, 어둠과 거짓의 세계를 지배한다고 하는 악신.

솟아오를 때, 주교가 갑판 위에서 〈성수요일〉의 거룩한 예배를 주관했다. 지난봄에 우연히 작은 산간 마을의 교회에 들렀을 때, 주님을 향한 카시아니[2]의 열정적이고 애정 어린 절규를 들은 적이 있었다. 자그만 격자창으로, 멀리 탁 트인 전원을 내다보며 고뇌에 찬 여인의 한탄을 듣고 있자니 황홀하기 그지없었다. 그러나 오늘 밤 이 여인은 그 남자로부터 자신을 구원해 달라고 신에게 절규하며, 묻어 놓았던 슬픔과 한탄을 바다 위에 쏟아 내고 있다. 바다가 그 심정을 선동한다. 신선한 녹색 풀은 어지러운 마음과 의문을 달래지만, 바다는 그것을 깨워 일으킨다. 나는 내 주위의 사람들을 바라보고 있었다. 잘 차려입은 사람들은 무감동했다. 기쁨도 슬픔도 드러내지 않은 채 손목시계를 보며 일어섰다 앉았다 했다. 삼등칸에 따로 떨어져 듣고 있는 가난한 사람들은 얼굴에 빛이 환했다. 그들의 가슴은 뛰고 있었고, 얼굴과 손과 꾀죄죄한 옷들이 한순간 빛을 발했다. 주님도 자신들처럼 고통 받았다는 이 〈성주간〉[3]이 지나고 나면 그들은 다시 저 끔찍한 일상의 암흑으로 떨어질 것이다.

이제 달이 하늘을 차지해 버렸다. 대화가 재개되었고 한 노파가 어린 손녀에게 예수의 일생과 〈수난〉에 대해 들려주고 있었다.

---

2 Kassiani(810~867). 9세기 비잔틴의 시인으로서 미모와 지성, 매력으로도 유명했다. 전설에 따르면, 830년에 비잔틴 제국의 황제 테오필로스가 그녀의 미덕에 반해 황후로 맞고 싶어 했다. 그러나 대화를 나누는 과정에서 황제는 그녀의 뛰어남에 탄복하면서도 기분이 상하여 결혼하지 않기로 결정했다. 카시아니는 훗날 수도원을 짓고 거기로 들어가 종교적인 글을 쓰는 데 전념했다. 그녀의 작품 중에 잘 알려진 것으로 「카시아니의 찬가」가 있다. 사람의 심금을 울리는 이 시는, 예수가 문둥이 시몬의 집에서 식사를 하게 되었을 때 예수의 발을 씻어 주고 자신의 머리칼로 닦아 주었던 이름 모를 한 여인에 관한 내용으로 되어 있다. 그리스 정교회에서는 성주간 화요일에 이 감동적인 찬가를 부른다 — 원주.
3 부활절 전의 일주일.

손녀는 그 장엄한 이야기가 마치 한 편의 동화인 양, 이제 곧 죽임을 당하게 될 주인공 왕자를 전율 속에 따라가며 열심히 귀 기울였다. 나도 어둠 속에 숨어 함께 이야기를 들었다. 그 죽음의 행진이 그처럼 온전하게, 그처럼 힘 있게 이해되기는 처음이었다. 저 위대하고 소박한 하시디즘[4]의 창시자 랍비 나흐만[5]이 이런 말을 한 적이 있다. 「어떤 생각이 떠오르면 나는 내면에서 그것을 붙들고 열심히 작업한다. 그렇게 열심히 하다 보면 나도 모르게 남들에게 그것을 이야기하기 시작하는데, 그 순간 나는 그것이 일개 생각에서 벗어나 하나의 신화가 되는 것을 본다……」 지금 벌어지고 있는 상황이 바로 그랬다. 오직 저 할머니, 저 위대하고 순박한 마음만이, 신학상의 온갖 쓸데없는 억지 이론들을 자기 내면에서 그처럼 심오하게 가공하여 신화로 승격시킬 수 있었다.

선실로 돌아와 드디어 침상에 쭉 뻗고 누워 잠을 청하고 있을 때 뜻밖의 대화를 듣게 되었다. 동료 여행객 몇 사람이 배 밑창으로 내려와 열띤 토론을 하고 있었다. 어조로 보아 대단히 어린 듯한 한 청년이 편협한 광신주의에 사로잡혀, 우리 시대의 경제 및 사회 분야의 수치들을 입에 거품을 물어 가며 나열했다 — 거짓말, 도둑질, 불의(不義). 민중은 고통 받고 높은 놈들은 점점 더 부유해진다. 여자들은 몸을 팔고 사제들에겐 신앙이 없다. 여기 이 지상은 지옥과 천국이 공존하는 곳이다. 여기야말로 우리가 정의와 행복을 요구해야 하는 곳이다. 다른 생이란 건 없다……. 또 한 사람은 러시아에 대해 이야기했는데, 흥분에 싸인 그의 상상 속에서는 러시아의 모든 것이 옳고 신성한 것 같았다. 〈프롤레

---

[4] 18세기 초 폴란드에서 발흥한 유대교 신비주의의 한 파.
[5] Rebbe Nachman(1772~1810). 폴란드 하시디즘의 창시자. 랍비 이스라엘 발 솀 토브Israel Baal Shem Tov의 증손자이다 — 원주.

타리아〉, 〈계급투쟁〉, 〈레닌〉 따위 물신 숭배적 용어들이 그의 오장 육부에서 사도(使徒)적 불길과 함께 치솟았고 그 불길이 그의 입술을 태우고 있었다.

여러 명의 고함 소리가 들려왔다. 「그래, 그래, 자네가 옳아! 불과 도끼야!」 단 한 사람 — 날카로운 목소리로 짐작컨대, 우리와 함께 여행 중인 사제였다 — 이 동의하려 들지 않았다. 하지만 그의 목소리는 고함과 비웃음 속에 잠겨 버렸다. 그리고 별안간 침묵의 춤이 시작되었다⋯⋯.

나는 베개에서 벌떡 일어나 열심히 귀 기울였다. 나의 상상 속에서 배 밑창은 새로운 카타콤[6]이 되어 있었다. 현대판 노예들이 모여 다시 한 번 지상을 날려 버릴 음모를 꾸미고 있는 곳. 나는 즐거운 탄성을 삼키느라 애를 먹었다. 지금 우리는 하느님의 그 친숙한 얼굴 — 약속들로 가득한, 미래의 사후 보상들로 가득한, 저 온화하고 순교자적인 얼굴 — 을 숭배하고자 가는 길이 아닌가. 낮에 본 노파들은 그에게 줄 선물을 챙겨 들고 있었다. 양초, 은 봉헌물, 뜨거운 기도. 위층 일등칸에 탄 불신자(不信者)들은 조용하게, 근심 걱정 없이, 돈과 정치에 대해 이야기하고 있었다⋯⋯. 그리고 그 아래쪽, 배 밑창에 있는 우리는 무시무시한 선물을 운반하고 있었다 — 완전히 새로운, 아직 형태도 갖추지 못한 유아적 단계의 신통(神統) 계보학의 정충(情蟲).

우리가 참으로 허망한 시대를 살고 있다는 것을 가슴 깊은 곳에서 다시 한 번 느꼈다. 성스럽고 소중했던 세계는 사라지고 있다. 그 대신 새로운 세계가, 피와 진흙과 불이 넘쳐흐르고 생명으로 가득 찬 격렬한 세계가, 지상에서 그리고 인간의 가슴에서 솟

---

[6] 초기 로마 기독교도의 피난처이자 집회장으로 쓰였던 지하 묘지.

예루살렘

아오른다. 그것이 모든 배들에 걸터앉아 여행을 계속한다.

아침이 되자 뿌연 안개 사이로 〈약속의 땅〉이 멀리 눈에 들어오기 시작했다. 처음에는 바다 위의 한 줄 선에 불과하더니 잠시 후 옛 유대[7]의 나지막한 산들이 등장하기 시작했다. 산들은 처음에는 잿빛으로, 그러다 부드러운 담청색으로, 마지막에는 강렬한 햇빛 속에 잠겨 버렸다. 금발처럼 펼쳐진 모래사장 옆으로 어두컴컴해 보이는 하이파. 그 왼편으로, 유대인들의 새 도시 텔아비브 — 〈봄의 언덕〉 — 를 볼 수 있었다.

육지 쪽에서 굶주린 갈매기 몇 마리가 날아와 머리 위를 맴돌았고 로프 위에 앉는 나비의 수도 점점 많아졌다. 노파들이 일어나 짐 보따리를 챙기고 검정 수건을 머리에 두르더니, 십자가를 긋고 울음을 터뜨렸다.

모래, 정원들, 미끈한 아랍 여인들, 야생 무화과, 대추야자. 〈성도〉로 올라가는 자동차들이 요란하게 털거린다. 사람들의 심장이 방망이질치고 있다. 그러다 어느 순간, 햇빛에 잠겨 흐르는 듯한, 바위같이 무뚝뚝한 광경이 우리 앞에 펼쳐진다. 선창들, 총안이 있는 흙벽들, 요새의 문들. 하얀 젤라바, 녹색과 붉은색의 숄, 동방의 향신료 냄새, 썩은 과일 냄새와 사람 땀 냄새. 수천 년 묵은 듯한 사나운 고함 소리들, 무덤들에서 솟아오르는 유령들, 피로 물든 바위들이 모두 소생하면서 절규한다.

---

[7] 팔레스타인 남부 지방으로서, 페르시아, 그리스, 로마의 지배하에 있었다. 현재는 이스라엘 서남부 및 요르단 서부에 흡수되어 있다.

예루살렘

나는 탐욕스럽게 눈을 부릅뜨고 〈성스러운 무덤〉 입구에 서 있다. 오늘은 〈성토요일〉이다. 〈그리스도 부활 교회〉가 마치 거대한 벌집처럼 윙윙거린다. 페스 모를 쓰고 갖가지 색상의 지저분한 젤라바를 걸친 채 열에 들떠 흐릿한 눈으로 아랍어를 외치는 기독교인들이 타일 바닥 위에 떼 지어 몰려 있다. 교회 아치들 밑에는 그곳에서 밤을 보낸 남녀들이 밀짚 돗자리나 깔개, 누더기 위에 뻗어 있다. 임박한 경이의 순간, 〈성스러운 무덤〉의 덮개에서 신성한 빛이 뛰쳐나올 그 순간을 기다리고 있는 것이다.

오렌지색의 아라비아풍 도안이 들어간 회색 물주전자, 청량음료, 셔벗, 레몬 따위가 교회 야영지에 생겨난 이 인간 미로 사이에서 손에 손을 거쳐 전달된다.

위대한 성상들 밑에서 사람들이 휴대용 버너로 커피를 끓이고, 어머니들은 수많은 대중 앞에 가슴을 드러내고 아기에게 젖을 물린다. 지독하고 불쾌한 사람 냄새가 공중에 가득하다. 뜨거운 밀랍, 기름, 여자들의 머리칼에서 양 떼 냄새 비슷한 구역질 나는 냄새가 풍겨 온다. 아랍 사람들 사이에 떠도는 고약한 염소 냄새는 정말 참기 어렵다. 웃음, 눈물, 비명 같은 소리들. 성가를 부르는 사람들도 있고, 어두컴컴한 교회 모퉁이에서 아내와 함께 얼룩덜룩한 담요 밑에 몸을 넣고 빈둥빈둥 시간을 보내는 사람들도 있다. 짙은 냄새가 풍기는 컴컴한 곳을 지나갈라치면 희롱당하는 젊은 여인들의 간드러진 웃음소리와 부딪히게 된다.

야자수처럼 마르고 호리호리한 아비시니아인 귀족이 녹색의 비단 망토를 두른 채 군중 사이로 활보한다. 한 아랍 여인이 오더니 내 맞은편에서 무릎을 꿇는다. 매끄러운 피부와 강물 속 동물처럼 까만 눈을 가진 살진 여인이다. 그녀의 젖가슴은 축 늘어져 복부에 닿아 있다. 숨 쉴 때마다 뒤범벅이 된 냄새들 속에서 입 냄새가 둥둥 떠오른다 — 포도주와 마늘에서 오는 냄새도 있고, 타고 있는 초와 유향에서 오는 냄새도 있다. 이따금 예기치 못한 신성한 4월의 장미 향도 스쳐 간다. 고개를 돌려 본다 — 장미를 들고 〈무덤〉으로 향하는 농부의 아내이 방금 막 지나갔다.

갑자기 땀에 전 검은 머리의 군중이 밀려와 폭풍우 치는 숭배자들의 바다에 합류한다. 또 다른 아랍인들이 여섯 개의 날개가 달린 특유의 천사 상과 각등, 자기들 몸집만큼 엄청나게 큰 초들을 들고, 교회 안뜰로 밀려들어 오고 있다. 딱딱하고 무심한 영국인들이 지팡이를 들어 자신들의 머리를 가린다. 그러나 아랍인들의 열광에 빠진 비명은 계속된다. 한 노인이 입에 거품을 문 채, 인간 미로의 어깨들 위로 올라가, 칼집에서 빼낸 두 개의 검을 공중에 휘두르며 이 어깨 저 어깨로 뛰어다닌다. 노인이 어깨들 위에서 비명을 질러 대며 춤을 춘다. 눈은 흰자위만 보이고, 그의 허리에 빙 둘러 놓은 초들이 강렬한 열기 속에 뚝뚝 녹아내린다.

잠시 후 아르메니아인들이 온갖 기(旗)를 공중에 휘날리며 그 현장으로 몰려간다. 노란 셔츠로 차려입은 어린 성가대 소년들의 신선한 목소리가 짙은 대기 속으로 솟아오른다. 곧이어 콥트교도, 시리아인, 아비시니아인, 베두인족 양치기들, 마론파,[1] 광활한 러시아 땅에서 온 옅은 황갈색 머리의 러시아인 대여섯 명이 등장한다. 차가운 표정의 미국인도 몇 명 있는데, 그들은 활활 타오르는 아시아인들의 용광로 속에서 왠지 우스꽝스러워 보인다. 높다란 원뿔 모양의 머리띠와 순백의 숄 차림으로 베들레헴의 여인들이 들어온다. 온갖 색상의 물결들의 맹습, 마치 군사가 도착한 듯 활기찬 반격의 리듬.

교회는, 기둥에 기어오르고 신도석에 걸터앉고 여자들 구역 위에 매달려 있는 숭배자들로 넘쳐 난다. 흥분과 희열에 사로잡힌 모든 눈들이 교회 중앙의 자그만 덮개에 못 박혀 있다. 총(總)주교[2]는 이미 그 안에 들어가 있다. 이제 몇 초 후면 거기에서 신성한 빛이 튀쳐나올 것이다.

낙타 털로 만들어진 천 조각으로 머리를 야무지게 묶은 농부가 한 아랍인의 어깨 위로 뛰어올라, 붉은 리본들로 장식된 큼직한 흰 초를 공중에서 흔들어 대며, 예수를 향해 서서 나와 주십사 열광적으로 소리치기 시작한다. 거대한 대중이 모두 한 몸이 되어 광기로 빠져 든다. 가무잡잡한 팔들이 이리저리 휘둘리고, 여자들의 팔에 걸린 은고리가 짤랑거리고, 헤나를 칠한 여자들의 손톱이 마치 핏방울처럼 번득인다. 모든 아나톨리아인들 — 아랍인, 베두인족, 아비시니아인들 — 이 고개를 길게 뺀 채 고함치고 깔깔대고 한숨짓는다. 한 청년이 졸도하자 목석이 된 그를 군인들이 들어 올려 안뜰에 내려놓는다. 순백의 예복에 붉은 어깨

---

1 로마 가톨릭에 귀속된 동방 교회계의 한 교파로서 주로 레바논에 거주한다.
2 5세기 이후 동방 정교회에서 로마, 예루살렘, 알렉산드리아, 안티오키아, 콘스탄티노플의 주교에게 내린 칭호. 현재는 이스탄불(콘스탄티노플), 알렉산드리아, 안티오키아, 예루살렘, 러시아, 세르비아, 루마니아, 불가리아 등 여덟 교회의 주교가 이 칭호를 사용한다.

띠를 두른 비쩍 마른 마론파 노(老)사제가 입에 거품을 물고 타일 바닥에 쓰러진다. 그러자 팔과 턱에 십자가와 인어, 성서 구절들로 문신을 새긴 늙은 여자들 한 무리가 물밀듯 밀려와 쓰러져 있는 사제에게 덤벼든다……. 그리고 그 간질 환자를 만져 보려고 깩깩거리며 서로 밀치고 나온다. 원시적인 영혼의 소유자인 그들은, 경련을 일으킨 이 육신을 눈에 보이지 않는 경이로운 능력이 급습한 것이라 생각한다.

바닥을 덮고 있는 거대한 대리석판 ─ 예수가 십자가에서 내려진 뒤 뉘어졌다는 석판이다 ─ 을 얼마나 핥고 입을 맞추었는지 다 닳아 버렸다. 2천여 년에 걸쳐 저 인간 대중들이 그 위에 엎어져 입 맞추면서 부식시킨 것이다. 사람들은 먼저 손바닥으로 가볍게 대리석을 만져 본 다음 얼굴과 목을 대고 세 차례 비벼 댄다. 붓다가 이런 말을 했다. 「공작 깃털 하나가 10만 년에 한 번씩 화강암 산을 스친다 해도 그 산이 닳아 없어지는 날은 오게끔 되어 있다.」 같은 이치겠지만, 무수한 신자들의 발이 이 교회의 바닥 타일과 안뜰을 마모시켜 놓았고, 〈예수의 무덤〉, 골고타의 절벽, 천사가 굴렸다는 〈바위〉 등 모든 것이 사람들의 입술에 의해 부식되었다.

내 옆에 있는 동방 정교회 사제가 콥트교도들과 라틴 민족, 아르메니아인들을 의심과 증오의 눈길로 바라본다. 그가 몸을 숙여 숨죽인 목소리로 나에게 말한다.

「이 교회의 모든 것이 우리 동방 정교회의 것입니다. 신성한 성소들도 모두 우리 것이죠. 하느님께서 저주하셨던 저 이교도들이 우리에게서 그것들을 빼앗고 싶어 하지만 이 분쟁 구역에 쇠창살로 울타리를 세워 아무도 발 들여놓지 못하게 할 것이오! 우리가 저 아비시니아인들에게 무엇을 주었는지 보시오, 바위 하나요.

이제 무슨 일이 있어도 저들에게 1센티라도 더 내주는 일은 결코 없을 것이오. 우리는 아르메니아인들을 몰아낼 것이오. 저들은 이미 경계선을 넘어와 우리의 땅에 서 있어요. 라틴족들이 무어라고 말하든 모두 거짓말이오. 그들의 성소는 모두 조작된 것들이오. 저들을 몰아낼 수 있는 날이 오기를 나는 하느님께 빌고 있소!」

나는 이렇게 응수했다. 「나는 당신들의 마음이 사랑으로 충만해지는 날이 오기를 하느님께 비오. 신성한 빛이 이제 당신들의 초에 내려앉지 말고 음험하고 반(反)그리스도적인 당신의 정신에 파고들기를!」

농부 한 무리가 지나가면서 우리 둘을 갈라놓았다. 그들은 혀를 내밀고 휘파람을 불고 깔깔거렸다. 눈병이 그들의 눈을 좀먹었고 치아가 하얗게 번쩍거렸다. 남자들은 키가 크고 여위고 민첩한 몸을 가졌으며, 뚱뚱하고 흉하게 생긴 여자들은 구리 동전이 꿰어진 줄을 이마에 단단히 감고 있었다. 번들거리는 그들의 입술에 원기가 넘쳐흘렀다.

이윽고 제단 쪽에서 감미로운 멜로디가 흘러나온다. 안내인들이 손잡이가 은으로 된 기다란 지팡이로 리듬에 맞춰 타일을 율동적으로 치고 있다. 그들이 서서히 앞으로 나아가며 길을 만든다. 어린이 성가대가 앞으로 움직이고, 금빛 제의를 걸친 수석 대주교들과 주교들이 뒤따른다. 눈처럼 새하얀 턱수염과 피곤해 보이는 큰 눈, 길고 가느다란 하얀 손가락을 가진 총주교가 문턱에 등장한다…….

기도가 시작되고 종이 울리면서, 온갖 색상의 머리들 위로 신성과 광란의 바람이 휩쓸고 간다. 나는 인간 심장의 전능함, 그 따뜻함을 다시 한 번 느낀다. 손들이 위를 향해 뻗고 발들이 춤추고 심장이 뛰면서 〈구세주〉를 향해 절규한다. 보이지 않는 존재가 허공을 꽉 채운다. 이 교회에 사제들과 문명인들만 없었다면 농부들이 예수를 부활시켰을 것이다. 농부들은 허공에서 예수를 응축시켜 지상으로 내려오게 했을 것이다. 예전처럼 관념이나 유령의 모습이 아닌 살과 목소리를 가진 형태로 말이다. 그에게 물고기와 꿀을 주어 먹게 했을 것이다. 그들이 그를 만지면 두 손이 가득 채워졌을 것이다. 그가 걸으면 타일 바닥이 울렸을 것이다. 「신에게는 귀가 없었다.」 인도의 어느 철학자가 말했다. 「신은 듣지를 못했다. 그러나 고통에 빠진 인간이 절규하자 신은 마지못해, 억지로, 인간의 불행을 들어줄 귀를 만들어 냈다.」

오늘 나는 농부들을 바라보면서, 인간의 심장이 어떤 식으로 하늘과 땅을 창조했는지 이해하게 되었다. 그것은 보이지 않는 능력들을 끌어내려 살로 옷을 입히고 무한성의 입을 막을 목소리를 주었다.

총주교가 상체를 굽히고 홀로 〈성스러운 무덤〉의 거룩한 덮개로 들어갔다. 바다 같은 군중이 전율하는 가운데 잠시 침묵이 흘렀다. 어머니들이 아기에게도 보여 주려고 아기를 어깨 위로 들어 올리고, 농부들은 입을 쩍 벌린 채 침을 주르르 흘리고, 유럽인들도 발끝으로 서서 호기심 속에 지켜보았다. 일각일각이 우리의 머리 위로 둔탁하게 떨어지고 있었다. 허공이 탱탱하게 긴장하여 북 가죽처럼 찢어졌다. 그러던 어느 순간 〈성스러운 무덤〉의 나직한 문에서 난데없이 광채가 퍼져 나왔다. 총주교가 하얗게 불 밝힌 초들이 꽂힌 커다란 촛대를 들고 나타났다. 교회가 바닥부터 천장까지 순식간에, 타오르는 초의 불빛으로 홍수를 이루었다. 너나없이 빛을 받으려고 총주교 쪽으로 밀려갔다. 어떤 이는 두꺼운 양초를 들고 가고, 어떤 이는 서른세 개짜리 촛대를 들고 있었다. 사람들은 불꽃 속에 양손을 넣었다가 그 손을 얼굴과 가슴에 대고 재빨리 비볐다. 잠시 후 사람들은 두 손을 오므려 불이 붙은 초를 감싼 채 교회 안뜰로 쏟아져 나와 각자의 집으로 달려갔다.

교회가 텅 비었다. 그 엄청난 소음, 열광적인 군중, 온갖 잡색의 누더기들. 그 모든 것이 기이하고 비현실적인 한 편의 꿈처럼 느껴졌다. 그러나 홀로 교회 내부를 거닐다가 밑을 내려다보면서, 나는 아나톨리아의 그 모든 환영이 현실이었다는 것을 깨달았다. 타일 바닥 위에, 저 경외로운 환영의 잔해들이 떨어져 있는 것을 보았기 때문이다. 호박씨, 오렌지 껍질, 올리브 씨, 그리고 부서진 음료수 병들.

파스카[1]

　부활절 오후, 나는 환한 햇살에 잠긴 〈그리스도 부활 교회〉 경내를 거닌다. 여기저기 짓밟힌 채 흩어져 있는 레몬꽃들이 감귤과 부패의 뒤섞인 냄새로 공중을 채운다. 〈십자가 강하〉가 묘사된 돌 앞에 늙수그레한 여인이 무릎을 꿇고 있고, 그 옆에는 창백한 안색의 딸이 서서 자신의 결혼 지참물들을 어머니에게 하나씩 건네고 있다. 나이 든 어머니가 그 물건들을 반짝이는 돌 위로 지나 보내며 고래(古來)의 은밀한 액막이 주문을 중얼거리는 모습이 애처롭다. 신부의 가운으로 쓰일, 촘촘히 바느질된 두꺼운 잠옷, 장미색의 아나톨리아 스타킹, 베갯잇, 홑이불, 수건, 구리 팔찌와 달랑거리는 은 귀고리……. 처녀는 아직 때를 맞지 않은 짐승처럼 태연하고 무심하게, 정화된 지참물들을 어머니의 손에서 되받아 노란 여행용 천 가방에 넣고 납작해지도록 토닥거린다.

　서유럽 출신 사제들은 황급히 지나간다. 지저분하고 땀에 전

---

[1] 유월절. 고대 히브리 민족이 하느님의 도움으로 이집트에서 탈출한 것을 기념하는 봄의 축제로서 예수의 부활도 이 기간에 이루어졌다. 따라서 히브리 민족의 전통을 중시하는 동방 교회들은 유월절과 연계하여 부활절을 기념했고, 성서 기록을 강조하는 서방 교회들은 별도의 날을 부활절로 잡았다. 7세기에 이르러 양측 간의 절충이 이루어지기는 했으나 각자의 종교적 전통은 그대로 이어지는 상황이다.

매부리코의 아르메니아인들과 여윈 아비시니아인들은 성상들 앞에서 걸음을 멈춘다. 말라비틀어진 그들의 몸에서는 구운 옥수수 같은 냄새가 난다.

두 개의 기둥 사이에 걸린 아치 밑에, 젊은 축에 속하는 아랍인 사제가 서 있다. 비쩍 마르고 골격이 작으며 드문드문 검은 턱수염이 나 있다. 그는 기다란 등나무 지팡이에 턱을 괸 채 시선을 고정시키고 타일 바닥만 내려다본다. 그의 옆에는 검은 겉옷을 두르고 하얀 부활절 초를 든 젊은 아랍 여인이 울며 서 있다. 그녀도 호리호리한 몸매에 커다란 눈을 가졌다. 여자가 젊은 사제에게 부드럽고 다정하게 이야기하고 있다. 그를 쳐다보지는 않는다. 나는 기둥에 기대서, 그 여인의 알 수 없는 한탄에 한참 귀를 기울였다. 희망을 놓아 버리고, 바다를 향해 매끄러운 조약돌 위를 흘러가는 물줄기의 소리를 듣고 있는 것 같았다. 그렇게 깊은 감정으로 녹아내리는, 그렇게 처절한 체념 속에 남자를 향해 흐르는 여인의 마음을 느껴 보기는 난생처음이었다.

오늘 부활절을 맞아 나에게 깊은 즐거움을 준 것은 그것뿐이었다. 내 속에서는 결코 부활이란 없음을 느끼며, 나는 헛되이 교회 경내를 오락가락했다. 아토스 산[2]이 떠올랐다. 믿어 보자고 스스로 굳게 약속했던 일이 떠올랐다.

내가 아토스 산에 간 것은 마음을 가라앉히고, 활짝 꽃핀 황야를 보기 위해서였다. 그리하여 어둠이 내리거나 일몰의 순간에 나도 내 문간에서 주님을 맞이하고 싶었다. 자제할 수 없는 불길이 내 속에서 타올랐고, 여자와 신과 사상들을 향한 형언할 수 없는 성욕이 솟구쳤다. 나는 그런 것들의 차이점을 느낄 수 없었다.

---

2 그리스 동북부의 산으로, 스무 개의 수도원이 있는 동방 정교회의 중심지이다.

나의 욕망들 중 어느 것도 견고한 형태를 가진 것이 없었기 때문이다. 나는 내 속에서, 모든 자연적 본능들, 낡은 유산들, 새로운 열정들을 최대한 고문하여 변화시키고 싶었다. 〈아, 《사랑》과 《침묵》이 나에게 모든 것을 줄 것이다.〉 나는 생각했다. 〈그 두 가지야말로 창조의 순간에 신을 보조했던 태고의 힘들이다.〉

〈아! 나는 사회라는 단조로운 쳇바퀴에서 멀리 떨어져, 인간 가축 떼의 우리를 뛰쳐나와, 이렇게 홀로 자유롭게 존재한다! 걷고 또 걸어도 태양과 바다와 암석들만 보인다. 내 배 속이 마치 신의 위대한 나무에 달린 두 갈래로 찢어진 잎사귀들처럼 흔들리는 것을 느낀다!〉

시원스럽고 눈부신 물결 저 위로 비잔틴 수도원들이 모습을 드러냈다. 마치 물에서 금방 나와 물기가 뚝뚝 떨어지는 조약돌들 같았다. 근처 해변에서 수도승들이 몸을 굽히고 물고기가 가득 담긴 후릿그물을 끌어당기고 있었다. 조금 더 가니, 배 한 척이 조선소로 인양되어 있었다. 노들을 가슴에 가로질러 놓은 채, 햇빛에 흠뻑 젖어, 몸을 쭉 뻗고 정박지에 누워 있었다.

이런 기적이! 이런 고독이! 이런 축복이! 나는 올라가면서 생각했다. 그리고 처음 마주친 수도원으로 들어가 낡고 닳은 문턱을 넘어 바깥쪽 안뜰로 들어섰을 때 알 수 없는 따뜻함이 나를 사로잡았다.

「주여!」 나는 침묵 속에 외쳤다. 「당신이 누구이든 나를 도와주소서! 내 정신이 기쁨과 행복을 초월하여 상승할 수 있도록! 지고의 만족을 추구하도록, 극기와 고통의 길을 따라가도록!」

어둑어둑하고 서늘한 교회는 성인과 천사들로 가득 차 있었다. 기둥 꼭대기마다 석조 비둘기들이 문자들과 양 머리, 탐스러운 돌 포도송이를 매단 줄기들과 뒤얽혀 있었다. 나는 보이지 않는 영기로 둘러싸인 느낌이었다. 치품천사와 지품천사들이[3] 둥근 천장에서 미끄러져 내려와 나를 더듬는 것 같았다.

서늘한 어둠 속에서 성모 마리아의 연민과 슬픔에 찬 커다란 두 눈이 빛을 내고, 향냄새 가득하고 어스레한 공중에서 그녀의 강인한 턱이 반짝거렸다.

나는 성모 마리아 앞에 서서 말하기 시작했다.

「글리코필루사,[4] 바다의 여주인. 오, 하늘과 땅이 품을 수 없는 〈그분〉을 품었던, 인류의 가슴이여. 오, 공적이여, 오, 열 번째 뮤즈여, 오, 절규하는 자 성모 마리아여, 당신은 아랍인들이 개미떼같이 몰려와 신성한 빛을 짓밟고 있음을 저 멀리서 간파했던 변경의 파수병처럼, 위험을 알리는 절규를 전했습니다.

그리고 아펠라티키[5]를 가볍게 휘두르는 〈여(女)사령관〉으로 일어섰습니다. 예라코쿠두나[6]와 은으로 된 차프라시아[7]가 쩔렁대며 울렸고 당신의 순결한 가슴은 〈만월〉처럼 빛났습니다.

하느님과 죽음의 기쁨을 맛볼 기회가 무르익자, 모든 청년들이 일어나 여장부인 당신을 물밀듯 뒤따랐습니다!

당신은 피를 두려워하지 않고 갑옷 소리 쩔렁대며 지상의 투사 하느님을 성큼성큼 뒤따르는 기독교인 니케[8]와도 같이 내 마음

---

3 기독교에서, 각각 최고 계급과 제2계급에 속하는 천사들.
4 다정한 입맞춤의 성모. 왕관을 쓴 성모와, 왼손을 뻗어 어머니의 턱을 만지는 아기 예수가 새겨진 성상. 전설에 따르면, 이 성상은 성상 파괴주의자인 테오필로스 황제 때 화를 피해 신비롭게도 성산(聖山)으로 찾아갔으며, 현재 그곳에 보관돼 있다 — 원주.
5 비잔틴 제국의 국경 수비대가 사용했던, 대못 박힌 무기 — 원주.
6 크레타의 현악기 수금(竪琴)에서 발견되는 청동 종(鐘)들 — 원주.
7 비잔틴 병사들이 착용했던 무릎용 철판. 장식용인 동시에 전투 때 부상 방지의 목적을 겸했다 — 원주.
8 그리스 신화의 승리의 여신.

을 흔들어 놓습니다!」

내 마음은 이렇게 말하고, 내가 이 수도원 저 수도원 방랑하는 동안 춤을 추었다. 나는 그곳 수도원들 중에서 가장 엄격한 곳을 택하고 싶었다. 나도 완벽한 고행을 할 수 있도록 말이다. 단기간이 될지 장기간이 될지 혹은 영원이 될지는 나도 알 수 없었다. 다만, 철저하게 홀로 남겨져 몇 달 동안 침묵해야 한다는 생각뿐이었다.

나는 프로드로모스[9] 수도원을 지정받았다. 바다 바로 위, 물도 나무도 없는 황량한 낭떠러지에 박힌 외딴 수도원이었다. 해변에서 경사를 타고 올라가는 좁다란 길을 한 시간 동안 걸어 올라가 내 방 문간에 도착했다. 작은 방 두 개와 프레스코화로 뒤덮인 폐허같이 낡은 예배당이 내 전용 공간이었다. 프로드로모스는 성화벽 오른편의 성상 속에서 예수 바로 옆에 서 있었다. 호리호리한 녹색 몸통에 왕방울 같은 노란 두 눈을 가진 그는 마치 메뚜기 같아 보였다. 게다가 발끝으로 서 있는 것을 보면 그는 걷는 것이 아니라 이 나무 저 나무로 건너뛰지 않을까 싶었다. 양어깨 뒤로, 마치 거대한 불꽃 혀 같은 커다란 날개가 두 개 돋아 있어 그 말라비틀어진 육신에 불이 붙어 타오르고 있는 것처럼 보였다. 혹은 세상을 통째로 태워 버리기 위해 불붙은 채로 펄떡펄떡 뛰어다니는 것 같았다.

나는 문지방을 내려다보며 고행 계획을 짜느라 처음 며칠을 보냈다. 숫자가 동원되고, 논리적 순서와 기하학적 광기가 동원되었다.

나는 나 자신을 두 개의 진영으로 나누었다. 상층과 하층, 밝은

---

9 세례 요한. 〈예수의 선구자〉란 뜻 — 원주.

곳과 어두운 곳, 영혼과 육체. 그리고 이 두 진영 사이에서 전쟁을 벌였다. 〈육신의 욕망들을 최대한 진압할 것이다.〉 나는 추론했다. 〈육신이 잠을 원하는가? 그렇다면 나는 깨어 있을 것이다. 육신이 먹고 싶어 하는가? 나는 단식할 것이다. 육신이 쉬고 싶어 하는가? 나는 일어나 산을 오를 것이다. 육신이 추워하는가? 나는 발가벗고 암석들 사이를 돌아다닐 것이다.〉

나는 차츰차츰 더 높은 수준의 전리품을 목표로 정했다. 〈육체를 정복하고 나면 영혼으로 방향을 돌려 그것도 두 진영으로 나눌 것이다. 높은 수준과 낮은 수준, 인간의 측면과 신의 측면. 나는 소소한 지적 기쁨들 — 책, 예술, 논리, 학식 — 과 싸울 것이다. 기정사실로 공인된 미덕들 — 정의와 자비, 우정, 인내, 공경 — 과 싸울 것이다.〉

그리고 또다시 승리하고 나면 새로운 절단(切斷)을 목표로 하리라 마음먹었다. 〈최후의 적(敵), 《희망》과 더불어 추락하라. 그리고 아무 보상 없이 깊은 어둠 속에서 나를 태워 줄 신의 불꽃과 더불어 높이 솟아오르라!〉

내가 겪은 고통과 거기에서 오는 형언할 수 없는 달콤함을 묘사하기란 불가능하다. 그렇게 석 달이 지나자, 나는 단식과 고통으로 인해 일어설 수도 없게 되었다. 두 눈은 쑥 들어가고, 귀에선 윙윙대는 소리가 나고, 팔다리는 〈메뚜기〉의 팔다리처럼 변해 버렸다.

그렇게 고통 속에 밤이 가고 낮이 갔다. 아직 결단을 내리지 못하고 있던 어느 날 아침, 갑자기 내 속에서 비웃는 목소리가 솟구쳐 올라왔다.

「넌 떠날 거야!」

나는 앙심을 품고 맞받아쳤다.

「너의 허락 따위는 필요하지 않아! 그래, 난 떠날 거야.」

「연극배우! 잔뜩 겁먹고 나태한 탓에 고함지르고 수사(修辭)를 늘어놓지 않고는 제 영혼과 직면하지 못하지. 넌 떠날 거야! 이곳은 춥고 배고프지만 저기 아래로 내려가면 훨씬 더 안락하지. 이곳에서는 네가 볼 사람도 너를 봐줄 사람도 없어 — 관객이 없는데 미덕이 무슨 가치가 있겠어? 박수 쳐 줄 숭배자들이 없는데 우리가 무슨 배우라고 할 수 있겠어? 으! 난 너와 함께 처박혀 있는 게 정말 지긋지긋해!」

「넌 누구지?」

「나는 네 뱃속에서 끝까지 자지 않고 지켜보는 〈눈〉이지. 네가 좋든 싫든, 네가 앞으로 나아가든 뒤로 물러나든, 너의 파멸 속에서, 너의 노예 상태 속에서, 냉혹하게 너와 함께 걸어가지!」

「난 널 원하지 않아! 나는 인간이야, 살과 진흙과 정신이 모두 하나로 합친 존재야! 그런데 지금 나의 모든 것이, 심장은 물론 이마와 그 위까지 모조리 불타오르고 있어! 고독은 내 마음을 가라앉히지 못해, 예수는 더 이상 내 영혼을 구해 줄 수 없어, 준엄한 목소리가 나를 부르고 나는 그것을 따르지. 나는 연극을 하고 있는 게 아니야. 따라서 관객도 필요 없어.」

「나는 너에게 요구하는 것이 아니야! 난 네 속에 있어, 나는 너를 타고 가는 마부야. 다만 나는 소멸되지 않지만 너는 떠나게 되어 있지. 물과 흙과 불과 바람으로 만들어진 덧없는 노리개여! 존재하는 것은 오직 나뿐이야!」

「대체 너는 누구지?」

「가엾은 인간, 그토록 오랜 세월 너와 함께해 온 내가 누군지 모른다고?」

목소리는 이렇게 조소하고 탄식하다 점차 사라졌다.

오마르의 모스크

 두 개의 위대한 〈수태 고지〉 — 기독교적인 것과 그리스적인 것 — 가 내 마음속에서 불꽃처럼 일어나 신비한 합일을 이룬다.
 기독교적 〈수태 고지〉에서는, 천상의 한 활기찬 〈천사〉가 백합 한 송이를 들고 하늘에서 내리 닥친다. 넋이 나간 〈동정녀〉는 벌벌 떨며 방금 막 열린 문을 향해 온몸을 돌린다. 그리스의 〈수태 고지〉에서는, 진흙탕에서 아주 눈부신 〈백조〉가 올라와 오랜 관례대로 여자의 몸에 친밀하게 접근한다. 여자는 흔들대는 기다란 목을 향해 자포자기와 공포 속에 몸을 굽히고, 통증과 수치심에 사로잡혀 간청하듯 양 손바닥을 쳐든다. 그러나 그녀에겐 그 짐승에게 저항할 힘도 의지도 없다······.
 오늘 나는 세 번째 〈수태 고지〉를 보았다. 여기에서는 천사가 하늘에서 내려오지도 않고 짐승이 흙탕물에서 나오지도 않는다. 이 지상에서, 남자가 여자에게, 열렬하게 인간적으로, 〈좋은 소식〉을 가져다준다.
 오마르의 모스크 주위를 걷노라면 내 가슴은 마치 낭떠러지 위에 선 아이처럼 태평스레 뛰논다. 나는 하늘을 향해 몸을 뻗지 않는다 — 나에게는 이 지상이 멋져 보인다. 나의 이 조국은 내 영혼과 육신을 위해 특별히 제작되었다. 요전 날 아르메니아 중심부에 있는, 쿠르드족에 포위된 에리반에서 지친 몸과 불안한 마음으로 배회하던 일이 떠오른다. 문들은 빗장이 쳐졌고, 거리는 적막하고, 두꺼운 덧문 뒤에서 여자들과 아이들이 울부짖고 있었다. 나는 고뇌와 분노로 가득 차 홀로 방황했다. 그때 갑자기, 이글거리는 한낮의 햇볕 속에, 또 다른 성스러운 모스크가 홀연히 내 앞에 솟아올랐다. 토대부터 둥근 지붕까지 온통 녹색, 청색의 자기와 산호색 꽃으로 뒤덮여 있었다. 내 피가 당장 가라앉기 시작했고 마음엔 희열이 솟았다. 아랍풍의 뾰족한 아치 밑 시원한 그늘 속에 앉아 있으니 모든 것이 좋고 옳은 것처럼 보였다. 발에 물집이 잡히도록 행군한 끝에, 죽음이 아니라 시원한 그늘을 받은 것이다.

오늘도 그와 비슷하다. 기독교적 이상을 받들어 지상을 경멸하고 지상을 떠나왔건만 이 오마르의 모스크가 흙으로 내 마음을 위로하고 화해시킨다. 햇빛 속에서 찬란하게, 즐거움에 가득 차 온갖 색상으로 반짝이는 모스크가 마치 거대한 수컷 공작새 같다.

나는 예루살렘의 오래된 선창 너머에 있는 넓은 광장을 성큼성큼 서둘러 가로지른다. 장엄한 모스크 주변을 몇 시간이나 빙빙 돈다. 그 검은 문으로 들어가 상쾌하고 서늘한 경이로 뛰어들고 싶지만 최대한 늦추고 있다. 나는 벽에 난 총안을 통해 예루살렘의 주변 풍경을 바라본다. 저 너머로 모아브 산맥이 부드러운 기운을 내뿜고 있다. 산들이 가만히, 어른어른 흔들거리다 햇빛 속으로 사라진다. 바로 앞에 있는 목마른 올리브 산은 바싹 말라 먼지로 덮여 있고 그 밑으로, 타오르는 햇볕에 부식된 도시가 펼쳐진다. 검은색 창구멍들을 가진 민둥민둥한 도시의 가옥들은 마치 두개골 같다. 낙타들이 규칙적으로 흔들리며 차례차례 줄지어 지나간다. 마치 수천 년 전에 길을 나선 것처럼, 불멸의 존재들처럼······.

야훼가 콧구멍을 넓히고 서서 산 제물을 받고 피 냄새를 맡았던 곳이 바로 이 봉우리다. 뻣뻣한 목을 가진 신의 난공불락의 요새, 솔로몬의 위대한 신전이 세워졌던 곳도 바로 여기다. 나는 피와 증오와 논란으로 가득한 그 모든 역사를 다시 체험했다. 햇볕에 구워진 단단한 머리, 매부리코, 편협하고 무자비한 이마, 뻣뻣한 목, 탐욕으로 불타오르는 눈 — 이것이 히브리 민족이다.

그러나 이스라엘의 이 피 구덩이를 배회하는 동안 내 마음은 돌아섰다. 오마르의 모스크가 마치 보석들로 조각된 샘처럼 햇빛 속에 솟아 있었다. 기어오르고, 허공에서 장난도 좀 치고, 에워싸고, 양보하고, 지상으로 되돌아온다. 모스크는 떠나고 싶지 않았던 것이다.

나는 완전히 매료된 채 다가갔다. 화환처럼 엮인 아라비아 문자들이 코란의 금언들로 변해 가고 있었다. 그것들이 서로 얽혀 포도 덩굴처럼 기둥을 기어오르고 둥근 지붕을 장악하며 만발해 있었다. 그들은 이렇게, 지상에 만발한 야생 포도밭 속에서 신을 포옹하고 사로잡았다.

문턱을 넘어 다채롭고 신비로운 신전의 그늘 속으로 들어서자 눈이 시원해졌다. 쨍쨍한 햇빛 속에 있다 들어갔기 때문에 처음에는 아무것도 분간할 수 없었다. 다만 어떤 감미로움이 위에서 쏟아지면서 마치 목욕물처럼 긴장을 풀어 주었다 — 처음에는 내 육신을, 곧이어 내 정신을. 나는 기쁨과 기대감으로 전율하며 계속 걸어갔다. 독실한 이슬람교도가 사후의 암흑 속을, 그리고 정당한 보상으로 받은 시원한 낙원을 걸어갈 때의 기분이 바로 이런 것일 듯싶다.

나는 양팔을 쭉 뻗고 앞으로 나아갔다. 눈이 차츰 적응하고 있었다. 바로 앞에 창들이 마치 별무리처럼 솟아 있고, 금과 에메랄드로 된 둥근 천장은 부드러운 빛으로 덮여 있었다. 저 앞, 푸르스름한 그늘 속에서 춤추는 자잘한 것들이 모습을 드러내기 시작했다 — 무성하게 꽃 피운 가지들과 천상의 동물들 뒤로, 갖가지 선(線), 장식, 코란에서 따온 구절들이 마치 탐욕과 호색에 젖은 눈들처럼 매복해 기다리고 있었다.

한 신자가 메카 쪽으로 얼굴을 향한 채 돗자리에 무릎 꿇고 앉아 기도하고 있었다. 그는 어머니 가슴에 안긴 아기처럼 바닥에 이마를 댄 자세로 신뢰로 충만해 한참을 움직이지 않았다. 이윽고 그가 천천히 머리를 들고 똑바로 앉더니 황금색과 녹색의 줄이 쳐진 둥근 천장을 응시했다. 그의 눈은 정교한 선과 문양들 사이에 찾기 힘들게 숨겨진 무함마드의 말씀들을 열심히 쫓고 있었다. 마치 꿈속에서 신비한 암사슴을 쫓아가듯. 얽혀 있는 좁다란 선들이 한가한 공상의 게임이 아니라, 〈예언자〉의 고귀하고 지엄한 계명이라는 것을 마침내 이해할 때 그의 희열은 얼마나 클 것인가!

부조화스럽고 난해한 선들을 식별하고 합치시켜, 자신의 마음속에서 저 위대한 메시지를 신비의 종합물로 통합하는 일은 오직 믿는 자만이 할 수 있다. 그는 현상을 경멸하지도 않고, 현상 너머에서 본질을 찾지도 않는다. 보고 만질 수 있는 세계에 스스로를 가둔 채 그 너머에 대한 동경을 팽개쳐 버리지도 않는다. 현상이야말로 본질을 창조한다. 이 모든 삶 — 물, 빵, 여자, 산, 동물들 — 이 그라마타[1] 즉, 선이자 게임이다. 그리고 기쁨이다. 그것들을 합쳐 맞추어 의미를 포착할 수 있는 어구를 찾아내는 마음

---

[1] 그리스 단어 〈*grammata*〉는 알파벳의 선(線) 혹은 알파벳 문자를 가리키며 교육이란 의미도 있다 — 원주.

에게는 말이다.

예수는 명령한다. 「지상과 지상의 부를 경멸하라. 저 현상 너머에 본질이 있고 이 덧없는 삶 너머에 영생이 반짝인다.」 아폴론은 대리석 위에 굳건하게 서서 명령한다. 「네 마음을 지상과 조화시켜라. 하루살이 같지만 견고한 사물의 질서 속에서 차분하게 기쁨을 누려라. 네 정신의 조화 너머에는 혼돈뿐이다.」 깊고 유혹적이고 뱀 같은 눈을 가진 붓다는 입에 손가락을 넣고 미소를 머금은 채 우리를 바라본다. 그리고 우리를 혼돈 속으로 끌어당긴다.

오늘, 오마르의 모스크에서 나는 내 마음의 불안들이 단련되기를 바라며 내가 이 세상에서 깊이 사랑하는 모든 것들을 조화시키려고 애쓴다. 냉정한 정신과 타오르는 상상력, 기하학적 견고함과 정확성, 열망의 신비한 불꽃을 넘어서지 않고 그 안에 머무르는 것. 나도 신자(信者)처럼 모스크의 둥근 천장을 오래 응시한다. 아랍인들의 장난기가 동물과 식물들을 장식으로 바꾸고, 장식들을 문자로 바꾸면서 신을 드러낸다. 그리하여 우리는 마치 왕궁 정원의 무성한 잎사귀들 사이로 군주를 보듯 신을 본다.

나는 형용할 수 없는 감미로움에 압도되어 모스크 한 귀퉁이의 돗자리에 앉는다. 파르테논[2]의 딱딱하고 엄격한 선이 문득 마음 속에서 확대되어 떠오른다. 단테도 이러했으리라. 지친 나머지 따뜻한 지상의 포옹에 굴복하려 하는 그 순간, 베아트리체의 고결하고 거룩한 표정이 그의 마음에 떠올랐으리라.

오, 파르테논이여, 당신이 항상 나를 초월하는 리듬 속에서, 내게 균형과 견고함과 단련에 대한 교훈으로 역할해 왔음을 나는 잘 압니다. 당신은 내 욕망들에 한계를 짓고, 내 청춘의 무질서한

---

[2] 그리스 아테네 아크로폴리스 언덕에 있는 여신 아테나의 신전.

정력에 장벽을 두릅니다. 당신은 나에게 길을 열어 주기 위해, 마치 운동선수에게 떨어지는 지시처럼 무뚝뚝하고 간결한 명령조의 말들을 찾아냅니다. 처음에는 당신이 추상적인 사고의 확고한 업적처럼 보였기 때문에 내 마음이 당신을 따르고 싶어 하지 않았습니다. 그러나 시간이 흐르고 사랑이 싹트면서 차츰차츰 이해하게 되었습니다. 당신은 나에게 직선에 종속된 가벼운 파문처럼 모습을 드러냈습니다. 그것은 자체의 풍족한 힘에 의해 보다 나은 번영, 음악처럼 맥박 치는 기하학과 묶이는 열정입니다. 나는 당신의 발치에 앉아, 평정은 모든 폭풍우의 결과물이라는 것을 서서히 이해하게 되었습니다. 물질의 무형(無形)의 투쟁을 충실하게 이어 가고 그것을 견고한 인간적 형태에 종속시킴으로써 물질을 해방시키는 것이야말로 인간의 최고 사명이란 것을 알게 되었습니다.

마음의 혼돈이 스스로의 풍요를 포기하지 않으면서 그처럼 우아하게, 정신의 엄격한 선에 복종한 것은 내가 볼 때 이 지상에서 처음 있는 일이었다. 승리의 정신은, 햇볕에 타 두개골처럼 메마른 절벽 위에 무한성을 집합시키고 보다 넓은 왕국을 주어 통치하게 했다. 혼돈에 빠진 인간이 일련의 현상을 지배하는 법칙을 발견하고는 〈말〉 속에 철저히 가둬 버리는 것과 똑같은 이치이다. 그리하여 세계는 고요해지고 모순되는 힘들도 정리가 된다. 파르테논도 이렇게 무정부 상태인 자연의 힘들 속에 냉정하게 솟아, 법으로 혼돈을 통제한다.

그러나 오늘, 논리의 이 같은 승리를 돌이켜 보니, 속박감과 분노가 내 영혼을 에워싼다. 내 마음은 순수하지 못하다, 내 정신은 낡은 평안을 산산조각 내버렸다. 오늘 나에게는, 신성한 평온 속에 반항 세력들을 가두어 버리는 균형이란 것이 낯설고 편협하고 거짓되게 보인다. 그러한 균형을 이해하지 못하겠다. 그동안 큰 걱정거리들이 태어났다. 위험천만한 선물을 한 아름 안고, 입술을 씰룩대며 조롱과 혼란의 수수께끼 같은 미소를 머금은 루시퍼들이 땅에서 솟아올랐다. 아테나의 투구는 박살나 버렸고 따라서 이제 그것은 세상의 머리를 담을 수 없다.

저항할 수 없는 어떤 본능이 이 평온한 신전의 토대 밑을 파헤쳐 보라고 나를 밀어붙인다. 엄격한 이 대리석의 삼단 논법이 정열적인 카리아티드[3]들에 그 기초를 두고 있다는 것을 나는 잘 안다. 보는 이를 흥분시키는 높은 젖가슴과 선명한 입술, 위험스러운 검은 눈을 가진 여인상들 말이다.

나는 감정을 정리해 보려고 무진 애를 쓴다. 오늘날 우리의 영혼을 진동시키는 카리아티드들은 이 고대 여인의 매혹적인 용모를 갖추지 못했다. 〈복수의 세 여신〉, 〈운명의 세 여신〉과 더 닮아 있다. 하나는 〈굶주림〉이라 불린다. 그녀는 앞서 걸어가고, 무수한 사내들이 그녀를 뒤따른다. 아프로디테도, 누리끼리한 혈색에 납작 가슴, 굳은 표정을 가진 이 무적의 여장부만큼 많은 연인을 가져 본 바 없었다. 나머지 카리아티드들은 〈복수〉, 〈분노〉, 〈자유〉라 불린다.

이 카리아티드들 위에 어떤 파르테논이, 어떤 모스크가 세워질 것인가? 나는 모스크의 서늘한 귀퉁이에 앉아, 나의 모든 희열이 떠나갔음을 깨닫는다. 삶이 갑갑하고 무거워졌다. 현대의 매 순간은 기쁨으로도 슬픔으로도 우리를 만족시키지 못하고 지나가 버린다. 우리는 순간들을 거칠게 밀쳐내 버린다. 어서 빨리 다음 순간을 보려고.

---

[3] 그리스 건축에서 볼 수 있는 여인상 기둥.

다른 시대였다면 인간은 분명 파르테논의 엄격한 확실성 속에 계속 머무는 것을 행복하게 여겼을 것이다. 육신의 신념과 향기를 발산하는 이 쾌적한 오마르의 모스크에 가부좌를 틀고 앉아 신을 찬미하는 것을 행복으로 받아들였을 것이다. 오늘날에는 심장이 조급하게 고동친다. 억제할 수가 없다. 그것은 구별하기 위해 싸운다. 더욱 중요한 것은, 그 심장이 아직 얼굴도 없이 끓어오르고 있는 자신의 신을 위해 미래의 신전 건설에 동참하고자 싸운다는 것이다.

히브리인들의 한탄

나는 어둠 덮인 예루살렘의 거리들을 서둘러 지나간다. 히브리인들의 눈이 비아냥대듯, 불안한 듯, 탐욕스럽게 번득인다. 반면에 이슬람교도들은 알라의 보살핌 속에서 차분하고 자신만만하다. 황급히 지나가는 사람을 무심하고 초연하게 지켜본다.

나는 색상들과 냄새와, 지저분하고도 경이로운 아나톨리아의 소음에 넋이 나간 채, 이 조밀한 인간 미로를 바쁘게 헤쳐 나간다. 솔로몬 신전의 벽이라는 폐허에 어서 가보고 싶다. 그곳에서 유대인들은 지금까지 1천8백 년 넘게, 잃어버린 조국을 한탄하고 야훼를 부른다. 어서 내려와 당신의 신전을 다시 영광으로 꾸며 달라고.

더럽고 좁은 길들을 통과하는 동안 마침내 해가 지고 있다. 한순간 진홍빛 기운이 아치 밑의 통로들로 밀려든다. 석양에서 흘러나오는 피의 강물 같다. 거무스름하고 가느다란 아랍인들의 얼굴이 금속처럼 번들거리고, 창백한 유대인들의 뺨조차 잠시 불그레한 혈기가 돈다.

모퉁이를 돌자 나이 지긋한 랍비 두 명이 저 앞에서 급히 걸어가는 것이 보인다. 그들이 입고 있는 화려한 외투가 더할 수 없이 비현실적이다. 하나는 카나리아 빛 노란 벨벳이고, 또 하나는 청청한 녹색이다. 희미한 빛에 잠긴 히브리 구역의 더러운 거리에서 두 노인은 별처럼 반짝거린다. 이 사람들도 저 고대의 폐허로 가는가 보다 짐작하고, 나는 그들을 따라간다. 아마도 자신들의 신 앞에 서서 예의 그 한탄을 시작하려고 저렇게 공식 예복으로 차려입었을 것이다.

우리는 미끄러운 자갈이 깔린 길을 계속 걸어간다. 갑자기 영창조로 한꺼번에 통곡하는 남자들의 목소리가 들린다. 나는 홀린 듯 걸음을 멈춘다. 눈물과 웃음이 뒤섞인 듯한, 봄비처럼 부드럽고 끈질기게 이어지는 애도의 소리가 나에게는 너무나 감미롭게 들린다. 몇 걸음 더 가자 이윽고 저 유명한 벽이, 솔로몬 신전의 유일한 자취가 앞에 등장한다. 무거운 돌들을 석면 시멘트를 사용하지 않고 쌓아 올린 아주 평범해 보이는 벽이다. 높은 쪽의 돌들은 이끼로 덮여 있고 아래쪽 돌들은 유대인들이 어루만지고 입 맞추고 쓰다듬어 사람이 닿을 수 있는 최대한의 높이까지 닳아 있다.

50명쯤 되는 참배자들이 『구약 성서』를 손에 들고 벽에 기대 통곡하고 있다. 거친 구레나룻에, 검정 실크 예복과 무거운 털모자로 단장한 한 랍비가 콧소리로 단조로운 가락을 리드미컬하게 영창하면서 상체를 앞뒤로 흔들어 대고 있다. 그의 옆에 있는 젊은이는 고함을 질러 대고 있다. 초록빛 도는 검정 오버코트와 딱딱한 모자, 노르스름한 염소수염의 또 다른 사람은 허리춤에서 머리칼 한 타래를 풀어 자신의 코트에 두르고 상체를 앞뒤로 흔들기 시작한다. 한 노인은 갈라진 벽 틈에 얼굴을 대고 소리 없이 울고 있다.

사람들이 계속 온다. 벽에 입 맞추고 돌에 얼굴을 비비고 깊은 한숨을 내쉰다. 붉은 페스 모와 검은 터번을 쓰고 반들거리는 새까만 턱수염을 늘어뜨린 곱사등이 난쟁이가 의기소침한 듯 오락가락 거닌다. 랍비들은 오렌지색, 청색, 흰색, 자주색의 망토를 걸치고 있다. 마치 한물간 늙은 배우들 같다. 그들 주위에 모여든 신자들이 낮고 단조로운 소리로 애도하기 시작한다. 여덟 살 혹은 열 살쯤 되어 보이는 두 아이가 벽 하부에 입을 맞추며 울음을 터뜨리자 난쟁이도 아이들 옆으로 가서 울기 시작한다.

왼쪽 편 모서리에 여자들이 서 있다. 새까만 곱슬머리에 노란 숄을 걸치고 달랑거리는 긴 귀고리를 하고 입술에 연지를 칠한 젊은 처녀가 벽에 기대서서 곁눈질로 남자들을 보며 미소 짓는다. 울어서 빨간 눈이었지만 이제 그녀는 슬픔에서 벗어났다. 청춘의 힘이 그녀를 사로잡고 있는 것이다. 신의 저주, 폐허가 된 신전, 〈디아스포라〉, 동족의 순교 따위는 깡그리 잊은 채 색정적이고 탐욕스러운 눈길로 사내들을 바라본다. 오직 사랑만이 그녀의 세대를 구하고 유대인들을 증식시켜 솔로몬의 신전을 재건할 수 있다는 것을 그녀는 잘 알고 있다.

그러나 늙은 남녀들은 눈물을 흘린다. 이 기묘한 순간, 나는 형언할 수 없는 흥분에 휩싸인다. 한 노인이 어렵사리 벽에서 몸을 떼어 내더니 작별을 견뎌 내지 못하고 또 한 번 벽에 와 쓰러진다. 서로 융합하고 함께 울기 위해 여기 모인 유대인들은 세계 구석구석에서 온 사람들이다. 긴 오버코트를 입고 관자놀이에 곱슬머리가 달랑거리는 사람들은 갈리시아에서 왔다. 하얀 젤라바를 입은 이들은 아라비아에서 왔고, 붉은 머리를 짧게 자른 사람들은 폴란드 출신들이다. 성서에 나오는 족장들처럼 키가 크고 위엄을 풍기는 이들은 바빌로니아 출신들이다. 러시아, 스페인, 그리스, 알제리에서 온 사람들도 있다. 위로 뒤집힌 엉성한 콧수염의 한 남자는 중국인 같아 보이는데, 가부좌를 틀고 앉아 머리와 상체를 율동적으로 천천히 움직이면서, 마치 울다 지친 아이처럼, 쉬지 않고 구슬프게 낭독한다.

저 무서운 하느님의 저주가 이 모든 머리들 위로 떨어진다. 〈나는 그들을 파괴할 것이니라. 그들에게 영원한 파멸과 비탄과 조롱을 줄 것이니라. 기쁨의 목소리와 즐거움의 목소리, 신랑의 목소리와 신부의 목소리, 몰약[1]의 향내와 등불의 빛을 그들에게서 빼앗아 버릴 것이니라.〉 그리하여 그들은 지구촌 각지로 뿔뿔이 흩어져 빛도 들지 않는 유대인 거주 지구에서 살게 되었다. 중세에는 그들을 도시의 다른 지역들에서 격리시키기 위해 유대인 거주지에 높은 담을 쳐놓았다. 아침이면 문이 열리고 밤이 되면 닫혔다. 그들은 치욕의 표시를 하고 다녔다 — 어깨나 가슴 혹은 머리에 붉은색 혹은 노란색의 천 조각을 붙였다. 중세의 프랑스 북부 지역에 살았던 유대인들은 노란 모자를 썼고, 독일에서는 붉은색이나 녹색의 두건과 모자를 착용했다. 사람들이 이러한 표시를 보고 그들을 구별하여 괴롭히거나 때리더라도 처벌을 면할 수 있었다. 유대인들을 화형용 장작에 올려놓을 때는 십자가와 지옥의 불꽃, 악마의 형상이 수놓인 검정 옷을 입혔다. 유대인들은 이런 복장으로, 자신들에게 저주를 연호하는 군중 틈으로 걸어가야 했다.

치욕의 삶과 죽음의 순교가 극에 달했던 시절, 입맞춤으로 마모된 이 소박한 벽이 마치 높다란 청동 방패처럼 그들 앞에 번쩍거렸다. 러시아의 눈 덮인 대초원에, 태양이 이글거리는 스페인의 평원에 울려 퍼지는 그들의 절규 속에서 〈미덕의 절정〉 시온[2]

---

[1] 감람과 관목 미르라에서 생산되는 향기로운 수지.
[2] 예루살렘에 있는 언덕. 여기에 다윗이 궁전을 짓고 그 아들 솔로몬이 신전을 세웠으며 그 후 오랫동안 유대인의 종교, 정치의 중심이 되었다.

이 천상의 무지개처럼 높이 솟았다. 그들은 지금까지 1천8백 년이 넘도록 이 벽에 얼굴을 향하고 통곡하며 울부짖는다. 「주여, 주여, 우리의 불운을 굽어보소서! 남들이 우리의 유산을 가로채고 낯선 자들이 우리의 집을 차지했나이다. 우리는 마실 물과 땔감을 사와야만 합니다. 우리의 마음에서 기쁨은 떠나갔고, 우리의 춤은 애도로 바뀌었고, 우리의 머리에서 왕관이 떨어졌나이다!」

바로 이것이 히브리인들이 그 오랜 세월 이 케케묵은 돌벽을 찾아와 어루만지고 입 맞추며 한탄하는 내용이다. 그들은 모든 것을 잃고 땅도 없이 지상을 방랑한다. 이제 그들의 위대한 지도자는 입법자이자 장군이었던 모세가 아니라, 초라한 몰골에 집도 없고 위로도 받지 못하는 〈방랑자 유대인〉이다.

야훼가 자신의 〈선민(選民)〉이 어떤 지경까지 추락했는가를 보고 자신이 한 약속을 기억해 내도록, 마침내 그 약속을 지킬 때가 왔다는 것을 깨닫도록 만들기 위해 그들은 무수한 세월 세계 각국에서 대표자들 ─ 가난뱅이와 노인과 조롱받는 사람들 ─ 을 이 벽으로 파견했다. 당신은 우리에게 지상 전부를 약속하지 않았던가? 우리는 수천 년에 걸쳐 충절을 지키지 않았던가? 당신을 위해 치욕을 감수하고 목숨을 빼앗기고 순교하지 않았던가? 우리는 얼마나 더 기다려야 하는가? 그들의 특사들은 이렇게 따지고 들면서 자신들의 권리를 소리 높여 요구한다. 마치 이자를 노리고 자신들의 눈물과 사랑을 빌려 준 채권자들 같다. 물론 채무자는 하느님이다. 히브리 대금업자들은 눈물과 분통을 터뜨리며, 빌려 간 것을 갚으라고 끊임없이 요구한다.

유대 정신은 지상의 정복을 원한다. 이 지상이 자신을 품지 못하고 질식시키기 때문에 모든 나라를 자신의 리듬 밑에 복종시키고 현재를 분쇄하고자 한다. 바로 이것이 유대 정신의 가장 깊은 특징이다. 그리스인들은 반대 세력들을 조화시키는 것을 좋아한다. 덧없는 모든 순간들을 즐기고 쉽게 어울린다. 그들은 세계에 균형을 가져왔다. 유대인들은 그 균형을 깨뜨리고 인간의 마음을 교란하기 위해 쉬지 않고 전투를 벌인다. 현실은 결코 그들을 품어 줄 수 없다. 그렇기 때문에 그들은 덧없는 순간들 너머에 있는 절대적인 것을 요구한다.

약속의 땅

 이윽고 해가 졌다. 아프로디테의 별과 아스타르테[1]가 옛 유대의 검푸른 산맥 위에 걸려 반짝였다. 랍비들이 이만하면 흡족하다는 듯 책을 덮었다. 그들은 줄지어 자리를 뜨면서 늙은 손으로 천천히, 더듬더듬 통곡의 벽을 어루만졌다. 그들의 상상 속에서는 신전이 재건되어 있었다. 완전히 새로운 시온이 다시 솟았고, 다윗이 세운 요새의 문으로, 전설에 따르자면 〈흰 나귀를 타고〉, 메시아가 다시 한 번 들어섰다.

 나는 히브리인 친구와 함께 있었다. 그는 효율과 논리로 무장한 현대의 무신론자 모험가였다. 그가 나를 돌아보며 비꼬듯 고개를 끄덕거리면서 말했다.

 「저들은 자신들이 허공에 외친 고함이 예루살렘을 재건할 것이라고 생각하지요. 하지만 대량 생산과 부의 공정한 분배만이 완벽한 인류를, 새로운 예루살렘을 창조해 낼 것입니다.」

 「동지!」 내가 언짢은 투로 말을 받았다. 「당신이 조롱하는 저 목소리들은 허공에 씨를 뿌리는 선구자들이라오. 1천 년 혹은 2천

---

[1] 고대 셈족의 풍요와 생식의 여신. 그리스, 로마에서는 달의 여신으로 생각한다.

년이 지난 후에 당신 같은 사회학자들, 논리의 노동자들이 와서 수확을 하지. 실재(實在)의 저 신비한 준비 작업은 항상 그런 식으로 이루어져 왔소. 마음이 숨 막혀 절규하면서 도망치려 하고, 그것이 하나의 목소리가 되어 허공을 뒤흔들지. 그리고 그것은 자기 말고도 같은 마음들이 있음을 발견하게 되는 거요. 두뇌와 손을 작동시키고 보이는 혹은 보이지 않는 능력들을 동원하는 거지. 바로 이것이, 말〔言〕이 살로 변하여 땅을 걸을 수 있는 유일한 방법이라오.

살이 되기 위해 무엇이 필요한가? 단 하나, 마음의 절규가 오랜 세월 허공에서 지속되도록 하는 것……」

내가 여러 주 동안 유대 땅을 떠돌며 들은 것이 바로 그 절규 — 〈원천〉 — 였다. 뜨겁게 달아오른 사막을 바라보는 내 눈이 불타올랐다. 예루살렘에서 요르단까지, 지중해의 수위보다 4백 미터 아래에 있는 〈사해(死海)〉까지, 꽃 한 송이 자라지 않고 물 한 방울 솟지 않는 바싹 마른 땅이다. 산들이 험하고 황폐하여 접근하기가 어렵다. 이 세상의 비극적 절제미를 사랑하는 예술가에겐 완벽한 곳이다. 그러나 집을 짓고 나무를 심고 아이들을 기르고 싶어 하는 소박하고 선한 사람들에겐 견딜 수 없이 갑갑하고 적막한 황야이다.

사람도 살지 않고 새 한 마리, 푸른 잎사귀 하나도 보기 힘든 이 잿빛 산야를 지나가노라면 가벼운 광기의 푸르스름한 섬광이 사람의 정신을 뜨겁게 핥아 댄다. 머리 위에서 퍼덕대는 배고픈 까마귀의 난데없는 울음이나, 밤이 되어 모래 속을 파고드는 자칼들의 가까운 울부짖음이 전부이다.

한순간 예리코가 오아시스처럼 당신의 눈앞에서 미소 짓는다. 키 크고 호리호리한 대추야자나무들에 둘러싸여, 석류나무, 바나

나나무, 무화과나무, 오디나무들이 활짝 꽃을 피운 과수원 — 이 오니아의 원주 기둥이나 콸콸 용솟음치는 물줄기처럼 매혹적이다. 당신의 눈과 몸이 편안해지면서 새로운 원기를 얻는다. 그러나 다음 순간, 그 오아시스는 마치 모래가 삼켜 버린 듯 사라지고 없다.

바로 그런 즐거움이, 오렌지나무와 레몬나무로 넘쳐 나는 과수원들로 유명한 하이파를 감싸고 있다. 그 밑에 있는 유서 깊은 아브라함의 고장 헤브론에서는 인간의 보습에 길들여진 차분한 땅을 볼 수 있다.

사마리아와 갈릴래아의 산들은 한결 친절하게 느껴지는 외관을 하고 있다. 새와 물과 나무들이 풍경을 부드럽게 만든다. 그러나 늪지에서 발산되는 열이 사람들의 목숨을 앗아 간다. 아랍의 오래된 비유에 따르면, 〈머리 위를 나는 새도 죽게 되어 있다〉.

성서 시대의 팔레스타인은 젖과 꿀이 흐르고 포도가 얼마나 굵었던지 들어 올리려면 장정 둘이 필요할 정도였다. 오늘날의 팔레스타인은 이전 모습은 알아보기도 힘들 지경이다. 아랍인들이 들어오면서 조상들의 사막까지 달고 온 것이다.

그러나 팔레스타인의 황폐한 평원과 계곡에도 새로운 숨결이, 유서 깊은 유대 정신이 다시 불어오고 있다. 유대인들이 돌아와 땅을 갈고 수로를 내고 나무를 심고 건물을 짓고 있다. 땅을 옥토로 바꾸어 정복한다는 점에서 그들은 가장 숭고한 방식으로 싸우고 있다. 묵혀 두었던 자신들의 땅에 작은 빛과 단맛과 기쁨을 가져오기 위해 싸우는 것이다.

이 새로운 농업 공동체의 하나에 속해 있는 유대인 랍비가 나에게 이렇게 말했다.

「인간은 누구나 자유롭게 놓아주어야 할 어떤 것을 소유하고 있습니다 — 가축, 땅, 생업 수단, 자신의 몸과 두뇌. 그에게는 이 모든 것을 해방시켜 줄 의무가 있지요. 어떻게? 그것들을 활용하고 계발함으로써입니다. 그것들을 해방시켜 주지 못하면 인간 자신도 해방될 수 없습니다. 마찬가지로, 모든 민족에게는 저 나름의 외연 — 땅, 전통, 사상 — 이 있고 그것이 해방을 원할 때는 반드시 풀어 주어야 합니다. 그리고 유대 민족에게는 팔레스타인이 있지요.」

우리는 올리브 산 자락의 요세파트 계곡과 면해 있는 넓은 흙길을 따라 걸었다. 땅속 깊이 파묻힌 유대인들의 무덤 위로 솟은 묘비들이 눈부신 정오의 햇빛 속에 잠겨 있었다. 바로 몇 걸음 앞에 게쎄마니라는 작은 마을이 있었지만 눈이 멀 것 같은 찬란한 햇살 때문에 마을은 암흑에 가려 있었다. 묘지들 사이에서 난데없이 낙타 두 마리를 만났다. 녀석들은 목을 천천히 흔들어 대며 앞뒤로 줄을 지어 말없이 지나갔다. 기다란 속눈썹을 가진 녀석들의 끈기 있는 검은 눈들이 우리를 잠시 부드럽게 응시했다. 냉혹한 황야를 관통하고 있는 따스한 생물의 기운을 느끼자 내 마음도 가벼워졌다.

이 용광로 속에서도 힘들이지 않고 호흡하며 나와 나란히 걷고 있는 젊은 유대인은, 유대 아이들을 위한 공원을 안내해 주려고 온 유디트라는 교사였다. 스무 살가량 되는 그녀는 키가 작고 민첩했으며 매부리코와 쉼 없이 움직이는 새까만 눈의 소유자였다. 그녀의 머리칼은 결이 거친 곱슬머리였고 견고하고 넓은 턱은 고집스러워 보였다.

「당신은 어떻게 시온주의자가 되었소?」 내가 물었다.

「저는 의학을 공부하고 있었습니다. 종교나 조국 따위와는 아무 연계도 없었지요. 제 관심사는 사람들이었습니다. 인간은 누구나 질병과 기쁨과 슬픔을 겪게 되어 있다는 것을 알고 나서 저는 모든 인류에 대해 동정과 연민을 느꼈습니다. 그런데 왠지 마음이 편치 못했습니다. 유럽의 모든 것이 제게는 늙고 친숙하고 케케묵은 것들로만 보였습니다. 뭔가 새로운 것에 목말라 있었지요. 그래서 결국 팔레스타인으로 오게 되었습니다.」

「러시아에는 왜 가지 않았소? 거기에서 새로운 세상이 창조되고 있다고들 하던데······.」

「거기엔 자유가 없기 때문입니다. 소수의 거친 집단이 나머지 모든 이들을 지배하고 있습니다. 그 집단이 프롤레타리아트라 해도 제게는 전혀 위안이 되지 않았습니다. 저는 자유를 원했으니까요.」

「그래, 여기 팔레스타인에서 그것을 찾았소?」

「우리는 이곳에서 자유롭게 일합니다. 시도하고 실험하고 찾아내려 탐색하지요. 누구든 이곳에 와서 사람들을 만나고 자기 개성에 따라 함께 일할 수 있습니다. 이 점에서, 극단적 보수주의자들이 볼 때는 가장 혁명적인 운동이지요. 자유. 저는 이곳에서 난생처음으로 살아 있음을, 내 힘이 강해지는 것을 느낍니다. 유럽에 있을 때는 눈길조차 주지 않았던 흙을 사랑할 수 있게 되었습니다. 제가 유대 민족 출신이라는 것을 기쁨으로 느낄 수 있게 되었습니다.」

「다른 말로 하면, 당신의 자유를 잃어 가고 있다는 뜻이오. 당신은 지금 지구의 한 귀퉁이에 스스로를 결박하기 시작했소. 당신의 마음을 묶어 버린 것이지. 처음에는 당신의 마음에 모든 세상을 위한 공간이 있었지만, 지금 그것은 구별하고 선택하기 시작했소. 오직 유대인만 받아들이게 되었지. 위험하다고 생각되지 않소?」

그 유대 처녀가 발끈하여 따지고 들었지만, 그 말엔 두려움도 슬쩍 배어 있었다.

「어떤 위험 말인가요?」

「어떤 위험이냐고? 내가 얘기해 드리리다. 집시 집단의 지도자는 집을 짓고 나무를 심고 땅에 울타리 치는 것을 금하오. 그들은 땅에 잠시 천막촌을 일으켰다가 다시 자유롭게 이동하지. 하루는 그들이 천막촌을 철거하고 있는데 한 처녀가 땅을 내려다보며 늑장을 부리고 있었소. 처녀에게 다가간 지도자는 그녀가 자기 지시를 어기고 텐트 입구에 나륵풀 가지를 하나 심어 놓은 것을 보게 되었소. 그 작은 가지는 이제 꽃을 피우고 있었는데, 처녀는 그것을 두고 떠나기가 아쉬워 그 앞에 쭈그리고 앉아 울고 있었소. 격분한 지도자가 그 풀을 뿌리째 뽑아 짓밟아 버렸소. 그리고 말채찍으로 처녀를 때리면서 소리쳤소. 〈왜 내 지시를 어기느냐? 집을 짓는 자는 집에 묶이게 되고, 나무를 심는 자는 나무에 묶이게 된다는 것을 모르느냐?〉」

「우리는 더 이상 〈방랑하는 유대인들〉로 남고 싶지 않아요!」 유대 처녀가 외쳤다.

「내가 지금 이야기하는 위험이 바로 그것이오. 당신은 이제 더 전진하고 싶어 하지 않아. 당신 삶의 목표가 행복 — 다시 말해, 잘 먹고 편안하게 자고 안전하게 사는 것 — 이라면, 박해와 경멸을 피해 당신 소유의 땅에 최종적으로 뿌리를 박고 싶어 한다고 해서 욕할 수는 없겠지. 비록 나는, 여기 팔레스타인에서는 행복과 안전을 찾아내지 못할 것 — 다행한 일이지 — 이라고 보는 견해에 동조하는 쪽이지만!

그러나 삶의 목표란 것은, 특히 한 민족의 목표란 것은 그보다 훨씬 더 어렵소. 최대한 많은 물질을 행동과 사고와 미(美)로 전환시키고자 분투하는 것, 고뇌 속에 더 높은 곳으로 올라가고자 분투하는 것이 되어야 하기 때문이지. 그렇다면 시온 부흥 운동은 두말할 것 없이 당신 민족의 최고 관심사에 역행하는 것이오.」

「왜 영국이나 프랑스, 그리스 사람들은 〈방랑자〉의 역할을 떠맡지 못하죠? 혹은 그들에게 조국이 있기 때문에 〈전체〉에 대한 그들의 헌신이 줄어든다고도 생각할 수 있는 것 아닌가요?」

「모든 민족에게는 독특한 미덕과 악덕들이 있소. 따라서 저마다의 정상에 도달하는 방법들도 제각각 다르지. 유대인들에게는 다음과 같은 우수한 자질이 있소. 부단히 움직인다, 시대적 현실에 맞추지 않는다, 도피하고자 싸운다, 모든 현상과 모든 사상을 숨 막히는 감옥으로 생각한다. 그들은 이처럼 강렬한 자질을 동원하여, 만족하고자 작위적으로 노력하는 인류를, 다시 말해 막다른 골목에 몰린 인류를 구제하오. 유대인들의 이 같은 정신은 평형을 깨고, 진화를 더한층 몰아붙이고, 생명의 가장 당당한 요소를 촉발시키지. 절대 만족하지 않고, 어디서도 결코 멈추지 않고, 식물에서 동물로 동물에서 인간으로 껑충껑충 도약하고, 그러고도 더 전진하고 싶다는 듯 다시 인간을 괴롭히지.」

「가나안 땅에 살았던 우리 선조들은 농부들이었습니다. 자신들의 나라에 뿌리를 박고 자신들의 문명을 창조했어요.」

「그것은 그 당시 당신네 민족의 성격이었소. 유대인들이 항상 루시퍼처럼 반항적 자질만 가졌던 것은 아니오. 그것은 습득된 자질이지. 박해, 살육, 경멸, 추방 — 당신들이 〈디아스포라〉라고 부르는 모든 것들이 2천 년에 걸쳐 히브리 민족을 망치질로 단련한 결과, 이 민족은 본의 아니게, 힘에 의해, 지상의 효모로 다듬어진 것이오.」

「힘에 의해?」

「그 표현이 마음에 들지 않소? 힘이 역사의 가장 은밀한 법칙이란 건 사실이지 않소? 아마도 많은 민족이 유혈과 영광으로 점철된 자신의 운명에서 벗어나 〈역사〉와 상관없이 행복하게 — 남몰래 — 살고 싶었을 것이오. 그러나 경제적 필요, 전쟁, 동시대에 탄생한 몇몇 예언자들이 이들을 가만히 내버려 두질 않지. 그런 것들이 힘과 채찍을 동원하여 더 높은 곳으로 향하도록 그들을 찔러 대는 것이오.

유대인들은 이처럼 장구한 세월 동안 전 세계에 흩어져 고통받고 떨고 살해당했소. 그리고 그것이 그들의 영혼을 지울 수 없는 물감으로 염색하여, 모든 횡포 — 개인들의 횡포든 체제나 사상의 횡포든 — 에 대한 증오를 그들 속에 만들어 놓았소. 그들이 이 세상의 나라들을 교란하고 현상의 밑을 파고들고 모든 낡은 사상들에 불을 질렀던 이유도 바로 거기에 있소. 이것이 그들의 운명이오. 따라서 그들이 없으면 세상은 썩을 것이오.」

유디트가 웃음을 터뜨렸다.

「선생님이 우리에게 맡겨 주신 역할에 대해 감사드립니다. 살육당하고, 언제나 부단히 움직이고, 남들까지 그렇게 만들 수 있다는 것이 우리에겐 큰 영광이라고 고백하지 않을 수 없네요. 하지만 이제는 더 이상 그것을 원하지 않아요.」

「지쳤다는 얘기요? 그러나 민족들을 밀어붙이는 역사적 필연은 당신들에게 물어보지 않소. 당신들이 원하든 원치 않든 가혹하게 당신들을 찔러 대지. 그러니 작금의 이 시온 부흥 운동도 당신들의 무정한 〈운명〉이 잠시 당신들을 속이기 위해 쓰고 있는 가면에 지나지 않소. 내가 시온주의를 두려워하지 않는 이유가 바로 그것이오. 1천5백만 유대인 중에 이곳에 와 처박힐 수 있는 사람이 과연 몇이나 되겠소? 여기에서는 결코 안전이 보장되지 않을 것이오. 잊지 마시오, 바로 등 뒤에, 광적이고 몽매한 아랍인들이 우글대고 있다는 것을.

그러니 당신들은 좋든 싫든 우리 시대정신의 도구가 될 것이오. 게다가 우리 시대는 혁명의 시대요. 다시 말해, 유대인의 시대지. 누군가 이렇게 말한 적이 있소. 〈괴테가 사망한 1832년 3월 22일, 한 시대가 막을 내리고 새로운 시대가 열렸으니, 바로 유대인이 군림하는 시대이다.〉 그것은 사실이오. 괴테는 〈조화〉를 대표하는 최후의 완벽한 인물이었소. 따라서 우리 시대의 진정한 시작은 괴테 이후인 셈이지. 낡은 조화를 파열시키고 새로운 조화를 창조하려는 폭력 — 이것도 똑같이 귀중한 것이지만 — 말이오. 오늘날 히브리 민족이 득세하는 이유가 여기에 있소. 모든 조화의 파열이야말로 이 민족의 본질 그 자체니까. 최고 지성들과 행동파 지도자들이 유대인인 이유도 여기에 있소. 왜 이처럼 번성하느냐고? 왜냐하면 당신들이 멸망해 가는 이 덧없는 시대에 세계 도처에 흩어져 부단히 움직이기 때문이오. 〈디아스포라〉가 바로 당신들의 조국이오. 당신들은 〈운명〉을 벗어나고자, 이 외딴 고장에서 행복과 안전을 찾아내고자 헛되이 애쓰고 있소. 나는 조만간 아랍인들이 당신들을 여기에서 몰아내어 다시 세계 각지로 흩어 놓았으면 하고 바라오. 내가 이렇게 소망하는 것은 유대인들을 사랑하기 때문이오.」

이윽고 우리는 어린이 공원에 도착했다. 금발 머리, 거무스름한 머리, 새까만 머리의 유대 아이들이 새처럼 재잘거리며 나무 밑에서 놀고 있었다. 아이들의 부드러운 곱슬머리를 어루만지던 나는 예기치 못한 감정에 휩싸이고 말았다. 갑작스러운 어떤 비극적 육감이 내 가슴을 짓눌렀던 것이다.

키프로스

아프로디테의 섬

키프로스는 과연 아프로디테의 고향 땅이다. 나는 이렇게 비옥한 섬을 본 적도 없고, 이처럼 아슬아슬하고 감미로운 설득력으로 충만한 공기를 호흡해 본 적도 없다. 해가 지고 바다에서 부드러운 바람이 불어오는 늦은 오후, 가벼운 나른함이 나를 덮친다 — 졸음과 달콤함. 어린아이들이 재스민을 한 아름 든 채 해변으로 쏟아져 나오고, 소형 범선들이 바다에서 좌우로 가볍게 흔들릴 때 내 마음은 속박에서 풀려나 판데모스 아프로디테[1]처럼 몸을 내맡긴다.

다른 곳에서는 간혹 무기력한 순간들에나 느낄 수 있는 것을 여기에서는 끊임없이 느끼며 산다. 당신이 천천히 느끼는 사이 그것은 마치 재스민 향기처럼 깊숙이 침투한다. 〈생각은 삶의 방향과 반대로 가는 노력이다. 영혼의 고양, 정신의 각성, 높은 것들을 향한 돌격, 이 모든 것들이 신의 의지에 반(反)하는 조상 전래의 큰 죄악들이다.〉

전날 유대의 산지를 방랑하고 있을 때, 나는 대지 전체에서 솟

---

[1] 아프로디테의 두 가지 특성 중 하나인 지상의 육체적 아프로디테. 정신적 아프로디테를 우라니아 아프로디테라 한다 — 원주.

아오르는 냉혹한 외침을 들을 수 있었다. 그 내용은 위에 말한 것과는 정반대였다. 〈주님을 찬양하도록 손을 절단하라. 영원히 춤추도록 다리를 잘라 내라.〉 태양의 열기 속에서 모래가 전율하고 산봉우리들이 검게 그을렸다. 물도 나무도 여자도 주지 않는 무정한 신이 옆으로 지나가자 내 두개골이 함몰되는 것을 느낄 수 있었다. 삶의 모든 것이 흥분한 뇌를 통과하며 전쟁터의 함성처럼 날뛰었다.

그러나 지금 키프로스는 탁 트인 바다 한가운데서 세이렌처럼 부드럽게 노래 부르며, 저 너머 유대의 산악을 마찰 속에 지나오며 복잡해진 내 머리를 가라앉혀 준다. 우리는 배로 좁은 해협을 건넜고 하룻밤 새 야훼의 전투 캠프에서 아프로디테의 침상으로 옮겨져 있었다. 나는 파마구스타에서 라르나카로, 라르나카에서 리메소스로 옮겨 가면서 해상의 그 성스러운 도시 파포스[2]에 점차 가까워지고 있었다. 변화무쌍하지만 소멸되지 않는 저 액체 성분의 포말에서 아프로디테라는 여인의 신비한 가면이 탄생한 현장으로.

내 속에서 두 개의 거대한 급류가 싸우고 있는 것을 또렷하게 느낄 수 있었다. 하나는 조화와 인내와 부드러움 쪽으로 밀어붙인다. 그것은 사물의 자연스러운 질서에만 따르면서 힘들이지 않고 순조롭게 작용한다. 돌멩이를 높이 던져 올려 보라. 당신은 순

---

[2] 키프로스 서단에 위치했으며, 아프로디테 여신에게 바쳐진 고대 도시. 파포스라 불리는 도시가 두 개 있는데 구파포스(쿠클리아라고도 불림)와 신파포스가 바로 그것이다. 전설에 따르면, 아프로디테의 신전을 건립한 키니라스가 구파포스를 창건했다. 아프로디테는 바다의 거품에서 탄생했다고 하는데 그 현장이 바로 파포스였다고 믿고 있다. 헤시오도스의 『신통기』에 따르면, 아프로디테는 우라노스의 절단된 신체 기관들이 창조해 낸 바다의 하얀 거품 원에서 탄생했다. 복수심에 눈먼 우라노스의 아들 크로노스가 아버지의 몸을 절단내어 바다에 던져 버렸던 것이다 — 원주.

간적으로 돌멩이의 의지에 반하는 힘을 가한 것이지만, 다음 순간 돌멩이는 즐겁게 다시 떨어진다. 생각을 공중으로 던져 올리면 그것은 금세 지쳐 버린다. 허공에서 안달하다가 지상으로 다시 떨어져 흙과 화해한다. 두 번째 힘은 자연을 거역한다고 볼 수 있다. 믿기 힘든 부조리다. 그것은 중력을 정복하고, 잠을 쫓아내고, 위로만 향하도록 세상을 채찍질한다.

이 두 힘 가운데 나는 어느 것에 순응하여 〈이것이 바로 내 의지다〉라고 말할 것인가? 그리하여 마침내 선과 악을 확실하게 구분하고 미덕과 열정들에 위계질서를 부여할 것인가?

리메소스에서 파포스로 출발하는 날 아침, 나는 이런 생각들을 하고 있었다. 정오쯤 되자 우리는 들쭉날쭉하고 지루한 풍경 속을 달리고 있었다. 구주콩나무들, 야트막한 산들, 붉은 흙. 이따금 길가에 늘어선 채 꽃 피운 석류나무가 한낮의 백광(白光) 속에 불길처럼 나풀거렸다. 군데군데 두세 그루씩 서 있는 올리브나무가 가만히 흔들리며 경치에 부드러움을 더했다.

우리는 올리앤더[3] 무성한 마른 하천을 건넜다. 도중에 자그만 올빼미 한 마리가 돌다리에 앉아 있었는데, 강렬한 햇빛에 마비된 듯 거의 장님 상태로 꼼짝도 하지 않았다. 풍경이 점차 부드러워지고 있었다. 우리는 과수원들로 넘치는 한 마을을 지나갔다. 나무에 달린 살구들이 금처럼 번쩍거리고, 큼직큼직한 송이를 이룬 비파나무 열매들이 거무스름하고 두꺼운 잎사귀들 사이로 반짝였다.

통통한 체구에 옷을 두껍게 껴입은 여인들의 모습이 문간에 등장하기 시작했다. 커피점에 앉아 있던 남자 대여섯 명이 우리 차

---

[3] 서양 협죽도. 지중해 지방산 유독 식물.

가 지나가자 고개를 들었고 나머지 사람들은 계속 카드놀이에 열중했다. 선명한 검은색으로 칠한 크고 둥그런 단지를 어깨에 올려놓고 가던 어린 소녀가 우리를 보고 놀라 길을 비켜 주고는 얼른 큰 바위 위로 달아났다. 그러나 내가 미소를 지어 주자 소녀의 얼굴이 마치 해가 비친 것처럼 환해졌다.

자동차가 멈추었다.

「이름이 뭐지?」 내가 소녀에게 물었다.

나는 〈아프로디테〉라고 말해 주기를 기다렸는데, 다른 대답이 나왔다.

「마리아.」

「여기서 파포스까지는 아직도 머니?」

소녀가 난처한 표정이 되었다. 내 말을 이해하지 못했던 것이다.

「쿠클리아[4]를 말씀하시나 보네.」 한 노파가 끼어들었다. 「〈올리앤더 귀부인〉의 성을 찾아가는 거라면 쿠클리아가 맞아요. 저기 구주콩나무 바로 뒤가 거기라오.」

「그런데 왜 거기를 쿠클리아라고 부르지요, 부인?」

「응? 모르슈? 거기에서 인형들이 출토되잖아요, 점토로 만든 작은 여자들. 당장 이 밑을 파도 아마 몇 점 나올 거요. 당신도 귀족[5] 아니오?」

「그 작은 여자들을 가지고 뭘 하는데요?」

---

[4] Kouklia. 그리스어 〈koukla〉는 인형 혹은 아름다운 여자를 뜻하므로 문자 그대로 해석하면 〈인형들의 처소〉란 뜻이다. 쿠클리아는 아프로디테에게 바쳐진 도시 구파포스 자리에 새로 세워진 도시이다. 이 지역에서 점토로 만들어진 자그만 여자 입상들이 출토되는 것으로 알려져 있다 — 원주.

[5] 엘긴 경 Lord Elgin 이후로 많은 영국인 귀족들이 현지 발굴 작업에 뛰어들자, 거기에 익숙해진 마을 사람들은 골동품에 관심을 보이는 외지인들을 무조건 영국 귀족으로 생각했다 — 원주.

「내가 어찌 알겠소? 어떤 사람들은 그것들을 신이라 하고, 어떤 사람들은 악마들이라고 하지. 그 차이를 누가 알겠수?」

「종단에서는 어떻게 말하죠?」

「보잘것없는 우리 종교가 무어라고 하겠소? 종교가 모든 것을 다 안다고 생각하시오?」

운전사가 서두르는 바람에 대화가 끝나 버렸다. 그 마을을 지나자마자 우리 왼편으로, 짙은 청색에 포말이 이는 넓고 넓은 바다가 다시 한 번 펼쳐졌다. 오른쪽으로 고개를 돌리자, 도로에서 멀리 떨어진 곳에 나직한 산꼭대기가 갑자기 눈에 들어왔다. 무수한 창들이 달린 개방형 요새의 폐허였다. 저 유명한 아프로디테의 주 신전이란 걸 알 수 있었다. 나는 산의 윤곽과 바다, 그리고 지난날 숭배자들이 진을 쳤을 좁다란 벌판을 쭉 둘러보았다. 나는 지극히 사랑받았던 풍만한 젖가슴의 그 여신의 땅을 따로 떼어 내, 지난날 이 자리에 존재했던 환상을 되살려 보려고 애썼다. 그러나, 너무 자주 겪는 일이지만, 내 마음이 전혀 움직이지 않았다. 육신 없는 환상들을 받아들이려 하지 않았다.

운전사가 도로변의 한 술집 앞에 차를 멈추더니 소리쳤다.

「칼리오피 부인!」

술집의 작은 문이 금방 열리더니 여주인이 나와 문간 층계 위에 섰다.

나는 결코 그녀를 잊지 못할 것이다. 키가 크고, 풍만한 엉덩이를 가진 건장한 체격, 나이 서른쯤 되어 보이는 그녀가 미소를 짓는데, 요염하고 매력이 넘쳐 나는 지상의 아프로디테가 문간을 꽉 채우는 느낌이었다. 운전사가 그녀를 쳐다보며 가볍게 한숨짓더니 새파란 코밑수염을 어루만졌다.

「이리 와봐요.」 그가 소리쳤다. 「무서워?」

여자가 깔깔대더니 키득거리면서 문턱을 넘어 층계를 내려왔다. 나는 귀를 쫑긋 세우고 그들의 대화를 들었다.

「내일 이 집에서 최고의 〈루쿠미아〉[6]로 두 통 준비 좀 해줘.」 운전기사가 말했다.

「24그로시아. 그 이하로는 안 돼요.」 여자가 냉정하게 대답했다.

「18.」

「24.」

사내가 여자를 잠시 쳐다보더니 다시 한숨을 지었다.

「좋아. 24? 그래, 24!」

흥정이 끝났다. 그 장면 전체에 뜻밖의 유쾌함이 배어 있었다. 운전사와 여주인의 시시한 대화가 내 마음을 흥분시켰다. 위대한 신전, 유명한 풍경에 깃든 영감들, 추억들, 역사적 깊이 — 이런 것들도 나를 감동시키지 못했는데, 사소하고 인간적인 이 순간이 내 안에서 순식간에, 아프로디테의 모든 것을 소생시켰던 것이다.

그리하여 나는 즐거운 마음으로 출발하여 성스러운 언덕을 향해 천천히 올라가기 시작했다.

백리향, 수선화, 양귀비 등 그리스의 산야에서 흔히 마주치는 온갖 친숙한 자연들이 거기에도 있었다. 어린 목동, 염소, 양치기 개, 솜털이 난 갓 태어난 천진난만한 당나귀 한 마리가 아직도 놀란 눈으로 세상을 쳐다보며 뛰어다니고 있었다.

이윽고 해가 지기 시작하면서 그림자들이 길게 땅에 드리웠다. 내가 황폐한 〈귀부인〉의 신전으로 들어설 즈음에는 하늘에서 아프로디테의 별이 빙빙 돌고 장난치며 반짝거리고 있었다. 나는 흥분하지 않고, 마치 내 집으로 들어가듯 조용히 들어갔다. 그리

---

[6] 터키 사람들이 즐기는 가루 설탕을 뿌린 진득진득한 과자로 젤리와 비슷하다. — 원주.

고 어느 바위에 앉았다. 아무 생각도 하지 않았고, 생각하려 애쓰지도 않았다. 약간 지치기도 하고 약간 행복하기도 한 상태로 편안하게 바위에 앉아 있었다. 그러다 슬슬, 이 풀에서 저 풀로 쉴 새 없이 날아다니며 허공에서 서로를 뒤쫓는 날벌레들을 바라보고, 녀석들의 날개에서 나오는 부서질 듯한 금속성 소리에 귀 기울이기 시작했다.

그렇게 벌레들을 관찰하고 있을 때 문득 알 수 없는 두려움이 엄습해 왔다. 처음에는 그 원인이 무엇인지 몰랐지만 서서히, 두려움과 더불어, 이해되기 시작했다. 벌레들에 집중해 있는 사이, 청춘 시절에 목격했던 무서운 장면 하나가 떠올랐던 것이다. 처음에는 희미하게, 그러다 점점 더 생생하게.

어느 날 오후 마른 하천 바닥을 돌아다니던 나는 벌레 두 마리가 플라타너스 잎사귀 밑에서 짝짓기를 하고 있는 것을 보았다. 말랑말랑한 녹색 몸뚱이를 가진 귀여운 〈성모의 조랑말〉들이었다. 숨을 죽이며 천천히 다가가던 나는 기겁을 하고 그 자리에서 얼어붙고 말았다. 작고 약해 보이는 수컷이 암컷 위에 올라가 자신의 신성한 의무를 끝내려 몸부림치고 있었는데, 그사이 끔찍하게도 녀석의 대가리가 점점 사라지고 있었던 것이다. 암컷이 수컷의 대가리를 조용히 씹고 있었다. 그것을 다 먹어 치운 암컷이 천천히 몸을 돌리더니 수컷의 목을 절단했고, 곧이어 아직도 고동치면서 암컷 자신의 몸을 꽉 죄는 수컷의 가슴을 물어 뜯었다…….

그 소름 끼치는 장면이 폐허 속에서 갑자기 내 앞으로 튀어나왔던 것이다. 오늘 밤 푸른 번개가 내 가슴을 가르며 빛을 밝힌다.

풍만한 젖가슴의 그 여신이 쓰고 있던 베일을 들쳐 올린다. 헤아릴 수 없이 심오한 존재의 숨결은 인간보다도 동물과 식물들에게 더 자명하다. 그들은 그 위대한 〈절규〉를 온몸으로 충실하게 따른다. 그들에게 있어 사랑과 죽음은 동일한 것이다. 머리도 가슴도 없이, 생명의 출산을 통해 죽음을 이기려고 몸부림치는 벌레들을 볼 때 우리는 우리 안에도 똑같은 〈절규〉가 들어 있음을 경외감 속에 인정한다. 그 현기증, 죽음의 확실성. 그러나 그 위에는 기쁨이 있다. 죽음에 깃든 광기와 영원불멸을 향한 돌진이 있다…….

이윽고 사방이 깜깜해졌다. 맞은편 언덕에서 나를 주시하고 있던 한 노인이 내려왔다. 감히 접근하지는 못하고 한참 동안 내 뒤에 서 있던 그가, 내가 일어서는 것을 보고는 손을 내밀었다.
「선생, 골동품을 가져왔는데 사시겠소?」
그가 내 손에 자그만 돌을 하나 놓았다. 그러나 무엇이 묘사되어 있는지 식별할 수가 없었다. 노인이 성냥불을 켰다. 그제야 나는 투구를 쓴 여인의 머리가 조각되어 있음을 알아보았다. 그 돌을 이리저리 돌려 보던 나는 투구 윗부분에 거꾸로 뒤집힌 전사의 머리가 묘사되어 있는 것을 발견했다. 문득 군신(軍神) 아레스가 떠올랐다. 그 사내를 자신의 머리 장식물로 쓰고 있는 아프로디테를 보니 몸서리가 쳐졌다. 나는 그 둥근 돌을 얼른 노인에게 되돌려 주었다.
「가시오.」 나도 모르게 무뚝뚝한 목소리로 말했다. 「물건이 맘에 들지 않소.」
그날 밤 나는 인근의 작은 호텔에서 잤다. 새벽녘에 꿈을 꾸었다. 장미 중에서도 가장 까만 장미 한 송이가 내 손바닥에 들어 있었다. 그렇게 들고 있는 사이, 그것이 내 손을 서서히, 게걸스럽게, 묵묵히 먹어 치우는 것을 느낄 수 있었다.

영역자의 말

테오도라 바실스

이 책에 수록된 기행문들은 1926년과 1927년에 니코스 카잔차키스가 아테네의 일간지 「엘레프테로스 로고스Eleftheros Logos」에 싣기 위해 처음 쓴 것들이다. 이 신문사에서 그에게 1926년 부활절을 맞아 성지 순례를, 1927년 2월에는 이집트 방문을 요청했던 것이다. 1926년에 이탈리아와 키프로스, 팔레스타인을 돌아보고 쓴 글들도 같은 해, 같은 신문을 통해 발표되었다.

『지중해 기행』의 초판은 1927년에 알렉산드리아에서 출간되었다. 카잔차키스는 이 판을 탐탁지 않게 여겨, 엘레니 카잔차키 여사의 말에 따르면, 〈끔찍하리만치 비(非)카잔차키스적이다〉라고 했다고 한다. 순수어[1]로 출간된 이 초판은 딱딱하고 부자연스러운 신문 언어로 되어 있었다. 훗날 카잔차키스는 작품 전집 출간 작업이 한창 진행되던 시기에 『지중해 기행』을 다시 썼다. 인위적인 느낌을 주는 순수어를 보다 세속적이고 민중적인 그리스어로 바꾸고, 수정된 내용을 덧붙인 것이다. 수정판은 그의 사후인 1961년에 그리스에서 출간되었다. 이 책은 바로 이 최종 수정

[1] Katharévusa. 순수 그리스어는 1976년까지 그리스의 공식 문어로 쓰이다가 그 후 민중 그리스어가 공용어로 되었다.

판을 기초로 했다.

현대의 독자에게 특히 흥미로운 것은 이 행선지들을 바라보는 카잔차키스의 예언자적 시각이다. 그는 일찍이 1927년에, 서구의 운이 동방으로 옮겨 가고 있다고 생각했으며 당시 부상하던 이집트를 세계무대의 비중 있는 세력으로 보았다.

일인칭 화법으로 쓰인 직선적이고 독창적이고 신선한 — 때로 어색하게 느껴지는 대목들도 있지만 그것은 기교를 부리지 않으려는 의도에서 비롯된 것일 뿐이다 — 이 기록들에는 예리한 〈역사의식〉과 함께 꾸밈없고 생생한 저자의 느낌들이 담겨 있다. 카잔차키스는 전통적으로 지배자들에게 고분고분 복종해 오던 민중 속에서 반항의 씨앗이 한창 싹트고 있는 1920년대 중반의 이집트로 우리를 데리고 간다. 조상 대대로 내려오는 원시적인 물통으로 나일 강의 물을 긷는 아랍 농부를 묘사하면서 자신의 과거와 불가분의 관계로 엮인 아랍인의 모습을 보여 준다. 시온주의자들의 현대적 농업 공동체를 방문하고 받은 인상을 기록한 대목에서도 의욕에 차 있는 동시대 유대인들이 결국 비극적인 유대 민족의 운명과 불가피하게 엮여 있음을 보여 준다. 당면 현실에 대한 그의 설명이 〈역사적 필연〉의 맥락을 벗어나는 경우는 드물다. 그는 마주치는 땅과 사람들을 포괄적인 시각으로 바라본다. 그들은 과거와 현재의 연속선상에서 자신들의 미래를 빚어내고 다가올 시대 — 혁명의 시대 — 를 준비하고 있다.

보고 만질 수 있는 세계에 대한 아름답고 꾸밈없는 묘사들과 우리 시대의 내면적 현실 — 동양 대중들의 각성 — 이 나란히 제시된다. 〈모로코에서 중국, 투르키스탄에서 콩고 강에 이르는 지역의 이슬람교도들이 유럽인들과 대립하고 접촉하는 가운데 자신들을 가장 긴밀하게 묶어 주는 공통의 끈 — 종교, 전통, 경

제적 이권 — 이 있음을 깨닫기 시작하고 있다.〉

마찬가지로, 예리코, 헤브론, 사마리아, 갈릴래아의 목가적인 풍경들 혹은 시온주의의 기적이라 불리는 현대적 농업 공동체의 이면에는 아랍 세력의 위협과 운명적인 〈디아스포라〉가 잠복해 있다.

카잔차키스는 시온주의자들의 꿈이 비극으로 끝맺을 것이라고 예감한다. 그는 〈디아스포라〉를, 히브리 민족이 〈역사〉에서 특별한 역할을 하게끔, 만족하려고 억지로 애쓰는 인간을 구제하게끔, 히브리 민족을 자체 의지와 무관하게 지상의 효모로 연마시켜 놓은 역사적 필연이었다고 본다. 우리 현실의 자기기만적이고 인위적인 균형에 대해 끊임없이 의문을 제기하고 도전하는 용기 있는 사람들에게는 설득력 있고 감동적인 주장이다. 또한 그것은 영웅들의 탄생에 대한 그의 견해 속에서 보다 깊이 탐구된 주제이자, 훗날 『최후의 유혹』이라는 훌륭하고 힘 있는 소설에서 발전되고 확장된 주제이기도 하다.

현장과 사람들을 직접 체험하면서 얻은 이 같은 견해들에 이 여행기만의 독특한 가치가 있다. 장소와 사람은 그가 나중에 내놓은 무수한 작품들의 주요 주제가 되었는데, 특히 시나이에 대한 뛰어난 묘사가 반복적으로 이어지는 작품 『영혼의 자서전』이 가장 유명하다. 시나이에서 오는 영감은 『최후의 유혹』, 『수난』, 『미할리스 대장』과 같은 작품들에서도 거듭 반복된다. 그의 주요 작품들에는 그의 여행 경험이 메아리치고 있다. 그중 몇 가지만 꼽자면, 현대판 〈오디세이아〉, 새로운 십계명을 옮기는 현대의 용맹한 모세, 〈조르바〉를 들 수 있다. 이러한 여행 경험이 그의 철학을 형성하는 데 도움을 주었고 그 철학은 「신을 구하는 자」, 분실되었다가 최근에 발견된 초기작 「향연」 속에 요약되었다.

카잔차키스에게 있어 여행은 창조적 영감의 원천이었고 그것은 필요 불가결까지는 아니더라도 가치를 따질 수 없는 귀중한 원천이었다. 특히 동양은 그를 끌어당기는 자석과도 같았다. 크레타 출신으로서 그는 동양 세계에 호감을 느껴, 자신의 조상을 베두인족 혈통으로 믿고 싶어 했을 정도다. 특히 여기에 엮어 놓은 기록들은 그가 평생을 바친 작업의 중요한 부분을 자극하는 역할을 했다.

옮긴이의 말
송은경

이 여행기에 대한 해설은 테오도라 바실스의 글에서 상세히 다루어졌으므로 역자는 이 책에 담긴 카잔차키스의 생각들에 대해 한 사람의 독자 입장에서 정리해 볼까 한다.

품격 높고 다양한 저작 활동으로 20세기 그리스 문학에 크게 이바지한 니코스 카잔차키스는 서구와 동방 사이 지중해의 크레타 섬에서 출생했다. 그러나 위대한 작가들이 모두 그렇듯, 그의 삶과 철학과 작업은 지중해 건너, 서구 너머, 하늘 아래 지상 전체가 무대였다.

서구 세계의 정신적 어머니 헬레니즘 속에서 태어난 그는 청년 시절부터 여러 나라를 편력하며 철학과 문학, 예술 등 세상을 폭넓게 흡수했지만 특정 사상이나 종교에 안주하지 못한 채 평생 영혼의 갈증을 채우고자 몸부림쳤다. 그는 격동과 파란의 20세기 전반기를 동시대인들과 함께 고뇌한 현실적 지식인인 동시에 절대적 자유를 추구한 구도자였다. 〈지상〉에 발 딛고 있으나 〈영원의 하늘〉을 바라보아야 하는 인간의 숙명적 모순이 그를 방랑의 길로 내몰았는지 모른다.

그는 가는 곳 어디서나 현실과 역사를 본다. 굶주리고 억압받는 대중, 제국주의에 항거하는 약소국들, 러시아의 새로운 시도, 세계 대전으로 파괴되고 기계 문명에 예속되어 가는 인류의 정신. 이러한 현실을 보는 그의 눈은 인간이라는 동족에 대한 연민으로 가득 차 있다. 이집트의 호화찬란한 유적에 감탄하다가도 어느새 그 땅의 농부들에게로 되돌아온다. 냉혹한 시나이 산에서는 장엄하고 고결한 수도원과 그 주위를 맴돌며 사는 이슬람교도 집시들을 함께 본다. 무지하지만 소박하고 정직한 그들의 삶에 경의를 표하며 자신의 피도 이 풀뿌리 같은 생명력을 나누었기를 소망한다. 사상과 종교의 색안경을 쓰지 않고 맑은 가슴의 눈으로 모든 땅의 사람들을 바라본다. 역사의 필연 앞에서 〈태평한 관광객이 되어〉 여행할 수 없다는 것을 그는 잘 안다.

그러나 이 현실의 이면에서 끈질긴 힘으로 그를 끌어당기는 것이 있다 — 삶과 죽음, 신과 인간, 영원과 순간. 그는 무수한 인간의 피땀으로 쌓아 올린 피라미드에서, 나일 강의 생명을 호시탐탐 노리는 사막에서, 〈죽음에 대한 인간의 헛된 저항〉을 본다. 인간의 한계와 미미함 앞에서 절망과 두려움을 느낀다. 그리하여 남들처럼 신에게 매달려 보려고 수도원을 찾아 가혹한 고행도 해본다. 그러나 갈망했던 평안은 찾지 못하고 결국 시나이의 광야에서 인간을 대표해 신에게 항변하며 분통을 터뜨린다.

이 여행에는 그를 조롱하고 촉구하는 무자비한 내면의 목소리가 늘 함께한다. 그는 그 목소리에 대해 이렇게 반박한다. 〈난 한 번도 후퇴하지 않았어. 좋아하는 모든 것을 포기하고 내 심장을 스스로 찢으며 언제나 앞으로만 나아가지.〉 〈언제까지?〉 〈모르겠어. 내 나름의 정상에 도달할 때까지겠지. 난 그 정상에서 쉴 거야.〉 그는 인간의 가치가 〈승리〉에 있는 것이 아니라 〈승리〉를 향한 몸부림에 있다고, 보상을 비웃으며 용감하게 살다 죽는 것에 있다고 말한다. 따라서 그는 신의 땅 시나이에서 신의 도구 모세가 아닌 인간 조르바를 추억한다.

〈나는 두려운 것이 없다, 신과 악마는 하나다〉고 말하는 철저히 자유로운 인간, 지상의 삶을 사랑하고 투쟁하는 인간 조르바는 카잔차키스에게 있어 〈새로운 십계명을 들고 지금 막 시나이에서 내려오는〉 모세이다. 조르바는 지상과 영원을 갈라놓는 심연 앞에서 떨지 않는다. 인간의 위엄을 지키며 그 깊은 균열을 바라본다. 카잔차키스는 『영혼의 자서전』에서 이렇게 말한다. 〈삶의 길잡이를 선택해야 하는 문제가 주어졌다면, 나는 틀림없이 조르바를 택했으리라. 〔……〕 굶주린 영혼을 만족시키기 위해 오랜 세월에 걸쳐 책과 선생들에게서 받아들인 영양분과, 겨우 몇 달 사이에 조르바에게서 얻은 꿋꿋하고 용맹한 두뇌를 돌이켜보면 나는 격분과 쓰라린 마음을 견디기가 힘들다.〉

이 대목에서, 카잔차키스를 불교적으로 해석한 어느 평론가의 견해를 소개하고 싶다.

카잔차키스는 그리스적 자유를 한 차원 더 높은 것으로 승화시켰다. 〔……〕 그는 평생 고뇌 속에 산 〈책벌레형〉 지식인이다. 그런 그가 찾아낸 가장 이상적인 자유인은 세상의 온갖 궂은 일을 하며 떠도는 야생마 같은 실존 인물 조르바였다. 〔……〕 바람처럼 떠돌던 무애인(無碍人) 조르바를 만남으로써 그는 자신의 고뇌의 원인이 집착임을 깨닫는다. 그리고 집착의 원인인 두려움을 극복하면서 자유의 최대의 걸림돌을 뛰어넘는다. 자유의 핵심은 두려움이 없는 것이다.

카잔차키스가 신과 인간의 문제, 인간사의 문제를 고민함에 있어 〈행동하는 인간〉, 〈영웅〉을 동경한다는 점은 이 여행기에서도 확인된다. 무솔리니를 보는 그의 시각을 보자. 그는 두려움 없는 이 사내의 〈힘〉에서 어떤 원초적인 생명력과 영웅적인 열정을 발견한다. 그를 〈육식성〉이라며 조롱하고 그의 방향과 강압에 우려를 표하면서도 그에게 이끌린다. 죽음에 대해서든 신에 대해서든 두려움이 없다는 점에서 무솔리니는 조르바와 일치한다. 카잔차키스는 신을 통해서가 아니라 인간 스스로의 분투를 통해 〈영웅〉이 되고자 한다. 그러므로 그 밑바탕을 이루는 생명력과 열정에 이끌릴 수밖에 없다.

이 여행기를 통해 알게 된 카잔차키스는 여기까지이다. 그가 우리 인간의 현실의 문제에서, 또 영원의 문제에서, 어디까지 기여했는지는 알 수 없다. 다만 현실과 신화 위에서 꿈과 투쟁을 추구하며 방랑하고, 지혜가 번득이는 날카로운 필체로 심오한 사유를 펼쳤다는 것만 안다. 그의 공헌을 평가할 수 있는 것은 그의 작품을 대하는 독자들 각자의 가슴일 것이다.

> 나는 아무것도 바라지 않는다.
> 나는 아무것도 두려워하지 않는다.
> 나는 자유다.
> ─ 니코스 카잔차키스의 비문

이 책의 번역 대본으로는 1975년 Little, Brown and Company에서 출간된 *Journeying*을 이용했다.

니코스 카잔차키스 연보

1883년 2월 18일(구력)* 크레타 이라클리온에서 태어남. 당시 크레타는 오스만 제국의 영토였음. 아버지 미할리스는 바르바리(현재 카잔차키스 박물관이 있음) 출신으로, 곡물과 포도주 중개상을 함. 뒷날 미할리스는 소설 『미할리스 대장 *O Kapetán Mihális*』의 여러 모델 가운데 하나가 됨.

1889년(6세) 크레타에서 터키의 지배에 대항하는 반란이 일어났으나 실패함. 카잔차키스 일가는 그리스 본토로 피하여 6개월간 머무름.

1897~1898년(14~15세) 크레타에서 두 번째 반란이 일어남. 자치권을 얻는 데 성공함. 니코스는 안전을 위해 낙소스 섬으로 감. 프랑스 수도사들이 운영하는 학교에 등록. 여기서 프랑스어에 대한 그의 사랑이 시작됨.

1902년(19세) 이라클리온에서 중등 교육을 마치고 법학을 공부하기 위해 아테네 대학교에 진학함.

1906년(23세) 대학을 졸업하기도 전에 에세이 「병든 시대 I arrósteia tu aiónos」와 소설 「뱀과 백합 Ofis ke kríno」 출간함. 희곡 「동이 트면 Ximerónei」을 집필함.

1907년(24세) 「동이 트면」이 희곡 상을 수상하며 아테네에서 공연됨. 커

---

*그리스는 구력인 율리우스력을 사용하다가, 1923년 대다수의 국가가 현재 사용하고 있는 그레고리우스력을 받아들이면서 그해 2월 16일을 3월 1일로 조정하였다. 구력의 날짜를 그레고리우스력으로 환산하려면 19세기일 때는 12일을, 20세기일 때는 13일을 더하면 된다.

다란 논란을 일으킴. 약관의 카잔차키스는 단번에 유명 인사가 됨. 언론계에 발을 들여놓음. 프리메이슨에 입회함. 10월 파리로 유학함. 이곳에서 작품 집필과 저널리즘 활동을 병행함.

1908년(25세) 앙리 베르그송의 강의를 듣고, 니체를 읽음. 소설 『부서진 영혼 *Spasménes psihés*』을 완성함.

1909년(26세) 니체에 관한 학위 논문을 완성하고 희곡 「도편수 O protomástoras」를 집필함. 이탈리아를 경유하여 크레타로 돌아감. 학위 논문과 단막극 「희극: 단막 비극 Komodía」과 에세이 「과학은 파산하였는가 I epistími ehreokópise?」를 출간함. 순수어 *katharévusa*를 폐기하고 학교에서 민중어 *demotiki*를 채용할 것을 주장하는 솔로모스 협회의 이라클리온 지부장이 됨. 언어 개혁을 촉구하는 선언문을 집필함. 이 글이 아테네의 한 정기 간행물에 실림.

1910년(27세) 민중어의 옹호자 이온 드라구미스를 찬양하는 에세이 「우리 젊음을 위하여 Ya tus néus mas」를 발표함. 고전 그리스 문화에 대한 추종을 극복해야만 한다고 역설하는 드라구미스가 그리스를 새로운 영광의 시기로 인도할 예언자라고 주장함. 이라클리온 출신의 작가이며 지식인인 갈라테아 알렉시우와 결혼식을 올리지 않은 채 아테네에서 동거에 들어감. 프랑스어, 독일어, 영어와 고전 그리스어를 번역하는 것으로 생계를 유지함. 민중어 사용 주창 단체들 중 가장 중요한 〈교육 협회〉의 창립 회원이 됨.

1911년(28세) 10월 11일 갈라테아 알렉시우와 결혼함.

1912년(29세) 교육 협회 회원을 대상으로 한 긴 강연에서 베르그송의 철학을 그리스 지식인들에게 소개함. 이 강연 내용이 협회보에 실림. 제1차 발칸 전쟁이 발발하자 육군에 자원하여 베니젤로스 총리 직속 사무실에 배속됨.

1914년(31세) 시인 앙겔로스 시켈리아노스와 함께 아토스 산을 여행함. 여러 수도원을 돌며 40일간 머무름. 이때 단테, 복음서, 불경을 읽음. 시켈리아노스와 함께 새로운 종교를 창시할 것을 몽상함. 생계를 위해 갈라테아와 함께 어린이 책을 집필함.

1915년(32세) 시켈리아노스와 함께 다시 그리스를 여행함. 〈나의 위대한 스승 세 명은 호메로스, 단테, 베르그송〉이라고 일기에 적음. 수도원에 은거하며 책을 한 권 썼으나 현재 전해지지 않음. 아마도 아토스 산에 대한 책인 듯함. 「오디세우스 Odisséas」, 「그리스도 Hristós」, 「니키포로스 포카스Nikifóros Fokás」의 초고를 씀. 10월 아토스 산의 벌목 계약을 위해 테 살로니키로 여행함. 이곳에서 카잔차키스는 제1차 세계 대전 중 영국군 과 프랑스군이 살로니카 전선에서 싸우기 위해 상륙하는 것을 목격함. 같 은 달, 톨스토이를 읽고 문학보다 종교가 중요하다고 결심하며, 톨스토이 가 멈춘 곳에서 시작하리라고 맹세함.

1917년(34세) 전쟁으로 석탄 연료가 부족해지자 기오르고스 조르바라는 일꾼을 고용하여 펠로폰네소스에서 갈탄을 캐려고 시도함. 이 경험은 1915년의 벌목 계획과 결합하여 뒷날 소설 『그리스인 조르바 *Víos ke politía tu Aléxi Zorbá*』로 발전됨. 9월 스위스 여행. 취리히의 그리스 영 사 이안니스 스타브리다키스의 거처에 손님으로 머무름.

1918년(35세) 스위스에서 니체의 발자취를 순례함. 그리스의 지식인 여성 엘리 람브리디를 사랑하게 됨.

1919년(36세) 베니젤로스 총리가 카잔차키스를 공공복지부 장관에 임명 하고, 카프카스에서 볼셰비키에 의해 처형될 위기에 처한 15만 명의 그리 스인들을 송환하라는 임무를 맡김. 7월 카잔차키스는 자신의 팀을 이끌고 출발. 여기에는 스타브리다키스와 조르바도 끼여 있었음. 8월 베니젤로스 에게 보고하기 위해 베르사유로 감. 여기서 평화 조약 협상에 참여함. 피 난민 정착을 감독하기 위해 마케도니아와 트라케로 감. 이때 겪은 일들은 뒷날 『수난 *O Hristós xanastavrónetai*』에 사용됨.

1920년(37세) 8월 13일 드라구미스가 암살됨. 카잔차키스는 큰 충격에 휩 싸임. 11월 베니젤로스가 이끄는 자유당이 선거에서 패배함. 카잔차키스 는 공공복지부 장관을 사임하고 파리로 떠남.

1921년(38세) 1월 독일 드레스덴, 라이프치히, 예나, 바이마르, 뉘른베르 크, 뮌헨을 여행함. 2월 그리스로 돌아옴.

1922년(39세) 아테네의 한 출판인과 일련의 교과서 집필을 계약하며 선불 금을 받음. 이로써 해외여행이 가능해짐. 5월 19일부터 8월 말까지 빈에 체재함. 여기서 이단적 정신분석가 빌헬름 슈테켈이 〈성자의 병〉이라고 부른 안면 습진에 걸림. 전후 빈의 퇴폐적 분위기 속에서 카잔차키스는 불 경을 연구하고 붓다의 생애를 다룬 희곡을 집필하기 시작함. 또한 프로이 트를 연구하고 「신을 구하는 자 *Askitikí*」를 구상함. 9월 베를린에서 그리 스가 터키에 참패했다는 소식을 들음. 이전의 민족주의를 버리고 공산주 의 혁명가들에 동조함. 카잔차키스는 특히 라헬 리프슈타인이 이끄는 급 진적 젊은 여성들의 세포 조직으로부터 영향을 받음. 미완의 희곡 『붓다

Vúdas』를 찢어 버리고 새로운 형태로 쓰기 시작함.「신을 구하는 자」에 착수하면서 공산주의적인 행동주의와 불교적인 체념을 조화시키려 시도함. 소비에트 연방으로 이주할 것을 꿈꾸며 러시아어 수업을 들음.

1923년(40세) 빈과 베를린에서 보낸 시기에는 아테네에 남아 있던 갈라테아에게 보낸 편지를 통해 많은 자료를 남겼음. 4월「신을 구하는 자」를 완성함. 다시 『붓다』 집필을 계속함. 6월 니체가 자란 나움부르크로 순례를 떠남.

1924년(41세) 이탈리아에서 3개월을 보냄. 이때 방문한 폼페이는 그가 떨쳐 버릴 수 없는 상징의 하나가 됨. 아시시에 도착함. 여기서 『붓다』를 완성하고, 성자 프란체스코에 대한 평생의 흠앙을 시작함. 아테네로 가서 엘레니 사미우를 만남. 이라클리온으로 돌아와, 망명자들과 소아시아 전투 참전자들로 이루어진 공산주의 세포의 정신적 지도자가 됨. 서사시 『오디세이아 *Odíssia*』를 구상하기 시작함. 아마 이때「향연 Simposion」도 썼을 것으로 추정됨.

1925년(42세) 정치 활동으로 체포되었으나 24시간 뒤에 풀려남. 『오디세이아』1~6편을 씀. 엘레니 사미우와의 관계가 깊어짐. 10월 아테네 일간지의 특파원 자격으로 소련으로 떠남. 그곳에서의 감상을 연재함.

1926년(43세) 갈라테아와 이혼. 갈라테아는 뒷날 재혼한 뒤에도 카잔차키라는 이름으로 활동함. 카잔차키스는 다시금 신문사 특파원 자격으로 팔레스타인과 키프로스로 여행함. 8월 스페인으로 여행함. 독재자 프리모 데 리베라와 인터뷰함. 10월 이탈리아 로마에서 무솔리니와 인터뷰함. 11월 훗날 카잔차키스의 제자로서 문학 에이전트이자 친구이며 전기 작가가 되는 판델리스 프레벨라키스를 만남.

1927년(44세) 특파원 자격으로 이집트와 시나이를 방문함. 5월 『오디세이아』의 완성을 위해 아이기나에 홀로 머무름. 작업이 끝나자마자 생계를 위해 백과사전에 실릴 기사들을 서둘러 집필하고 『여행기 *Taxidévondas*』 첫 번째 권에 실릴 글을 모음. 디미트리오스 글리노스의 잡지 『아나예니시』에「신을 구하는 자」가 발표됨. 10월 말 혁명 10주년을 맞이한 소련 정부의 초청으로 다시 러시아를 방문함. 앙리 바르뷔스와 조우함. 평화 심포지엄에서 호전적인 연설을 함. 11월 당시 프랑스에서 큰 인기를 얻고 있던 그리스계 루마니아 작가 파나이트 이스트라티를 만남. 이스트라티를 비롯한 몇몇 사람들과 함께 카프카스를 여행함. 친구가 된 이스트라티와 카잔차키스는 소련에서 정치적, 지적 활동을 함께하기로 맹세함. 12월 이스트라티를 아테네로 데리고 옴. 신문 논설을 통해 그를 그리스 대중에게 소개함.

1928년(45세) 1월 11일 카잔차키스와 이스트라티는 알람브라 극장에 모인 군중 앞에서 소련을 찬양하는 연설을 함. 이는 곧바로 가두시위로 이어짐. 당국은 연설회를 조직한 디미트리오스 글리노스와 카잔차키스를 사법 처리하고 이스트라티를 추방하겠다고 위협함. 4월 이스트라티와 카잔차키스는 러시아로 돌아옴. 키예프에서 카잔차키스는 러시아 혁명에 관한 영화 시나리오를 집필함. 6월 모스크바에서 이스트라티와 동행하여 고리키를 만남. 카잔차키스는「신을 구하는 자」의 마지막 부분을 수정하고〈침묵〉장을 추가함.「프라우다」에 그리스의 사회 상황에 대한 논설들을 기고함. 레닌의 생애를 다룬 또 다른 시나리오에 착수함. 이스트라티와 무르만스크로 여행함. 레닌그라드를 경유하면서 빅토르 세르주와 만남. 7월 바르뷔스의 잡지『몽드』에 이스트라티가 쓴 카잔차키스 소개 기사가 실림. 이로써 유럽 독서계에 카잔차키스가 처음으로 알려짐. 8월 말 카잔차키스와 이스트라티는 엘레니 사미우와 이스트라티의 동반자 빌릴리 보드보비와 함께 남부 러시아로 긴 여행을 떠남. 여행의 목적은〈붉은 별을 따라서〉라는 일련의 기사를 공동 집필하기 위해서였음. 두 친구의 사이가 점차 멀어짐. 12월 빅토르 세르주와 그의 장인 루사코프가 트로츠키주의자로 몰려 처벌된〈루사코프 사건〉이 일어나 그들의 견해차는 마침내 극에 달함. 이스트라티가 소련 당국에 대한 분노와 완전한 환멸을 느낀 반면, 카잔차키스는 사건 하나로 체제의 정당성을 판단하기는 어렵다는 입장이었음. 아테네에서 카잔차키스의 러시아 여행기가 두 권으로 출간됨.

1929년(46세) 카잔차키스는 홀로 러시아의 구석구석을 여행함. 4월 베를린으로 가서 소련에 관한 강연을 함. 논설집을 출간하려 함. 5월 체코슬로바키아의 한적한 농촌으로 들어가 첫 번째 프랑스어 소설을 씀. 원래〈모스크바는 외쳤다 *Moscou a crié*〉라는 제목이었으나〈토다 라바 *Toda-Raba*〉로 바뀜. 이 소설은 작가의 변화한 러시아관을 별로 숨기지 않고 드러내고 있음. 역시 프랑스어로〈엘리아스 대장 *Kapetán Élias*〉이라는 소설을 완성함. 이는『미할리스 대장』의 선구가 되는 여러 작품 중 하나임. 프랑스어로 쓴 소설들은 서유럽에 자신의 존재를 드러내려는 최초의 시도였음. 동시에 소련에 대한 자신의 달라진 관점을 반영하기 위해『오디세이아』의 근본적인 수정에 착수함.

1930년(47세) 돈을 벌기 위해 두 권짜리『러시아 문학사 *Istoria tis rosikis logotehnias*』를 아테네에서 출간함. 그리스 당국은「신을 구하는 자」에 나타난 무신론을 이유로 그를 재판에 회부하겠다고 위협함. 계속 외국에 머무름. 처음에는 파리에서 지내다가 니스로 옮긴 뒤, 아테네 출판사들의 의

뢰로 프랑스 어린이 책을 번역함.

1931년(48세) 그리스로 돌아와 아이기나에 머무름. 순수어와 민중어를 포괄하는 프랑스-그리스어 사전 편찬 작업에 착수함. 6월 파리에서 식민지 미술 전시회를 관람함. 여기서 『오디세이아』에 나오는 아프리카 장면의 아이디어를 얻음. 『오디세이아』의 제3고를 체코슬로바키아에서 은거하며 완성함.

1932년(49세) 재정적 어려움을 타개하기 위해 프레벨라키스와 공동 작업을 구상함. 여러 편의 영화 시나리오와 번역을 구상했으나 대체로 실패함. 카잔차키스는 단테의 『신곡』 전편을, 3운구법을 살려 45일 만에 번역함. 스페인으로 이주하여 그곳에서 작가로 살기로 하고 그 출발로서 선집에 수록될 스페인 시의 번역에 착수함.

1933년(50세) 스페인 인상기를 씀. 엘 그레코에 관한 3운구 시를 지음. 훗날 『영혼의 자서전 Anaforá ston Gréko』의 전신이 됨. 스페인에서 생계를 해결하지 못하고 아이기나로 돌아옴. 『오디세이아』 제4고에 착수함. 단테 번역을 수정하면서 몇 편의 3운구 시를 지음.

1934년(51세) 돈을 벌기 위해 2, 3학년을 위한 세 권의 교과서를 집필함. 이 중 한 권이 교육부에서 채택되어 재정 상태가 잠시 나아짐. 『신곡』이 아테네에서 출간됨. 『토다 라바』가 프랑스 파리의 『르 카이에 블루』지에서 재간행됨.

1935년(52세) 『오디세이아』 제5고를 완성한 뒤 여행기 집필을 위해 일본과 중국을 방문함. 돌아오는 길에 아이기나에서 약간의 땅을 매입함.

1936년(53세) 그리스 바깥에서 문명(文名)을 확립하려는 시도로서, 프랑스어로 소설 『돌의 정원 Le Jardin des rochers』을 집필함. 이 소설은 그가 동아시아에서 겪은 일들을 바탕으로 함. 또한 미할리스 대장 이야기의 새로운 원고를 완성함. 이를 〈나의 아버지 Mon père〉라고 부름. 돈을 벌기 위해 왕립 극장에서 공연 예정인 피란델로의 「오늘 밤은 즉흥극 Questa sera si recita a soggetto」을 번역함. 직후 피란델로풍의 희곡 「돌아온 오셀로 O Othéllos xanayirízei」를 썼는데 생전에는 이 작품의 존재가 알려지지 않았음. 괴테의 『파우스트』 제1부를 번역함. 10~11월 내전 중인 스페인에 특파원으로 감. 프랑코와 우나무노를 회견함. 아이기나에 집이 완성됨. 그가 장기 거주한 첫 번째 집임.

1937년(54세) 아이기나에서 『오디세이아』 제6고를 완성함. 『스페인 기행 Taxidévondas: Ispanía』이 출간됨. 9월 펠로폰네소스를 여행함. 여기서 얻은 감상을 신문 연재 기사 형식으로 발표함. 이 글들은 뒷날 『모레아 기행Taxidévondas: O Morias』으로 묶어 펴냄. 왕립 극장의 의뢰로 비극 「멜리사Mélissa」를 씀.

1938년(55세) 『오디세이아』 제7고와 최종고를 완성한 뒤 인쇄 과정을 점검함. 호화판으로 제작된 이 서사시의 발행일은 12월 말일임. 1922년 빈에서 걸렸던 것과 같은 안면 습진에 걸림.

1939년(56세) 〈아크리타스Akritas〉라는 제목으로 3만 3,333행의 새로운 서사시를 쓸 계획을 세움. 7~11월 영국 문화원의 초청으로 영국을 방문함. 스트랫퍼드어폰에이번에 기거하며 비극 「배교자 율리아누스Iulianós o paravátis」를 집필함.

1940년(57세) 『영국 기행Taxidévondas: Anglia』을 쓰고 「아크리타스」의 구상과 「나의 아버지」의 수정 작업을 계속함. 청소년들을 위한 일련의 전기 소설을 씀(『알렉산드로스 대왕Megas Alexandros』, 『크노소스 궁전 Sta palatia tis Knosu』). 10월 하순 무솔리니가 그리스를 침공함. 카잔차키스는 그리스 민족주의에 대한 새로운 애증에 빠짐.

1941년(58세) 독일이 그리스를 점령함. 카잔차키스는 집필에 몰두하여 슬픔을 달램. 『붓다』의 초고를 완성함. 단테의 번역을 수정함. 〈조르바의 성스러운 삶〉이라는 제목의 새로운 소설을 시작함.

1942년(59세) 전쟁 기간 동안 아이기나를 벗어나지 못함. 다시 정치에 뛰어들기 위해 가능한 한 빨리 작품 집필을 포기하기로 결심함. 독일군 당국은 카잔차키스에게 며칠간의 아테네 체재를 허락함. 여기서 이안니스 카크리디스 교수를 만나 호메로스의 『일리아스』를 공동 번역하기로 합의함. 카잔차키스는 8월과 10월 사이에 초고를 끝냄. 〈그리스도의 회상〉이라는 제목으로 예수에 대한 소설을 쓸 계획을 세움. 이것은 뒷날 『최후의 유혹 O teleftaíos pirasmós』의 전신이 됨.

1943년(60세) 독일 점령 기간의 곤궁함에도 불구하고 정력적으로 작업을 계속함. 『그리스인 조르바』와 『붓다』의 두 번째 원고 및 『일리아스』의 번역을 완성함. 아이스킬로스의 〈프로메테우스〉 3부작을 모티프로 한 희곡 신판을 씀.

1944년(61세) 봄과 여름에 희곡 「카포디스트리아스O Kapodístrias」와 「콘스탄티누스 팔라이올로구스Konstandínos o Palaiológos」를 집필함. 〈프로메테우스〉 3부작과 함께 이들 희곡은 각각 고대, 비잔틴 시대, 현대 그리스를 다룸. 독일군이 철수함. 카잔차키스는 곧바로 아테네로 가서 테아 아네모이안니의 환대를 받고 그 집에서 머무름. 〈12월 사태〉로 알려진 내전을 목격함.

1945년(62세) 다시 정치에 뛰어들겠다는 결심에 따라, 흩어진 비공산주의 좌파의 통합을 목표로 하는 소수 세력인 사회당의 지도자가 됨. 단 두 표 차로 아테네 학술원의 입회가 거부됨. 정부는 독일군의 잔학 행위 입증 조사를 위해 그를 크레타로 파견함. 11월 오랜 동반자 엘레니 사미우와 결혼. 소풀리스의 연립 정부에서 정무 장관으로 입각함.

1946년(63세) 사회 민주주의 정당들의 통합이 실현되자 카잔차키스는 장관직에서 물러남. 3월 25일 그리스 독립 기념일에 왕립 극장에서 그의 희곡 「카포디스트리아스」가 공연됨. 공연은 커다란 파문을 일으켰고, 우익 민족주의자들은 극장을 불태우겠다고 위협함. 그리스 작가 협회는 카잔차키스를 시켈리아노스와 함께 노벨 문학상 후보로 추천함. 6월 40일간의 예정으로 해외여행을 떠남. 실제로는 남은 생을 해외에서 체류하게 되었음. 영국에서 지식인들에게 〈정신의 인터내셔널〉을 조직할 것을 호소하였으나 별 관심을 끌지 못함. 영국 문화원이 케임브리지에 방 하나를 제공하여, 이곳에서 여름을 보내며 〈오름길〉이라는 제목의 소설을 씀. 이 역시 『미할리스 대장』의 선구적 작품이 됨. 9월 프랑스 정부의 초청으로 파리에 감. 그리스의 정치 상황 때문에 해외 체재가 불가피해짐. 『그리스인 조르바』가 프랑스어로 번역되도록 준비함.

1947년(64세) 스웨덴의 지식인이자 정부 관리인 뵈리에 크뇌스가 『그리스인 조르바』를 번역함. 몇 차례의 줄다리기 끝에 카잔차키스는 유네스코에서 일하게 됨. 그의 일은 세계 고전의 번역을 촉진하여 서로 다른 문화, 특히 동양과 서양의 문화 사이에 다리를 놓는 것이었음. 스스로 자신의 희곡 「배교자 율리아누스」를 번역함. 『그리스인 조르바』가 파리에서 출간됨.

1948년(65세) 자신의 희곡들을 계속 번역함. 3월 창작에 전념하기 위해 유네스코에서 사임함. 「배교자 율리아누스」가 파리에서 공연됨(1회 공연으로 끝남). 카잔차키스와 엘레니는 앙티브로 이주함. 그곳에서 희곡 「소돔과 고모라 Sódoma ke Gómora」를 씀. 영국, 미국, 스웨덴, 체코슬로바키아의 출판사에서 『그리스인 조르바』 출간을 결정함. 카잔차키스는 『수난』의 초고를 3개월 만에 완성하고 2개월간 수정함.

1949년(66세) 격렬한 그리스 내전을 소재로 한 새로운 소설 『전쟁과 신부 I aderfofádes』에 착수함. 희곡 「쿠로스 Kúros」와 「크리스토퍼 콜럼버스 Hristóforos Kolómvos」를 씀. 안면 습진이 다시 찾아옴. 치료차 프랑스비시의 온천에 감. 12월 『미할리스 대장』 집필에 착수함.

1950년(67세) 7월 말까지 『미할리스 대장』에만 몰두함. 11월 『최후의 유혹』에 착수함. 『그리스인 조르바』와 『수난』이 스웨덴에서 출간됨.

1951년(68세) 『최후의 유혹』 초고를 완성함. 「콘스탄티누스 팔라이올로구스」의 개정을 마치고 이 초고를 수정하기 시작함. 『수난』이 노르웨이와 독일에서 출간됨.

1952년(69세) 성공이 곤란을 야기함. 각국의 번역자들과 출판인들이 카잔차키스의 시간을 점점 더 많이 빼앗게 됨. 안면 습진 또한 그를 더 심하게 괴롭힘. 엘레니와 함께 이탈리아에서 여름을 보냄. 아시시의 성자 프란체스코에 대한 사랑이 더욱 깊어짐. 눈에 심한 감염이 일어나 네덜란드의 병원으로 감. 요양하면서 성자 프란체스코의 생애를 연구함. 영국, 노르웨이, 스웨덴, 네덜란드, 핀란드, 독일에서 그의 소설들이 계속적으로 출간됨. 그러나 그리스에서는 출간되지 않음.

1953년(70세) 눈의 세균 감염이 낫지 않아 파리의 병원에 입원함(결국 오른쪽 눈의 시력을 잃음). 검사 결과 수년 동안 그를 괴롭힌 안면 습진은 림프샘 이상이 원인인 것으로 나타남. 앙티브로 돌아가 수개월간 카크리디스 교수와 함께 『일리아스』의 공역을 마무리함. 소설 『성자 프란체스코 *O ftohúlis tu Theú*』를 씀. 『미할리스 대장』이 출간됨. 『미할리스 대장』 일부와 『최후의 유혹』 전체에서 신성을 모독했다는 이유로 그리스 정교회가 카잔차키스를 맹렬히 비난함. 당시 『최후의 유혹』은 그리스에서 출간되지도 않았음. 『그리스인 조르바』가 뉴욕에서 출간됨.

1954년(71세) 교황이 『최후의 유혹』을 가톨릭교회의 금서 목록에 올림. 카잔차키스는 교부 테르툴리아누스의 말을 인용하여 바티칸에 이런 전문을 보냄. 〈주여 당신에게 호소합니다.〉 같은 전문을 아테네의 정교회 본부에도 보내면서 이렇게 덧붙임. 〈성스러운 사제들이여, 여러분은 나를 저주하나 나는 여러분을 축복합니다. 여러분께서도 나만큼 양심이 깨끗하시기를, 그리고 나만큼 도덕적이고 종교적이시기를 기원합니다.〉 여름 『오디세이아』를 영어로 번역하는 키먼 프라이어와 매일 공동 작업함. 12월 「소돔과 고모라」의 초연에 참석하기 위해 독일 만하임으로 감. 공연 후 치료를 위해 병원에 입원함. 가벼운 림프성 백혈병으로 진단됨. 젊은 출판인 이안니스 구델리스가 아테네에서 카잔차키스 전집 출간에 착수함.

1955년(72세) 엘레니와 함께 스위스 루가노의 별장에서 한 달을 보냄. 여기서 그의 정신적 자서전인 『영혼의 자서전』을 쓰기 시작함. 8월 카잔차키스와 엘레니는 군스바흐의 알베르트 슈바이처 박사를 방문함. 앙티브로 돌아온 뒤, 『수난』의 영화 시나리오를 구상 중이던 줄스 다신의 조언 요청에 응함. 카잔차키스와 카크리디스가 공역한 『일리아스』가 그리스에서 출간됨. 어떤 출판인도 나서지 않았기 때문에 비용은 모두 번역자들이 부담함. 『오디세이아』의 수정 재판이 아테네에서 엠마누엘 카스다글리스의 감수로 준비됨. 카스다글리스는 또한 카잔차키스의 희곡 전집 제1권을 편집함. 〈왕실 인사〉가 개입한 끝에 『최후의 유혹』이 마침내 그리스에서 출간됨.

1956년(73세) 6월 빈에서 평화상을 받음. 키먼 프라이어와 공동 작업을 계속함. 최종심에서 후안 라몬 히메네스에게 노벨 문학상을 빼앗김. 줄스 다신이 『수난』을 바탕으로 한 영화를 완성. 제목을 〈죽어야 하는 자 *Celui qui doit mourir*〉로 붙임. 전집 출간이 진행됨. 두 권의 희곡집과 여러 권의 여행기, 프랑스어에서 그리스어로 옮긴 『토다 라바』와 『성자 프란체스코』가 추가됨.

1957년(74세) 키먼 프라이어와 작업을 계속함. 피에르 시프리오와의 긴 대담이 6회로 나뉘어 파리에서 라디오로 방송됨. 칸 영화제에 참석하여 「죽어야 하는 자」를 관람함. 파리의 플롱 출판사가 그의 전집을 프랑스어로 펴내는 데 동의함. 중국 정부의 초청으로 카잔차키스 부부는 중국을 방문함. 돌아오는 비행 편이 일본을 경유하므로, 광저우에서 예방 접종을 함. 그런데 북극 상공에서 접종 부위가 부풀어 오르고 팔이 회저 증상을 보이기 시작함. 백혈병을 진단받았던 독일의 병원에 다시 입원함. 고비를 넘김. 알베르트 슈바이처가 문병 와서 쾌유를 축하함. 그러나 아시아 독감이 쇠약한 그의 몸을 순식간에 습격함. 10월 26일 사망. 시신이 아테네로 운구됨. 그리스 정교회는 카잔차키스의 시신을 공중(公衆)에 안치하기를 거부함. 시신은 크레타로 운구되어 안치됨. 엄청난 인파가 몰려 그의 죽음을 애도함. 훗날, 묘비에는 카잔차키스가 생전에 준비해 두었던 비명이 새겨짐. *Den elpízo típota. Den fovúmai típota. Eímai eléftheros*(나는 아무것도 바라지 않는다. 나는 아무것도 두려워하지 않는다. 나는 자유다).

옮긴이 **송은경** 1963년 부산에서 태어났다. 서울대학교 영어영문학과를 졸업하고 교직 생활을 거쳐 전문 번역가로 활동했다. 옮긴 책으로 조안 해리스의 『블랙베리 와인』, 버트런드 러셀의 『게으름에 대한 찬양』과 『인간과 그 밖의 것들』, 『나는 왜 기독교인이 아닌가』, 노암 촘스키의 『중동의 평화에 중동은 없다』, 카렌 레빈의 『한나의 가방』, 피터 메일의 『프로방스에서의 1년』 등이 있다.

지중해 기행

발행일	2008년 3월 30일 초판 1쇄
	2022년 4월 25일 초판 8쇄
지은이	니코스 카잔차키스
옮긴이	송은경
발행인	홍예빈 · 홍유진
발행처	주식회사 열린책들

경기도 파주시 문발로 253 파주출판도시
전화 031-955-4000 팩스 031-955-4004
www.openbooks.co.kr

Copyright (C) 주식회사 열린책들, 2008, *Printed in Korea.*
ISBN 978-89-329-0795-6 04890
ISBN 978-89-329-0792-5 (세트)

이 도서의 국립중앙도서관 출판예정도서목록(CIP)은 서지정보유통지원시스템 홈페이지(http://seoji.nl.go.kr)와 국가자료공동목록시스템(http://www.nl.go.kr/kolisnet)에서 이용하실 수 있습니다.(CIP제어번호 : CIP2008000559)